Sommaire

LANZMANN OU L'HOMME DU HASARD

Jacques Lanzmann est né en 1927 à Bois-Colombes, dans les Hauts-de-Seine. De son enfance et de son adolescence, vous saurez l'essentiel après la lecture du roman *Le Têtard.* Ses souvenirs de Résistance sont consignés dans *Qui vive !* (1965).

Sa première passion est la peinture, qui le plonge dans de véritables souffrances. D'une autre meurtrissure, il éprouve le besoin de fuir et choisit la destination au hasard – à la manière des surréalistes – en posant le doigt sur un point de la mappemonde : ce sera l'Islande. Son ennui y est tel qu'il écrit pour se relire ; Simone de Beauvoir découvrira plus tard ce premier manuscrit et le fera éditer dans la revue *Les Temps Modernes.* C'est ainsi que son premier ouvrage, *La Glace est rompue*, voit le jour (1954). Il entreprend alors des voyages, notamment en Amérique du Sud où il échappe de peu à la mort. *Le Rat d'Amérique* (1956) en témoigne.

Il adhère ensuite au Parti communiste, et rencontre Louis Aragon, poète et chef du Parti, qui lui propose de collaborer à sa revue *Les Lettres Françaises*, comme critique dramatique. Le théâtre ne lui convient pas et ses préférences l'orientent vers d'autres horizons ; les événements de Hongrie (insurrection de 1956, matée dans le sang par l'Armée rouge) l'incitent à se rendre sur place. De son voyage en URSS, il rapporte *Cuir de Russie* (1957).

Après son renvoi du journal, il travaille comme reporter avec Françoise Giroud. La guerre d'Algérie éclate et il y participe en cachant des indépendantistes recherchés. En 1958, il publie chez Julliard *Les Passagers du Sidi-Brahim* qui échappe de justesse à la censure. Il part ensuite pour Mexico et rédige successivement *Un tyran sur le sable* et *Viva Castro* (1959).

Le hasard des rencontres conduit Jacques Lanzmann à écrire des scénarios pour le cinéma, dont les plus connus sont issus de sa collaboration avec Philippe Labro : *Sans mobile apparent*, *L'Héritier* et *L'Alpagueur* avec Jean-Paul Belmondo, puis *Le Hasard et la Violence* écrit pour Yves Montand. En novembre 1963, il est présenté à Daniel Filipacchi, grand patron de presse qui lui demande de diriger le magazine « masculin » *Lui*. Ses problèmes d'argent se règlent d'eux-mêmes, surtout après que Wolfshon lui propose de devenir le parolier de Jacques Dutronc. Lui qui se plaignait de son bégaiement connaît un énorme succès en animant une émission de radio sur Europe 1. En outre, Jacques Lanzmann monte avec J.-C. Lattès la série « Éditions Spéciales », crée et dirige la société « Jacques Lanzmann Seghers éditeurs », et assure des chroniques dans le magazine *VSD*.

Son œuvre imposante comprend aussi bien des récits quasi autobiographiques (*Le Têtard, Qui vive !* et *Le Voleur de hasard*) que des récits de voyages (*Fou de la marche, N'oublie jamais qui nous sommes*), ou de pures fictions (*Mémoires d'un amnésique* ou *Tous les chemins mènent à soi*).

Jacques Lanzmann
Le Têtard

J'avais quinze ans et je ne voulais pas mourir sans avoir fait l'amour et la Résistance, mais c'était bien plus facile de tuer un soldat allemand qu'une obsession sexuelle.

Il y avait soixante camions et je ne sais combien de bagnoles à gazogène pleins à ras bord de gars et de matériel. Les camions étaient poussifs[1]*, mais les poitrines cognaient si fort et les gorges sous les drapeaux chantaient tellement que les moteurs semblaient marcher à l'enthousiasme.*

En traversant Vieille-Brioude réveillée par l'événement, j'ai aperçu les grands-parents qui se tenaient sur le pas de la porte. Anna et Léon, nés l'un en Lettonie, l'autre en Biélorussie[2]*, applaudissaient en Auvergnats cette longue colonne de maquisards motorisés qui transportaient leurs fils et leurs petits-fils, sang pogromisé*[3] *et chair de victime, vers l'ultime étape de la francisation.*

Moi, je m'étais toujours senti plus français que juif, mais aussi bien plus rouquin que français et juif. J'étais un rouquin-français-juif de parents divorcés-citadins transplanté-analphabète-et-paysan ; un vrai poil de carotte sans vraie famille, mais avec des familiers. Et, parmi les plus familiers, il y avait mon frère Claude, ma sœur Évelyne, le René et le Père Tavernier, la Mère Yvonne, le gars Bébette et la sœur de René Raymond. Dans le temps, il y avait eu ma mère : dans le présent, il y avait mon père. Mais, comme ils

---

1. Avaient du mal à avancer.
2. La Lettonie et la Biélorussie furent des républiques fédérées de l'URSS de 1940 à 1991. Tous deux situés à l'ouest de la Baltique, ils ont une frontière commune.
3. Mot inventé par l'auteur à partir de « pogrom » qui désigne des violences, souvent sanglantes, contre les Juifs. Être « pogromisé » serait être victime de pogrome.

étaient séparés par les sentiments et l'Occupation, ça ne faisait pas une famille.

À Groutel, j'avais souffert de mes cheveux rouges, j'étais un dépigmenté, un poil de brique, un maudit petit rouquin qui avait pris le soleil à travers une passoire. À Melun, j'eus à faire face à ceux qui me reprochaient – et c'étaient généralement les mêmes – ma rouquinerie et ma juiverie. Chez les Bongrand, le poil avait de nouveau primé ; eux, ils ne savaient pas que j'étais juif, mais ils voyaient que j'étais rouge. Et, quand le Marcel ou l'Albert rentrant des champs s'attablaient en disant : « Dis donc, la mère, on se taperait bien un coup de rouquin », je me sentais visé et je l'étais. Chez les Tavernier, j'avais souffert de quoi, au juste ? D'un peu de tout et de tout à fond : poil, cœur, sexe, race, religion, terreur vitale et péché mortel. Un cocktail qui vous saoule à la fois la petite enfance et l'adolescence. Difficile de s'en tirer lorsqu'on a trinqué comme ça si tôt avec la vie et fait tinter contre elle son verre qui s'est brisé. On en voit de ces enfants ivres de coups du sort traîner leurs angoisses à travers le temps, le long des êtres et des buffets. Moi, je m'en suis assez bien sorti. J'ai eu la chance d'entrer dans le monde adulte avec une enfance fêlée mais pas cassée et une volonté farouche de vivre à chaque instant.

Comme il me fallait rattraper tout ce temps perdu où j'avais souffert de ma naïveté et de la certitude des grands, je me suis mis à courir après le bonheur pour me le fourrer dans le cœur et dans la poche. Ce bonheur, je me le suis gardé sous la main et je l'ai senti bouger et je l'ai serré jusqu'à l'étouffer pour qu'il ne s'en aille pas. Bien sûr qu'il est parti, mais il est aussitôt revenu, parce que, lui comme moi, on n'a jamais pu se passer l'un de l'autre. Bonheur, malheur, la vie, la mort, l'argent, la fauche, tout ça c'est poison et antipoison, mais quand on est petit et seul on se laisse refiler la rage et on peut en crever parce que personne n'est là pour vous dire que le vaccin existe. Moi, mon vaccin, c'était de penser au bonheur et lorsque j'y pensais, à ce bonheur de mes vingt ans, je voyais toujours la même image devant mes yeux extasiés : un homme, moi, une femme, la mienne. Elle et moi : tout nus, assis, sereins, autour d'une table de cuisine et mangeant silencieux, avec la même fourchette, des spaghetti très chauds qu'on tirait, elle pour moi et moi pour elle, d'une grande marmite d'émail orange. Grâce à cette vision de ma vie d'adulte, matériau simple, ô combien ! je me suis sans cesse reconstruit quand j'étais écroulé.

Enfant perturbé par la rencontre soudaine du monde animal et par la perte tout aussi soudaine de mon identité, je me suis souvent cogné la tête contre les parois de ce labyrinthe[1] *incompréhensible qu'est l'existence. Alors j'ai fait comme le Petit Poucet, j'ai jeté autour de moi de quoi m'y retrouver et ce quelque chose que les oiseaux n'ont pas picoré ça n'était ni des miettes de pain ni du coton mais un bouquet de fantasmes*[2] *sexuels, fleurs du mal et du rêve, pistils de mystère, pétales d'émotion, bus et cent fois bus jusqu'au calice.*

Aujourd'hui j'ai quarante-neuf ans. Je reviens, en compagnie de ma troisième femme, d'un voyage en Sibérie. Il y avait beaucoup de glace sur les fleuves et de neige sur les vitres du train. Séparé

---

1. Ensemble compliqué de voies dont on a du mal à sortir. Ici, il s'agit d'une image pour représenter une situation compliquée.
2. Rêves produits par l'imagination, qui ne se réalisent jamais et qui pourtant aident à supporter le réel.

depuis trois semaines de mes enfants, j'ai eu peur de leur peur. Je me suis dit qu'ils se croyaient peut-être abandonnés, alors, je me suis mis à vouloir leur téléphoner de Novossibirsk[1], *d'Irkoutsk, d'Oulan-Oude*[2], *de Khabarovsk*[3]. *La liaison avec Paris étant impossible, j'ai pris la décision de leur écrire ce livre qui est la vérité de ma jeunesse. J'espère qu'ils ne le prendront pas mal.*

1. Ville russe de Sibérie occidentale située sur le fleuve Ob.
2. Irkoutsk et Oulan-Oude sont deux villes russes situées de part et d'autre du lac Baïkal.
3. Ville de Russie orientale sur le fleuve Amour au bord de la mer d'Okhotsk.

1

Nous habitions à Vaucresson, une grande et belle villa que j'ai revue récemment. Elle m'a paru petite et moche. Mes parents ne s'aimaient pas et se disputaient souvent. Il y avait des bagarres au couteau, jamais de lame qui s'enfonçait mais des menaces d'éventration, des simulacres[1] d'assassinat et de suicide. Papa tirait souvent maman par les cheveux. Il la traînait ainsi de pièce en pièce tandis qu'elle poussait des hurlements qui ne réveillaient même plus les voisins. Elle avait de longs cheveux noirs heureusement très bien plantés et, quand la bagarre était terminée et que mes parents gémissaient dans leur chambre, moi à quatre pattes sur la moquette je comptais les cheveux de ma mère. C'est fou ce qu'une femme peut perdre comme cheveux lorsqu'elle ne s'entend pas avec son mari.

J'avais un frère, de dix-huit mois mon aîné, et une sœur plus petite que moi. Tous trois nous nous aimions beaucoup. Je vous parle d'une époque très lointaine, de l'année 1936. J'avais neuf ans. J'étais très maigre avec mes cheveux rouges, et des taches de rousseur sur le nez, les bras et le dos. J'étais maigre parce que je ne mangeais pas assez et je ne mangeais pas assez parce qu'à la maison il manquait toujours deux choses : la nourriture et la tendresse. N'ayant pas l'une pour compenser l'autre, je maigrissais en me durcissant, si bien, et je le dis simplement, que je n'étais pas heureux. Pour juger de mon bonheur, j'avais

1. Mauvaises comédies visant à imiter une situation réelle.

des points de comparaison : d'autres enfants de mon âge bien habillés, bien nourris, bien soignés, et qui sentaient toujours bon l'eau de Cologne. Mon père pourtant n'était pas pauvre. Il possédait un magasin de meubles et comme il était aussi « artiste », il lui arrivait de décorer des intérieurs. Il peignait toujours les mêmes panneaux aux motifs africains : un tigre grandeur nature pas méchant pour un sou, posant sur fond de jungle avec baobab et bambou. Je détestais la peinture de mon père, elle était plate, malgré une certaine exagération dans la perspective, et sans aucun rapport avec son tempérament. Un jour, j'étais rentré dans l'atelier et j'avais trafiqué le tigre de papa à coups de pinceau désordonnés. En un rien de temps, l'animal était devenu terrifiant. En découvrant son tigre, mon père fut effrayé. Il m'avait cogné si fort que j'étais tombé dans les pommes et que j'avais vu trente-six chandelles danser longtemps au fond de mes yeux. Papa était tout le contraire de son tigre. Il était violent et coléreux, et ses coups de patte faisaient très mal. Ses réactions, comme celles des fauves, étaient imprévisibles. Quand je me tenais à carreau, il m'agressait parce que mon comportement d'enfant docile le déroutait. Quand j'étais insupportable, il frappait pour m'apprendre à être sage. Quand j'étais entre les deux, un peu figue, un peu raisin[1], ça l'énervait encore plus.

Je ne dis pas que j'étais un enfant martyr ; non, j'étais un enfant battu à coups de pied, de poing, ou de gueule.

1. Expression construite à partir de la suivante : « mi-figue, mi-raisin », qui consiste à avoir une attitude partagée entre deux sentiments : gaieté et sérieux, par exemple.

Quelquefois j'avais droit à la fameuse correction au martinet, lequel martinet pendait dans la cuisine. Le bout des lanières de cuir était noué et renforcé de plomb. C'était, je crois, un martinet anglais que ma grand-mère Anna, grande fesseuse d'enfants, avait acheté à l'Hôtel des Ventes[1].

Mes grands-parents paternels possédaient deux magasins de meubles, l'un situé rue Rossini, l'autre rue Lamarck. Celui de mon père se trouvait rue Nollet[2]. Quant à Gruber, mon grand-père maternel, que je n'ai jamais connu, il eut plusieurs boutiques à Clichy[3] et à Saint-Ouen[4]. On racontait qu'il s'était fait une fortune colossale en vendant par bateaux entiers aux producteurs hollywoodiens des meubles d'époque pour les besoins de la reconstitution historique. On racontait beaucoup de choses dans ma famille et notamment chez ma grand-mère Anna. On racontait que mon père avait bouffé la fortune des Gruber, que la vieille en était morte. Quant à Gruber, un colosse qui ressemblait à Jonathon, l'ennemi juré de Charlot, on disait que, revenant d'un bordel, il était descendu de sa décapotable pour uriner contre un mur et qu'il s'était mis à pisser du sang, et qu'il était mort, malgré son pognon, dans une énorme flaque de solitude. Oui, on disait beaucoup de choses chez ma grand-mère Anna – que maman était bonne pour

---

1. Salle des ventes où sont vendus aux enchères, c'est-à-dire au plus offrant, des objets saisis et estimés par un commissaire-priseur.
2. La rue Rossini, la rue Lamarck et la rue Nollet sont des rues de Paris, respectivement situées dans les 9e, 18e et 17e arrondissements.
3. Commune, chef-lieu du département des Hauts-de-Seine (N.-O. de Paris).
4. Commune de Seine-Saint-Denis au nord de Paris.

l'asile, comme sa propre mère, que son jeune frère Bobby avait été assassiné à l'âge de seize ans par une maîtresse de quarante, que son frère aîné Charlie n'avait pas toute sa tête, que papa, le fils d'Anna, était un raté, un bouffeur de dot, un faible, mais qu'il fallait lui pardonner. N'avait-il pas été gazé en 1917, alors que, jeune engagé volontaire, il rejoignait à Verdun son père Léon ? Léon, mon grand-père, le mari d'Anna, un homme paisible au sourire de lion, qui s'était fait naturaliser français pour partir à la guerre. Il est revenu de Verdun haché en mille morceaux avec des images horribles plein la tête au point de se réveiller toutes les heures et de hurler sous son bonnet de nuit : « Halte-là ! Qui vive ? » Le front en sueur, les yeux hagards, il attendait pour se rendormir qu'on lui donne le mot de passe. Ma grand-mère lui en lançait des mots, et pas des moindres. Elle l'insultait pour avoir osé réveiller celle qui, durant cette guerre, avait élevé ses deux fils et fait marcher les affaires. Et Léon d'encaisser une fois de plus avec son sourire de vieux lion déplumé, parce que, à côté de Verdun ou du Chemin des Dames[1], à côté de la bouillasse, des marmites et des shrapnels[2], ma grand-mère, c'était du gâteau. En vérité, c'était une démolisseuse, un être sans cœur qui pataugeait dans le drame et qui faisait une tragédie avec deux grammes de poussière.

La propreté était son monde. Elle passait sa vie à briquer ses parquets, à nettoyer des taches invisibles ; elle vous cherchait

1. Route du département de l'Aisne prise par les Allemands et qui fut, en 1917, le théâtre de combats meurtriers.
2. Fragments d'acier contenus dans un obus, qui sont projetés avec violence lors de l'explosion.

des tares et, vous ayant trouvé quelque noirceur au fond de l'âme, vous astiquait et vous asticotait[1] la cervelle jusqu'à vous rendre tout mou et complètement idiot. Moi, j'étais « vicieux » comme mon père, et « salope » comme ma mère. Ajoutez à cela une tignasse rouge, marque indélébile d'un vice caché qui déshonorait la famille. Personne jusque-là n'avait manqué de pigmentation.

Entre Anna et moi, ce fut toujours la guerre. Il y eut de fameuses batailles, des attaques et des contre-attaques, puis aux mots succédèrent les armes, pic à glace, couteau de cuisine. J'eus le bras transpercé, l'épaule labourée. Elle se calmait en me soignant, mais elle avait surtout peur des taches de sang sur ses tapis. Et puis un jour il y eut la tarte, une petite tarte bourrée de mort-aux-rats. M'en ayant servi un morceau, elle m'avait arrêté d'un geste théâtral, juste avant que je ne le porte à la bouche. Quel âge avais-je ? Dix ans peut-être ? Je pris ma part de tarte, incrédule mais effrayé, et je courus jusqu'à la ferme voisine, chez les Collet. Le chien des Collet s'appelait Pataud et, comme tous les chiens, il aimait les gâteaux. C'est comme ça que Pataud est mort, empoisonné par ma grand-mère Anna.

À partir de ce moment-là, je m'enfermai la nuit dans ma chambre et dormis avec le revolver que mon grand-père avait rapporté de la guerre. Il était chargé, et grand-mère le savait. Elle avait renoncé, semble-t-il, à me tuer, mais n'avait pas désarmé pour autant. J'étais de la graine de bagnard et j'allais

1. Contrariait, agaçait, harcelait pour des riens.

finir sur l'échafaud. Combien de fois cette image ne m'a-t-elle pas hanté, m'empêchant de trouver le sommeil ! Je ne connais rien de plus malheureux qu'un enfant empêtré dans sa nuit blanche, la tête coincée sous la guillotine.

Tout avait commencé avec le divorce de mes parents. On m'avait casé là en attendant, et cet attendant n'en finissait pas de finir. Petit gamin maigrelet en culottes courtes, aux genoux cagneux[1], j'avais tout de même un toit et surtout un grand jardin avec des asperges que cultivait Léon et aussi des pommes de terre avec plein de doryphores[2] qu'on faisait éclater entre les doigts. À Groutel, il y avait aussi du cidre bouché et des housses pour les fauteuils et des housses pour les housses des housses. C'était pareil avec les tabliers de grand-mère, l'un protégeant l'autre et l'autre l'un. Dans cette maison normande, tout était poussé au paroxysme[3], comme les tapis qui s'empilaient pour atteindre parfois la hauteur des commodes. Mais, en même temps, tout était caché et protégé. Le passé était mis sous housse, enfoui, oublié. Qui étaient vraiment mes grands-parents, de quelle contrée sauvage et lointaine venaient-ils ? Devant nous, les enfants, ils parlaient parfois une drôle de langue. J'ai su plus tard que c'était du yiddish, mais lorsqu'on leur demandait des explications, ils disaient : « C'est de l'alsacien ; nous sommes alsaciens. » Impossible d'en savoir plus.

---

1. Tournés en dedans.
2. Insectes parasites des pommes de terre qui possèdent des élytres ou ailes dures, et détruisent des récoltes entières. Surnom donné aux Allemands, à cette époque, en France.
3. Au point le plus élevé.

Pressentaient-ils les persécutions nazies auxquelles d'ailleurs, en tant qu'Alsaciens, ils ont échappé ? C'est possible ! De ma famille, je ne sais rien, sinon qu'elle vient de très loin, de Minsk, de Riga, d'Odessa.

En 1936, papa s'était mis dans la tête de m'apprendre l'heure. Je l'ai dit : j'avais neuf ans, et l'heure ne m'intéressait pas en dehors de celle des repas que les tiraillements de mon estomac m'indiquaient. D'abord, il fallait distinguer la petite aiguille de la grande. C'était assez facile, mais pour me repérer à partir de ce terrible douze qui voulait dire à la fois midi et minuit, et de ce traître de six qui signifiait tantôt six heures, tantôt la demie, impossible de m'y retrouver sous le regard blanc et myope de mon père. J'étais fébrile[1] et répondais au hasard quand ses doigts crispés sur le remontoir changeaient les aiguilles de place en vue d'une prochaine question. En fait, mon père était bien plus compliqué que l'heure qu'il désirait m'apprendre. Plus compliqué et plus pressé. Les gifles se mirent à tomber toutes les dix secondes. Je sus donc qu'une minute était composée de six gifles et une heure de soixante. Après, ce fut le blocage, puis la révolte. J'attrapai la montre de mon père et la jetai par la fenêtre. Je reçus ce jour-là la dérouillée la plus dure que l'on m'ait jamais donnée. Pour finir, j'allai atterrir dans la cheminée et mes habits, mes cheveux prirent feu. Mon frère Claude s'interposa et obtint qu'on me laissât tranquille. Il

1. J'avais de la fièvre.

pleurait davantage que moi, il avait bien plus mal, aussi. Aujourd'hui, je ne sais toujours pas l'heure. Pour m'y retrouver, j'ai des trucs, je triche avec le temps, mais je me trompe assez souvent.

J'aimais mon frère à la folie. C'était mon idole, le grand, celui qui savait, qui comprenait. Parce qu'il était intelligent et qu'on l'avait désiré, il n'était que fort peu battu et en souffrait. Combien de fois ne s'est-il pas accusé à ma place pour recevoir la correction ! Mais on ne la faisait pas à mon père. Claude était privé de dessert pour avoir menti, moi, privé de dîner. Enfermé dans ma chambre des heures durant, j'avais mis au point un système de téléphérique qui partait du balcon de ma fenêtre et qui arrivait directement sur la lucarne des W.-C. Après le repas, Claude jetait ce qu'il avait réussi à grappiller dans ma benne. J'ai dit plus haut que je n'étais pas un enfant martyr, et c'est vrai. Un martyr subit et ne rend pas les coups. Soit qu'il n'en ait pas la possibilité, soit qu'il se complaise dans son état de martyr. Moi, j'étais malgré tout un enfant heureux et espiègle, souriant et se fichant de tout. J'avais hérité ce trait de caractère de mon grand-père Léon. J'ai toujours su laisser passer l'orage, même quand l'orage durait longtemps, très longtemps.

Rares étaient les adultes qui m'aimaient. J'étais trop vivant, trop remuant, dérangeant sans cesse avec des questions « stupides » ou des gestes « déplacés ». Il arrivait tout de même que certaines grandes personnes s'entichent de moi. Parmi celles-ci, un voisin de La Celle-Saint-Cloud qui descendait de voiture pour me tapoter gentiment la tête. Il ne me parlait pas ; il s'arrêtait, donnait sa caresse et repartait. J'aurais voulu avoir un père comme lui, gentil, affectueux, discret. Quelques années plus tard, on me montra dans les journaux la photographie d'un assassin célèbre, un certain Weidmann. C'était lui. J'eus très mal d'avoir osé aimer un assassin. La prédiction de ma grand-mère Anna : « Tu finiras sur l'échafaud ! » allait-elle se réaliser ? Mais qu'avais-je donc fait à ce Weidmann pour mériter sa tendresse ? La question restera toujours sans réponse. Le jour où il fut guillotiné, j'ai ressenti, il me semble, comme une brûlure au cou. J'ai donc fait dans ma tête de petit môme fantasque[1] une fixation sur Weidmann, allant jusqu'à imaginer qu'il pouvait être mon père. En fait, cela ne me déplaisait pas d'être le fils secret d'un assassin célèbre.

Je savais que ma mère avait, comme l'on disait alors, des liaisons. Qu'elle allait chercher ailleurs ce qu'elle ne trouvait pas à la maison. Mon frère et moi nous lui connaissions au moins deux amants. L'un, un voisin immédiat, l'autre, un médecin qui venait l'ausculter quand papa était à Paris. La même chose au sujet de mon père. Nous connaissions sa maîtresse, la veuve d'un ingénieur, une très belle femme qui sentait bon le parfum. Elle était toujours bien habillée, bien soignée, et puis elle avait la bouche humide, une jolie petite perle de rosée sur le « M » de la lèvre. La première fois que j'ai vu la dame de papa, c'était l'automne d'avant la séparation de mes parents. Je me souviens de l'automne à cause des feuilles mortes qui tapissaient la forêt.

1. Dont on ne peut savoir quelle fantaisie il va inventer.

Ma mère, qui en était peut-être à sa centième fugue, était partie en enlevant ma sœur Évelyne. C'était tantôt l'un, tantôt l'autre de ses enfants. Elle prenait celui qui était le plus près d'elle et jurait sur notre tête qu'elle ne reviendrait jamais. Elle était donc partie, ce matin-là, avec ma petite sœur Évelyne, pauvre petite boule en larmes dans ses bras, jusque chez la tante Sophie qui habitait Clichy, boulevard Jean-Jaurès, je crois, avec son mari, un Italien de Venise qui s'appelait Tony, oncle Tony. Cette fois-ci, mon père avait laissé faire, car le départ de ma mère l'arrangeait. C'était un dimanche matin. Il nous avait dit : « Mes enfants, je vais vous présenter une dame qui sera peut-être votre deuxième mère. »

Certes, les enfants aiment la nouveauté et l'imprévisible, mais Claude et moi en étions restés baba. Papa nous avait fait monter à l'arrière de la grosse Chevrolet avec notre chien Nanouk, un saint-bernard qui recevait lui aussi sa part de coups lorsqu'il refusait d'obéir aux caprices du maître. La voiture s'était arrêtée un peu plus loin devant une jolie villa pour prendre Hélène, la veuve de l'ingénieur. Hélène avait préparé un panier pique-nique. Il y avait du saucisson, des œufs en gelée, du fromage blanc. Dans la forêt où les feuilles virevoltaient, je m'étais régalé. Il y avait très longtemps que je n'avais pas mangé aussi bien, aussi à fond. Hélène et papa avaient beaucoup ri, beaucoup plaisanté. Quant à nous, les deux gosses, nous étions surtout en admiration devant ce déjeuner si bien organisé. Il y avait des assiettes en fer-blanc, des serviettes roses dans leur rond d'osier. Rien ne manquait, ni les gâteaux, ni les bonbons, ni la limonade. Hélène avait mis le paquet pour nous séduire et elle y était parvenue d'autant plus aisément que notre mère, dans le désordre de son tourment, n'avait aucun goût pour la cuisine. Nous en avions marre de ses gâteaux de riz qui collaient et de ses pommes cuites pour nous faire aller à la selle – « aller à la selle »[1], c'était une expression de l'époque. Après le repas, nous étions partis en promenade à travers la forêt ; au bout d'un moment, mon père avait proposé un jeu de cache-cache. La tête contre un tronc, mon frère et moi avions compté jusqu'à cinq cents avant de nous élancer à leur poursuite. Nous les avions retrouvés assez facilement. Ils étaient couchés l'un sur l'autre et s'embrassaient. Claude m'avait pris la main et m'avait entraîné loin d'eux. Nous avions passé la fin de l'après-midi à jouer avec le chien. C'était un colosse, et, quand vint l'heure de rentrer, nous étions crevés. Claude s'endormit dans l'auto presque aussitôt. Moi, les yeux mi-clos, tassé contre le ventre chaud de Nanouk, je rêvassais à cette nouvelle maman si douce et qui rendait mon père si calme. À travers le rideau de mes cils, je la vis, cette nouvelle maman si douce, s'agenouiller à l'avant de la voiture. J'entendis la voix de mon père : « Tu me rends fou, Hélène. » La voiture ralentit et changea de régime. Je voyais les mains de papa crispées sur le volant, et puis il y eut un grand soupir, une embardée, du plaisir. Hélène se redressa et reprit sa place contre le dossier ; elle demanda : « C'était

1. La selle est une chaise percée qui contient un seau hygiénique, réceptacle des excréments. Par extension, on nomme « selles » les matières fécales. « Aller à la selle » signifie « aller aux toilettes ».

bon ? » Papa n'avait rien répondu, mais l'avait regardée avec des yeux pleins d'amour.

À quelque temps de là, les disputes entre mon père et ma mère furent de plus en plus nombreuses, brèves, violentes, à propos de tout. Les coups pleuvaient et fleurissaient sous les yeux de ma mère. De méchants coquarts couleur de violette. Pauline, ma mère, était superbe, agressive, brune comme la nuit. C'était une femme coup de grisou[1], une grenade dégoupillée prête à exploser. Elle avait soif de vivre, voulait voir, connaître, toucher. Elle respirait la vie par son grand nez courbe et majestueux.

Cela faisait des jours et des nuits qu'ils se chamaillaient et que nous ne dormions pas, réveillés par les cris, intrigués par les propos. En fait, il était question d'un petit frère ou d'une petite sœur en chantier dont papa ne voulait pas entendre parler. Maman jurait comme à l'accoutumée ses grands dieux sur nous, au point que nous aurions dû mourir mille fois, mais papa, cette nuit-là, décida d'interrompre lui-même la grossesse de maman.

Claude fut le seul enfant désiré par mon père. Évelyne et moi eûmes à subir des manœuvres abortives[2] de toutes sortes. Piqûres, aiguilles à tricoter, séances de cheval au trot assis, escaliers descendus en quatrième vitesse, saut à la corde, doses de

1. Explosion du grisou, gaz constitué d'anhydride de méthane et d'azote, qui se dégage de certaines mines de houille.
2. Qui font avorter.

quinine, coups dans le bas-ventre. Mais no [illegible] n accrochés dans cette matrice[1] si bien faite [illegible] nt homme, qu'aucune sage-femme ne sut n [illegible] ie. Franchement, je ne le regrette pas. Mes in [illegible] eur tout au long de mon existence furent inno [illegible] une intensité qui m'a souvent coupé le souffle.

Il devait être cinq heures de l'après-midi. Nous étions au début du mois de novembre. Un mois difficile et que l'on a du mal à franchir. Je me souviens qu'il faisait froid et qu'il tombait une sorte de crachin[2]. Ma mère nous avait envoyés avec le chien chercher du lait et du sucre. Nous avions environ un kilomètre et demi à parcourir pour aller chez des commerçants qui nous faisaient crédit. En principe, mon père payait tous les premiers du mois mais il arrivait que les principes fussent oubliés et nous, les gosses, on se faisait engueuler par une grosse crémière qui nous traitait de « fauchés ». C'était une sale humiliation, bien plus dure à remonter que la côte de Vaucresson. Ma mère nous avait embrassés à la russe sur la bouche chacun à notre tour. Elle avait aussi caressé Nanouk, nous avait dit de ne pas nous presser et de bien faire attention aux voitures. Elle nous avait accompagnés jusqu'à la grille et fait un au revoir de la main. Claude et moi étions vêtus de costumes de marins achetés au début de l'été par grand-mère Anna. Nous étions chaussés de socquettes et de sandalettes blanches dont les semelles

1. Ici, l'utérus.
2. Petite pluie très fine.

bâillaient et faisaient clic clac dans les flaques d'eau. Je ne me souviens pas des vêtements de ma sœur Évelyne qui avait trois ans et que nous tenions par la main, mais elle devait être à coup sûr bizarrement accoutrée, tout comme l'était maman, car les beaux habits, c'était pour papa. Ma mère ne souffrait pas de nous voir ainsi, davantage déguisés qu'habillés, marchant à côté des saisons.

Elle n'avait alors aucun sens des réalités. Pour elle, que ce soit l'été ou l'hiver rien ne changeait jamais. Comme elle ne s'entendait pas avec papa, elle ne s'entendait pas non plus avec la vie. Ma mère, en ce temps-là, était toujours au bord des larmes, mais elle devait avoir une grande bouée de sauvetage car elle ne s'est jamais noyée. Quant à papa, il se foutait complètement de la bonne marche de la maison ; il sautait les bonnes et les congédiait ensuite, nous envoyant en nourrice le temps d'en trouver une autre, et parfois aussi lorsque arrivaient les vacances, car son cabriolet[1] Chevrolet ou sa Talbot torpédo[2], bien que munies d'un spider[3], n'étaient pas assez vastes pour contenir toute la famille. Il nous reprenait au gré de ses caprices et de ses rentrées d'argent. C'est ainsi que, placé en nourrice à l'âge de deux ans chez une dame de La Queue-les-Yvelines, j'y restai dix-huit mois. Mon père vint à Pâques, non pour me chercher, mais pour m'apporter une poule en carton bouilli[4] qui pondait lorsqu'on lui appuyait sur le dos.

---

1. Voiture décapotable.
2. Voiture décapotable de forme allongée.
3. Dans les voitures cabriolet, sorte de coffre aménagé à l'arrière.
4. Pâte de carton remodelée dont on faisait, autrefois, les jouets.

En cette fin d'après-midi de novembre et malgré la pluie fine qui nous glaçait, nous nous étions arrêtés, comme chaque fois que nous descendions en ville, devant la clôture d'une propriété de riches. Il y avait là deux chiens, deux énormes danois[1] que Nanouk mettait en fureur, et notre joie c'était de voir notre saint-bernard impassible faire baver de rage les deux molosses. Un gardien était venu et nous avait lancé des pierres par-dessus le grillage. Avant de nous enfuir, je m'étais débraguetté et j'avais montré ma bébette. Évelyne s'était mise à pleurer, elle avait dit que c'était sale et mal poli. Puis nous avions traîné la petite sœur par la main jusque chez la crémière, nous avions acheté le lait et le sucre et nous étions rentrés en flânant, trempés comme des soupes. Parvenus devant la grille, pris d'un pressentiment, Claude avait traversé le jardin en courant. « Maman, maman ! », criait-il, mais la maison était vide. Maman avait disparu, laissant sur la table de la cuisine un mot que Claude se mit à lire et qui disait à peu près ceci : « Mes petits, vous trouverez trois artichauts dans le garde-manger et des pommes cuites dans le four. Mangez bien et dormez bien. Votre maman qui vous aime est partie pour toujours. Dès qu'elle le pourra, elle vous fera venir auprès d'elle. Vous êtes trop petits pour comprendre mais quand vous serez grands je vous raconterai tout ce que votre père m'a fait subir et endurer. Votre mère qui vous aime. Pauline. »

Les dernières phrases furent à peu près inaudibles. Elles étaient entrecoupées des sanglots de Claude. Évelyne, voyant le

1. Chiens originaires du Danemark, de très grande taille et à poil ras.

grand frère en larmes, fondit à son tour. Quant à moi, je l'avoue, j'étais assez content. Je pensais à Hélène, je me rappelais son panier de pique-nique, j'aimais sa petite goutte de rosée sur le « M » de sa lèvre. En tous les cas, pour moi, ça ne pouvait pas être pire. J'étais un de ces enfants sur qui le malheur n'avait pas prise. Les deux choses les plus importantes qui auraient dû marquer ma jeunesse, le départ de ma mère et la déclaration de guerre, m'ont au contraire plutôt stimulé.

Penchés à la fenêtre de notre chambre, Claude et moi guettions le retour du père. Il devait être deux heures du matin quand les phares de la Chevrolet illuminèrent la grille. La lettre de maman à la main, Claude s'était précipité dans les escaliers. Je fis : « Chut ! » du doigt à Évelyne qui s'était réveillée et suivis mon frère aîné. Il criait : « Maman est partie ! Maman est partie ! » Papa avait placé la lettre près des phares pour mieux la lire. Je m'attendais à une explosion de colère, mais il nous serra contre lui et dit :

– Mes pauvres enfants, mes pauvres petits.

Il nous embrassait un peu n'importe comment, sur le front et la bouche, c'était des baisers-salive, des baisers-bègues. Il embrassait et il disait :

– Vous êtes trop petits pour comprendre, mais plus tard je vous dirai, plus tard je vous expliquerai !

Puis il se mit à sangloter et Claude pleura avec lui. Tout cela se passait devant la grille à la lueur des phares ; c'était assez beau et très mystérieux. Comme je restais raide dans ses bras et apparemment sans émotion, il me dit :

– Allez, mon Jacquot, va ! laisse-toi aller.

Et je me mis aussi sec à chialer. Oh ! ça n'était pas parce que ma mère venait de nous abandonner. Non, pas du tout. Mais mon père m'avait appelé : « Mon Jacquot », et cette petite tendresse soudaine, c'était autrement plus important que le départ de ma mère.

J'avais eu tort de me laisser aller, tort de croire. Papa, tout à coup, avait ouvert les bras et couru vers la villa ; on était restés plantés près de la Chevrolet dont le moteur tournait encore. Ça cliquetait, ça sentait le chaud mais ça sentait aussi la fin du monde. Je pris Claude par la main et demandai :

– Claude, jure-moi que quoi qu'il arrive, nous, on ne se quittera jamais. Claude avait juré, l'un comme l'autre on s'était senti moins seul.

Papa revint vers nous en courant. Il tenait à la main un gros revolver qu'il avait rapporté de la guerre, et qu'il brandissait souvent sous le nez de ma mère. Il l'enfonça dans sa ceinture puis monta dans la Chevrolet. La voiture rugit comme le cœur de papa, et tous deux disparurent.

Comme nous avions faim, nous avons mangé les artichauts et les pommes cuites. C'était la première fois que je me couchais aussi tard et j'eus soudain le sentiment d'être devenu adulte. J'avais l'impression de veiller en attendant le retour de mes enfants. Nanouk ne nous avait pas quittés d'une semelle. Il nous léchait, nous aimait ; en fait il avait eu une peur bleue qu'on l'abandonne. Je pris sa grosse tête d'ours sur mes genoux et je commençai à lui raconter ce qui se passait. Pas besoin d'attendre qu'il soit plus grand, le Nanouk ; à lui on pouvait tout lui dire maintenant.

À force de passer et de repasser dans nos têtes en feu, le marchand de sable réussit quand même à nous endormir. Je me réveillai vers dix heures du matin. Papa n'était toujours pas rentré, maman non plus, bien sûr. Pour une aventure, c'en était une. La pluie avait cessé, il faisait moins froid que la veille. Je crois même qu'il y avait du soleil, mais dans la maison il faisait plutôt triste.

Papa ne revint qu'à la nuit tombée. Entre-temps, nous avions été prendre une collation[1] chez une voisine qui venait parfois faire le ménage à la maison dans les périodes où nous étions sans bonne. Elle avait deux petits garçons bien propres et bien nourris qui nous avaient acceptés en faisant la moue. Après le goûter, la voisine nous avait mis sous la douche et, tandis qu'elle me savonnait entre les cuisses, ma bébette s'était mise à gonfler. La dame en riant m'avait fait une pichenette dessus. C'était un geste magnifique, un geste de maman gentille.

J'ai dit que papa était revenu à la nuit tombée, mais il n'était pas seul. Grand-père Léon et grand-mère Anna l'avaient suivi dans leur vieille Mathis, une berline noire très bien entretenue et que grand-père soignait aussi bien que sa moustache. En apercevant la Mathis, mon sang ne fit qu'un tour. Oh ! maman, pourquoi es-tu partie ?

1. Repas léger.

Nous étions en 1936. On se battait en Espagne et mon père, qui était de gauche, nous réunit dans le salon de la villa.

– Mes petits, nous dit-il, la situation est grave et j'espère que vous serez courageux. Prenez exemple sur les républicains espagnols. Ils se battent le ventre vide pour défendre leur liberté. Ce qui se passe dans cette maison n'est pas une tragédie. J'ai vu votre mère et je lui ai parlé. Elle ne reviendra pas et c'est tant mieux pour tout le monde.

Anna l'avait interrompu pour lancer :

– Piline est une saliperie, même une lipine[1] n'aurait pas fait ça.

Grand-mère avait un accent juif. Elle était bête et méchante. Je la haïssais. Léon avait secoué la tête d'un air de nous dire :

– Laissez-la parler, ne faites pas attention.

Mettre de l'eau dans son vin, c'était la technique de Léon. Il restait dans sa tranchée et n'en sortait jamais. J'aimais quand papa parlait de la guerre d'Espagne ; je m'imaginais dynamitant les chars de Franco en compagnie de Shirley Temple[2] dont j'avais fait ma Passionnaria. Mais ce jour-là j'étais passé très vite de l'Espagne à la Normandie. Papa nous avait expliqué que les grands-parents allaient nous prendre avec eux. Oh ! pas très longtemps, rien qu'un mois, un tout petit mois, « juste le temps de se retourner ». Papa se retournait très souvent ; malheureu-

1. Comprendre : « lapine ». Le narrateur imite l'accent juif de sa grand-mère.
2. Actrice de cinéma américaine née à Santa Monica, en 1929. Elle fut l'une des plus célèbres enfants-stars du cinéma hollywoodien.

sement pour lui et pour nous, il retombait toujours à l'envers.

Et nous voici tous les trois embarqués à l'arrière de la Mathis tandis que Nanouk, dans la voiture de mon père, prenait le chemin de la fourrière.

La maison des grands-parents était située à Groutel, un hameau rattaché à la commune de Champfleur, dans les environs d'Alençon[1]. Grand-père Léon conduisait à quarante à l'heure. Si, par mégarde, il dépassait cette vitesse, Anna se déchaînait et les gueulantes n'en finissaient plus. À l'époque il n'y avait pas d'autoroute, on traversait villes et villages et lorsqu'on roulait à quarante, la moyenne se situait aux alentours de vingt kilomètres à l'heure si bien qu'on mettait la journée pour aller de Paris à Alençon et que la maison de Groutel nous paraissait être au bout du monde.

Nous nous étions arrêtés pour déjeuner à Nogent-le-Rotrou[2], dans un bistrot peint en jaune. Grand-mère, avare comme tous les gens sans cœur, ne nous permettait généralement qu'un seul plat et encore au moment de l'addition se mettait-elle à pleurer, suppliant qu'on lui consente une réduction au nom d'une prétendue famille nombreuse. Claude et moi avions pris un lapin chasseur, ce qui nous permettait de manger beaucoup de pain en sauçant. Mais ce jour-là, comme notre maman nous avait quittés et que nous étions censés être très malheureux, Anna fit preuve de largesse et nous offrit un dessert. Au menu, je lus un

1. Ville du département de l'Orne.
2. Chef-lieu d'arrondissement du département de l'Eure-et-Loir à quelques kilomètres d'Alençon.

mot qui m'épata : « Fraises coupées ». C'était de loin le dessert le plus cher car le mois de novembre n'est pas vraiment celui des fraises. Anna refusa et me commanda d'office une banane. J'ai dû attendre dix ans avant de manger mes premières fraises coupées dans ce même restaurant de Nogent-le-Rotrou. C'était en 1945, je revenais du maquis en auto-stop. On me croyait déporté en Allemagne, j'étais à la recherche de Claude et j'avais fait un crochet par la Normandie avant de me jeter sur Paris. Je craignais de revoir ma mère après une si longue absence. J'étais en train de m'empiffrer de ces fraises au vin ; soudain, la porte du restaurant s'ouvre et mon père apparaît en tenue d'officier. Lui aussi revenait de la guerre. Il me croyait mort, je le croyais tué. Nous nous sommes embrassés.

De ce séjour chez mes grands-parents, hormis les scènes de violence et la folie de grand-mère, je garde un souvenir assez flou. Les images sont décousues et ne se suivent pas forcément dans le temps. D'abord le hameau. Une dizaine de fermes où l'on travaillait dur et buvait sec. On y trouvait du bon lait, du bon beurre, du fromage blanc, c'était du cousu main[1], rien que des choses vraiment naturelles. Il y avait aussi un maréchal-ferrant qui construisait des roues de charrettes, et en bout de pays, bordant la route, un immense peuplier que grand-père appelait : « l'arbre de la liberté ». Il y avait aussi les Bougron, des rentiers qui vivaient avec leur petite-fille, Martine. À la Libération, Martine fut violée par quatre Noirs américains qui passaient

1. Expression imagée pour parler de la fabrication artisanale du fromage blanc.

par là dans leur jeep. Martine avait dit aux gendarmes : « Ils m'ont demandé si j'étais normande. J'ai répondu oui, et toc, ils se sont jetés sur moi. Ils étaient tellement noirs et tellement gros que je suis tombée dans les pommes. »

Face à la maison des Bougron, une grande ferme où habitait la famille Collet. Quatorze enfants de la même mère et tous vivants. Aussi était-ce une véritable petite armée de gosses qui partait chaque matin pour l'école de Champfleur. Cela nous faisait cinq kilomètres aller et retour. On y allait vite mais on en revenait très lentement, et la plupart du temps avec le tablier d'écolier déchiré. Je me battais presque chaque jour, soit pour nous défendre quand on nous appelait : « Parigot, tête de veau », soit pour corriger ceux qui me traitaient de « poil de carotte, poil de brique, tache de son ». Mais la pire insulte, celle qui me mettait hors de moi, c'était : « Ta mère t'a pas retiré du four à temps. » Des insultes pour les rouquins, il y en a des tas. Être rouquin c'est pas normal, c'est comme être juif. Moi, j'étais les deux, mais à Groutel, heureusement, personne ne savait que j'étais juif ; même pas moi d'ailleurs. Pour tout le monde, j'avais « pris le soleil à travers une passoire » et c'était déjà pas mal.

Je me battais tout le long de la route mais à peine rentré à la maison je devais encore braver la fureur d'Anna parce que j'étais plein de bleus et de boue. Elle m'attendait derrière la grille avec un couteau ou une fourchette, quelque chose de tranchant ou de piquant, et courait derrière moi en hurlant :

– Ji vais t-igorger, pitit salipard.

Je me réfugiais dans les asperges de grand-père ou à la cave parmi les bouteilles de cidre bouché. Elle me cherchait, me traquait et je l'entendais qui m'injuriait en disant que je tenais de ma mère, que j'étais une « saliperie vivante », et que j'allais la faire « mirir de honte ».

Lorsque Claude était là, il parvenait à la calmer. Mais il y eut tous ces mois où Claude n'y était pas. Papa les avait repris, Évelyne et lui. Ils vivaient à Paris, rue de Rome[1], en bordure de la voie ferrée avec Hélène, la veuve de l'ingénieur, que nous appelions « Marraine ». Oui, pendant ces mois de solitude à Groutel, coincé entre une grand-mère démente et un grand-père trop faible, j'ai songé plus d'une fois à me tuer. Heureusement, il y avait l'institutrice de Champfleur, Mlle Péan, qui avait la peau aussi douce que le cœur et à laquelle je me confiais pendant les récréations. Je fus amoureux d'elle. J'aimais ses manières et son odeur, la façon qu'elle avait de me prendre sur ses genoux et de passer ses doigts dans mes cheveux rouges. Mademoiselle Péan, si vous me lisez, si vous êtes en vie, sachez que j'aimerais vous revoir. Un dimanche matin, vous êtes venue à bicyclette chez ma grand-mère et vous lui avez dit :

– Cessez de tourmenter Jacquot, j'ai confiance en lui. Il ira loin.

Grand-mère, comme à l'accoutumée, vous avait répondu que j'étais de la graine de bagnard. Alors vous êtes devenue toute rouge de colère et grand-mère a pris peur. Mademoiselle

1. Rue du 9e arrondissement de Paris, proche de la gare Saint-Lazare.

Péan, je ne sais si j'irai loin, mais j'irai. Le jour de la distribution des prix, vous m'avez offert un gros livre rouge et un livret de Caisse d'Épargne. J'ai perdu le livre et le livret, mais les vingt francs ont dû faire des petits.

Papa devait venir nous chercher pour les vacances mais il n'est pas venu. Il a envoyé une lettre et des photos de Sanary[1]. Il était en short blanc, et ses bras bronzés enserraient la taille de « Marraine ». Tous deux étaient adossés à la nouvelle voiture qu'ils s'étaient offerte, une grosse Ford, et papa disait dans la lettre qu'elle avait vingt-deux chevaux sous le capot.

Après avoir écouté Claude qui lisait avec application, grand-mère avait marmonné sa rancœur en russe, elle s'en était prise à Léon, mais Léon était sorti sans répondre. Nous l'avions suivi au garage. Il avait décroché son tablier bleu de jardinier avec sa grande poche de kangourou toujours pleine de clous, de boulons, de fil de fer, pleine de trucs qui ne servaient pas mais qui pouvaient éventuellement servir, puis il s'était avancé lentement vers les clapiers. Comme il n'osait pas tuer grand-mère, il allait estourbir un lapin. Oui, grand-père était un très grand tueur de lapins. Il prenait la bête par les oreilles et la regardait tout au fond des yeux comme pour la préparer à l'idée de la mort. Il se passait assurément quelque chose entre le lapin et grand-père. C'était à la fois solennel et pénible, comme tout ce qui est solennel. Et puis soudain grand-père commençait son compte à rebours. Ses lèvres remuaient au même rythme que le nez de

1. Ville balnéaire située dans le Var, à l'ouest de Toulon.

sa victime. Au point zéro, il balançait l'animal en l'air, le saut de la mort, et, le rattrapant au vol par les pattes arrière, il lui brisait la nuque du tranchant de la main. Ensuite tout allait très vite. Le lapin était suspendu à un clou et grand-père le dépouillait à coups de canif, incisant la peau de grand-mère sur laquelle il tirait et qui semblait venir toute seule. Il avait un drôle de petit sourire, grand-père, un drôle de petit coup de canif aussi. Quand grand-mère était proprement déshabillée, on mettait sa peau à sécher sur une corde à linge. Une fois par mois, le marchand de peaux de lapins passait. Il examinait les fourrures en connaisseur et disait que grand-père était le meilleur dépeceur de toute la région. Léon en tirait quelque fierté. C'était pour lui l'occasion de raconter ses histoires de guerre. Il nous parlait des tirailleurs sénégalais qui montaient à l'attaque en criant : « Couper cabèche »[1], et des égorgeurs de tranchée qui rampaient ivres morts, la nuit, vers les lignes ennemies, un poignard entre les dents. Il avait eu la croix de guerre, grand-père, et plusieurs citations et des tas de blessures dont il nous laissait parfois contempler les cicatrices avant de se mettre au lit.

Quand Anna se déshabillait, ça prenait du temps. Elle ôtait ses tabliers un par un, et les pliait méticuleusement. Elle portait aussi plusieurs paires de bas, l'une servant à protéger l'autre et ainsi de suite et aussi plein de jupons et de culottes qui surgissaient de ses cuisses comme par magie. Rien que pour ranger ce

1. « Cabèche » est un terme familier emprunté à l'espagnol *cabeza* signifiant : « tête ».

qu'elle avait sur le dos, ça lui prenait au moins une heure. Pendant ce temps, grand-père déroulait sa grande ceinture de flanelle[1] avec laquelle il se protégeait les reins. Il la déroulait et la roulait en même temps autour de son bras comme le font les marins avec les cordages. C'était précis et joli à voir. Ensuite, quand il avait recouvert toutes ses cicatrices d'un long tricot de corps[2] et d'une chemise de nuit rayée, il se coiffait de son vieux calot de poilu qui lui servait de bonnet de nuit, et s'allongeait comme un chien sur la descente de lit. Il couchait ainsi depuis Verdun, disant qu'il avait pris l'habitude de dormir à la dure, mais nous autres, les enfants, nous savions que grand-mère ne l'acceptait pas près d'elle. Une fois installée dans le grand lit recouvert d'une couette rouge, Anna, comme chaque soir, y allait de sa litanie[3], ressassant en russe ou en yiddish les malheurs qui l'accablaient et, comme chaque soir, grand-père s'endormait en faisant le guet de ses pauvres vieux yeux qui étaient devenus tout myopes à force de chercher du boche vert-de-gris dans la bouillasse de la vie. Mais peu importait à grand-mère qu'on l'écoutât ou non. Elle parlait pour elle-même et tout y passait, les fils à déshériter, les petits-fils à renier, le mari qu'on souhaitait voir crever, les emprunts russes irrécupérables, les pommes de terre pleines de doryphores, le magot qu'il fallait sans cesse déplacer de peur qu'un étranger un peu sorcier se

1. Lainage très fin.
2. Débardeur de coton à maille côtelée.
3. Suite de prières.

pointe dans les parages avec sa baguette de coudrier[1]. Quand elle était lancée sur le magot ça durait, ça durait. Puis du magot, on passait au testament avec sa fameuse clause « au dernier vivant ». Elle trouvait ça bien, grand-mère, mais à condition de ne pas être le premier mort. Oui, tous les soirs c'était pareil, au bout d'un moment elle grimpait si vite le long de ses idées fixes qu'elle mélangeait russe, français, yiddish, et même aussi un peu d'allemand, si bien que le grand-père, sortant de sa transpiration comme de sa tranchée, se mettait à gueuler : « Halte-là ! Qui vive ? » Chaque fois, c'était pareil, en guise de mot de passe, il recevait un coup de pied dans les reins.

Une fois par semaine, grand-mère faisait sa tournée des magots. Elle arrivait dans ma chambre, un candélabre à la main ; il fallait d'une part économiser la lumière, de l'autre s'assurer que la graine de bagnard germait innocemment entre ses draps. Rassurée par le bruit régulier de ma respiration, elle gagnait le rez-de-chaussée, récoltant de-ci de-là des clefs cachées dans des endroits aussi divers qu'un paquet de farine ou une chasse d'eau, puis elle ouvrait les placards, les commodes, les horloges, comptant et recomptant des bouts de papier bizarres, sortes de grands billets de banque, mais en plus décorés. C'étaient des titres[2], qui au porteur, qui nominatifs, des titres à dormir debout, des trucs à entourloupe qui la turlupinaient tel-

1. Autre nom du noisetier. Les baguettes de coudrier servent à chercher des sources.
2. Certificats représentant une valeur en Bourse.

lement qu'elle en avait fait une éruption de gros kystes roses sur le crâne. Non, ce trésor-là n'était pas terrible, c'était un tigre de papier qui ne valait pas une belle défense d'éléphant. Mais Anna, heureusement, avait sa cuisinière, un monstre de fonte et d'émail orné d'une superbe tringle de cuivre bourrée de petites pièces qui valaient leur pesant d'or. Je les avais comptées ; il y en avait quatre cent quinze, mais quand on lui demandait vingt sous pour acheter des sucettes elle jurait ses grands dieux qu'elle était misérable et que son fils lui avait tout bouffé. Il fallait la voir, les jours de marché à Alençon, marchander fruits et légumes chez les commerçants et réussissant à obtenir des rabais en racontant que notre mère nous avait abandonnés et que nous étions entièrement à sa charge à elle, une pauvre vieille sans le moindre radis.

À la fin des vacances, l'oncle Michel, le frère de papa, qui lui aussi était dans les meubles, est venu conduire à Groutel pour quelques jours ma petite cousine Josette. L'oncle Michel, c'était le chouchou d'Anna, un garçon sage et travailleur qui lui donnait bien des satisfactions. La cousine Josette et moi avions le même âge. On se voyait peu car les deux frères étaient fâchés, une question de rivalité dans les affaires et de caractères qui ne se complétaient pas.

Du côté de ma mère, nous avions aussi deux autres cousines. L'aînée, Micheline, était, disait-on, coureuse. Elle avait eu une aventure avec un chanteur de l'époque, qui s'appelait Henri Garat. Elle était rousse comme moi, mais d'un rouge vénitien.

Son père, l'oncle Gadgio, était d'ailleurs originaire de Venise. Jacqueline, la sœur, était moins jolie, mais elle avait un faible pour son petit cousin, et ça me la rendait belle. Un jour que ma mère m'avait « enlevé » de Vaucresson, nous étions arrivés en pleine nuit chez tante Sophie qui tenait à Clichy un magasin de mercerie. Comme il y avait peu de place dans le petit appartement, on m'avait fourré dans le lit de Jacqueline et nous avions fait secrètement le pacte du sang, on s'était entaillé le bras avec une lame de rasoir et juré amour et amitié pour la vie. Il n'y a rien de plus con, de moins vrai. On s'était un peu touché le zizou et la bébette et nos étonnements avaient réveillé la grande sœur Micheline. Prétextant que le lit de Jacqueline était trop petit, elle m'avait pris dans le sien. Elle m'avait gardé longtemps dans ses bras, elle m'avait caressé le cou, la poitrine, le ventre et m'avait fait raidir le muscle. Quand je me réveillai le matin, il y avait du sang plein le lit ; je poussai un énorme cri et regardai aussitôt mon bras. L'entaille ne se voyait même plus. Maman m'avait expliqué que je ne devais pas m'affoler, que les filles, à partir d'un certain âge, saignaient comme ça une fois par mois. J'ai revu Micheline bien plus tard, en Amérique du Sud. Je lui ai rappelé l'incident. C'était une entrée en matière comme une autre, mais elle n'a pas apprécié.

La cousine Josette, qui venait de débarquer à Groutel, était atteinte d'une drôle de maladie ; elle refusait d'ingurgiter quoi que ce soit. Pour la faire manger, on était obligé de lui attacher les mains derrière sa chaise et de la gaver de force. Ça m'était pénible de voir toute cette bonne nourriture qui s'écrasait sur la serviette et partout par terre. J'essayai de débloquer la Josette, en lui parlant comme le faisait papa des républicains espagnols qui auraient été drôlement contents d'avaler quelque chose de chaud. Mais grand-mère, sans être droitière[1], n'apprécia pas ma sortie[2]. Elle gueula contre papa et ses idées, disant qu'il ferait mieux de s'occuper de ses propres enfants, qu'elle n'avait plus le rond et qu'à force de se saigner aux quatre veines pour me nourrir, j'allais finir par la faire crever.

Il y a des choses qu'il ne faut pas dire à un enfant. À ce moment-là, c'est vrai, je l'aurais tuée, mais comme je ne voulais pas faire de peine à grand-père je me précipitai vers la cuisinière et arrachai la barre de cuivre. Les pièces d'or roulèrent sur le carrelage. L'assiette de Josette aussi. Il y en avait partout. C'était joli et terrible à voir. Le premier réflexe de grand-mère fut de se mettre à quatre pattes et d'enfourner dans ses poches tout ce qu'elle pouvait trouver de pièces. Grand-père n'avait rien dit. Il était assis dans son fauteuil à bascule et souriait. Quand grand-mère se releva, pleine d'or et de haine, je sus que c'était terminé. J'embrassai grand-père à la russe, à la boche, n'importe comment, tellement j'avais peur, et courus me réfugier à la ferme voisine. Papa, prévenu de l'incident, quitta Paris avec sa puissante vingt-deux chevaux. Il avait emmené Claude avec lui, et la joie que j'éprouvai à voir mon frère valait bien la correction que papa m'administra. Grand-mère ne voulant plus me voir,

1. Expression enfantine pour dire « de droite » en politique.
2. Discours qui fait scandale.

papa me mit en pension chez les cousins des Collet, fermiers à Males, une localité située à une trentaine de kilomètres de Groutel. Je n'ai aucun souvenir de mon passage chez ces gens. Rien ne m'a marqué, sinon, tout de même, le petit déjeuner, car le père Collet, un gaillard rougeaud, m'obligeait à avaler cul sec un verre de calvados[1]. Il disait : « Boudiou d'Boudiou, c'est comme ça qu'on devient un gars. » J'arrivais saoul comme un gars tous les matins à l'école, et comme le maître n'avait ni la patience ni la douceur de Mlle Péan, il me renvoya de sa classe. Papa allait être obligé de me prendre à Paris ; il fallait néanmoins l'accord d'Hélène. Je crois que papa la tenait par les sens mais aussi qu'elle avait une réelle admiration pour son talent d'artiste. Il était très habile de ses mains et de son sexe.

Marraine adorait Évelyne, qu'elle considérait comme sa fille. Ma sœur était choyée et j'en étais vraiment heureux. Claude venait en second ; Hélène appréciait son intelligence et son physique. C'était un enfant ouvert et facile, doué pour les études. Je ne venais pas en troisième dans le cœur d'Hélène, ni même en dixième, ou en vingtième. Je n'y suis jamais entré. Il faut dire que j'arrivais rue de Rome précédé d'une réputation d'enfant terrible. Il y avait en moi du légionnaire et du Weidmann. J'étais un béni-bouffe-tout, une tête brûlée, un cancre, un crâne de piaf[2], un gosse complètement marteau

1. Alcool de pomme très fort.
2. Nom courant donné au moineau.

auquel il fallait « serrer la vis ». « Serrer la vis », c'était l'expression favorite de papa. De Pâques à la Trinité[1], il fallait qu'on me la serre. Et la vis, Marraine me l'a serrée jusqu'à m'étrangler. D'emblée je fus son souffre-douleur, sa bête rouge, le rouquin à abattre. Je me souviens de ce premier repas rue de Rome. La bonne, qui s'appelait Élise, une Bretonne dévergondée[2], mais généreuse, avait déposé sur la table une assiette de salami[3] garnie de tomates coupées en tranches. J'adorais le saucisson et mangeai ma rondelle sans en ôter la peau. Marraine avait pris les peaux restées dans les assiettes des autres et me les avait fourrées sous le nez, en disant :

– Puisque tu aimes les boyaux, mon petit, en voici.

Papa s'était mis à rire et moi aussi. Elle avait ajouté :

– Puisque ça te fait rire, tu n'auras plus de saucisson du tout.

Par solidarité, Claude avait refusé de manger. Il avait du chagrin et je voyais sa glotte [4] qui remuait, qui remuait. Je ne pleurais pas lorsqu'on me battait, mais quand je voyais Claude malheureux à cause de moi alors mes yeux coulaient beaucoup. Je me levai de table et gagnai le balcon. En bas, il y avait un grand train qui passait avec plein de fumée qui s'élevait. Au bout d'un instant Marraine était venue me chercher, elle m'avait attrapé par une oreille et ramené à table. Elle était belle, Hélène, et

1. La Trinité, dans la doctrine chrétienne, est une fête qui se situe une semaine après Pentecôte, c'est-à-dire, sept semaines après Pâques. Le narrateur semble pourtant dire qu'on lui serre la vis tout au long de l'année. La véritable expression est : « À Pâques ou à la Trinité », ce qui signifie : « à une date non déterminée ».

2. Sans pudeur.

3. Gros saucisson.

4. Orifice du larynx. Ici, pomme d'Adam, partie saillante du cou chez les hommes.

j'enviais papa d'être aimé d'elle. Elle avait un port royal, une distinction innée – c'était pourtant la fille d'un boulanger normand, mais c'était aussi la veuve d'un ingénieur très calé et très distingué.

Elle m'avait prié de m'asseoir pour manger la suite. Comme j'étais têtu, et que je refusais de manger cette suite, un rôti de veau qui sentait pourtant très bon, papa m'avait envoyé dans ma chambre.

Il était une heure de l'après-midi et je me mis à la fenêtre. À l'étage au-dessous, une famille heureuse déjeunait. La petite fille me fit un gentil signe de la main. Je le lui rendis en souriant. Au cours des jours suivants, et comme j'étais souvent privé de déjeuner, je fis comprendre à la petite fille que j'avais faim. J'écrivais à la craie sur une ardoise le motif de ma punition. Elle me consolait par le même procédé. Peu à peu je m'enhardis et lui fis savoir que je la trouvais belle. Elle avait deux tresses qui lui retombaient de chaque côté du visage et un joli petit nez retroussé plein de taches de rousseur. Bientôt, comme je l'avais déjà fait à Vaucresson, je me confectionnai un téléphérique qui faisait le va-et-vient entre sa fenêtre et la mienne. Mes punitions devenaient donc des récompenses, car la petite fille s'amusait à me nourrir. Mais un jour la ficelle cassa et la benne trop lourdement chargée de rosbif-purée versa dans la cour et atterrit sur la tête de la concierge. Ce fut un grand scandale dans l'immeuble. Mon père faillit en venir aux mains avec le voisin du dessous. Quant à moi, on ne m'enferma plus dans ma chambre mais dans le placard à balais.

Claude et moi allions à la communale de la rue Legendre. Sortant de mon école de cambrousse et de mes petits déjeuners à la gnôle, j'avais du mal à suivre. On peut même dire que je traînais, buissonnant[1] tant et plus dans les rues voisines. Après que j'eus trafiqué mon livret trimestriel, afin d'éviter une trempe que je reçus quand même, la décision de m'envoyer en pension, prise depuis fort longtemps, fut appliquée sur-le-champ. On choisit pour cela un collège de Melun, réputé pour sa sévérité. Le cœur lourd de chagrin, je quittai frère et sœur. Papa, comme il se doit, me présenta au proviseur comme une forte tête à laquelle il fallait serrer la vis. Le proviseur qui s'appelait Bouchardier ne se le fit pas dire deux fois. C'était un grand monsieur sec et sévère. Pour me réprimander, il m'attrapait par les deux oreilles et me soulevait jusqu'à ce que mon visage soit à hauteur du sien. Il me gardait comme ça, entre ciel et terre, une ou deux minutes, et me regardait au fond des yeux, exactement comme grand-père le faisait avec les lapins. Cela me faisait très mal et je sentais mes oreilles s'allonger, s'allonger... C'est ce que voulait M. Bouchardier, qui me coiffait ensuite du bonnet d'âne, m'obligeant à braire pendant la récréation.

Je n'ai jamais eu aussi faim qu'à Melun, tellement faim que j'en aurais mangé du foin comme un âne que j'étais. La plupart des internes recevaient des colis pleins de bonnes choses qui me mettaient l'eau à la bouche. Heureusement, je ne tardai pas à me faire un copain qui partageait avec moi tout ce que sa mère

1. Faisant l'école buissonnière, c'est-à-dire, « séchant » les cours pour aller se promener.

lui envoyait. Il s'appelait d'un drôle de nom très difficile à prononcer, même pour un juif, André Strachemeyer. C'était mon voisin de lit, une tête brûlée auquel on serrait aussi la vis, et j'en fis naturellement mon ami. Le soir, quand le surveillant était passé, on se mettait dans le même lit pour se raconter tout bas des histoires que les autres ne devaient pas entendre. André était juif comme moi et il venait d'en prendre conscience. Des heures durant, il me racontait les horreurs que des soldats casqués et bottés commettaient dans les villes allemandes. Ces soldats s'appelaient des S.S., et ils étaient tout spécialement entraînés pour faire la chasse aux juifs par une espèce de peintre en bâtiment qui s'était collé les poils de son pinceau sur le front. Strachemeyer en remettait tant que ça pouvait pour m'effrayer. Il avait une tante en Allemagne qui faisait parvenir des lettres à sa famille. À mon avis, la tante devait être folle à lier parce que tout ce qu'elle racontait c'était massacre et compagnie, du sang, des étoiles et je ne sais quoi ! Mais avec André, nous parlions aussi des filles, de leurs nichons et de leur derrière. Nous étions à l'âge où la conscience et le sexe s'éveillent en même temps. Tous les deux, vaille que vaille, et à l'aide de ce qu'on avait entr'aperçu dans la chambre à coucher des parents, on faisait éclater notre imagination. Les images fusaient comme des feux d'artifice et raidissaient nos quéquettes. C'est à Melun que je me suis masturbé pour la première fois tandis qu'André décrivait avec précision comment il avait vu son père soulever les jupons de la bonne et lui mettre le doigt dans la culotte. La bonne avait dit : « Non, non, non, non. » Et puis elle s'était mise à respirer très fort et le père d'André l'avait embrassée sur la bouche et sorti son truc. Comme j'avais vu papa, à quelques détails près, faire la même chose avec notre bonne Élise, on en avait conclu que les bonnes, pour l'amour, étaient bien meilleures que les mamans.

Tous les samedis vers cinq heures, les internes dont les parents vivaient à Paris prenaient le train pour la capitale. André et moi faisions rarement partie du voyage car nous collectionnions colles et retenues. Plus on nous brimait[1], plus on en faisait. Mais je savais qu'il aurait suffi de me montrer un peu de sympathie, de me donner un baiser de confiance, pour que je devienne le plus gentil des petits garçons. J'aurais donné dix ans de ma vie pour un peu d'amour et dans ce train qui m'amenait une fois par mois vers les miens, il m'arrivait de provoquer le sourire d'un étranger et d'en être inondé de bonheur. Je pensais souvent à ce monsieur de La Celle-Saint-Cloud qui s'était arrêté quelques fois pour me caresser la tête, à ce fameux Weidmann dont les crimes ne se comptaient plus et qui aurait pu être mon père. Entre Weidmann et Lanzmann, il n'y avait qu'une différence de syllabe.

Quand j'arrivai à la gare, ce samedi soir, il n'y avait personne sur le quai pour m'attendre et l'accompagnateur dut me conduire rue de Rome en taxi. Mes parents n'étant pas à la maison, Élise avait dû payer la course. Claude et Évelyne étaient en joie de me

1. Faisait subir des brimades, des vexations accompagnées de coups.

voir. Élise nous fit dîner et puis on joua à la belote. Évelyne s'endormit les cartes à la main et pendant qu'Élise la couchait je racontai à mon frère aîné que j'avais pratiqué la masturbation mais que j'étais encore trop petit pour juter. J'avais joui à blanc comme disait mon copain André. Pour Claude, qui ne s'était jamais touché, ce fut une révélation. Je lui appris à penser à des choses qui excitent, à une petite culotte, à un bas de soie, à une jambe de femme qui se déplie. Claude, de deux ans mon aîné, pensa à Marraine et juta. Nous prîmes peur ensemble quand le liquide jaillit, Claude eut du remords d'avoir fait surgir dans sa tête des images de Marraine, la femme de papa. Je crois même qu'il était assez ennuyé. Pour le consoler, je lui parlai des bonnes, disant qu'elles n'étaient pas seulement à la maison pour laver la vaisselle et faire les lits. « Chiche qu'on essaye ! » Claude s'était fait prier mais m'avait suivi. Élise tricotait à la cuisine. Elle portait une longue robe de chambre à fleurs et comptait ses mailles à haute voix. J'aimais bien son visage franc et la façon qu'elle avait de nous faire des clins d'œil quand ça bardait à la maison. On devait avoir l'air fin tous les deux plantés devant elle avec le cœur qui battait la chamade[1]. Comme il fallait absolument dire quelque chose, je racontai à Élise que lorsque nous étions petits on avait vu papa trifouiller dans le zizi de maman avec des aiguilles à tricoter. Sans se démonter, Élise nous avait répondu que maman devait avoir froid à son zizi et que notre papa lui confectionnait un petit manteau de laine.

1. Était affolé et battait à tout rompre.

– Et toi, Élise, est-ce que tu as froid au zizi ? avais-je demandé.

Elle s'était mise à rire. Elle avait dit :

– Mon zizi à moi est toujours chaud.

Devant cette évocation du zizi d'Élise toujours chaud, j'avais ressenti un grand trouble. Mon cœur s'était arrêté de battre, j'avais attendu qu'il reprenne son rythme et, d'une voix pleine d'émotion, j'avais demandé :

– Est-ce que tu nous permettrais à Claude et moi de venir nous réchauffer un instant sous toi ?

Élise avait souri, elle avait écarté les jambes sans cesser de tricoter. J'avais pris Claude par la main et nous nous étions accroupis sous la robe de chambre d'Élise. Là, il faisait noir et mystérieux. Nous étions à la fois heureux et terrorisés, n'osant bouger, écoutant comme assourdie la voix d'Élise qui comptait toujours ses mailles. Au bout d'un instant, Élise s'était mise à remuer sur sa chaise et nous l'avions entendue nous dire :

– En ce moment mes enfants, vous êtes sous le bateau d'Élise et vous partez pour un grand voyage.

Non. Le voyage ça n'était pas encore pour cette fois-ci car il y avait eu un grand fracas de porte ouverte. C'était papa qui revenait plus tôt que prévu. Marraine était passée chez sa cartomancienne, ils avaient eu un coup de gueule au restaurant et papa était parti. Il ne nous cogna pas. Il dit à Élise de monter dans sa chambre et la suivit pour avoir des explications. Le lendemain, Élise était renvoyée. C'était un dimanche matin et comme ce jour-là elle devait passer la moquette à l'alcali, j'écopai de[1] la corvée. Oh ! mais ça m'était bien égal ; moi j'étais sur le bateau d'Élise, et malgré l'alcali qui piquait les yeux ça sentait bon les algues et le vent.

Les relations entre mon père et ma mère s'étant quelque peu normalisées, Pauline demanda le droit de voir ses enfants et l'obtint. Nous allions visiter maman une fois par mois, à tour de rôle, Claude et Évelyne le jeudi, moi le dimanche quand je n'étais pas collé. Notre mère vivait dans un hôtel de la rue Myrha[2], du côté de Barbès-Rochechouart. C'était une petite chambre avec un lit de fer et une armoire à glace qui prenait beaucoup de place. Il y avait aussi un lavabo, un paravent et, derrière le paravent, un bidet sur lequel ma mère asseyait souvent son bateau. Par la fenêtre, on voyait des drôles de femmes qui marchaient en balançant leur grand sac à main. Je n'ai jamais su ce que faisait ma mère dans cet hôtel de la rue Myrha mais je n'aimais pas la voir là. Elle était très gentille avec moi et moi avec elle, mais, l'un et l'autre, je crois qu'on s'efforçait de ne pas s'ennuyer. Parfois nous déjeunions dans la chambre et, tout en préparant le repas sur un réchaud à alcool, elle fredonnait une chanson qui m'énervait, où il était question d'un beau caballero[3] qui saluait d'un coup de sombrero [4] les señoritas [5] de Mexico. Mais ce qui m'intriguait le plus, c'était quand maman,

1. Je dus faire la corvée. Écoper est une action qui consiste à ôter l'eau d'une barque avec une pelle appelée « écope », ce qui est véritablement une corvée.
2. Rue située dans le 18e arrondissement de Paris.
3. Mot espagnol signifiant « cavalier » mais aussi « monsieur » (appellation de politesse).
4. Mot espagnol signifiant « chapeau ».
5. Mot espagnol signifiant « demoiselles ».

armée d'une seringue, se la plantait dans la cuisse. Je revois encore la façon qu'elle avait de relever sa jupe, tenant la frange entre ses dents pour éviter qu'elle ne retombe et ce geste précis, rapide, de l'aiguille qui s'enfonce et se retire aussitôt. Maman avait déjà trois enfants et ça suffisait.

Quand nous ne déjeunions pas dans la chambre, maman m'emmenait au restaurant. Comme je savais qu'elle avait peu d'argent, je prenais des plats pas chers, affirmant que je raffolais de hachis Parmentier. Après le restaurant, j'avais droit au cinéma. Quand le film n'intéressait pas maman, elle me laissait et me retrouvait à la sortie. Maman était grande, très brune, très sombre, mais elle avait du soleil dans les yeux, un physique et des habits provocants. Dans la rue, les hommes se retournaient facilement sur elle. Ce que j'aimais le plus chez ma mère, c'était son goût pour la flânerie et la façon dont elle déambulait devant les vitrines en se creusant les joues chaque fois qu'elle apercevait le reflet de son visage. Un jour je lui avais demandé pourquoi elle faisait comme ça « son cul de poule » dans les glaces. Elle avait répondu qu'elle se trouvait trop grosse, que c'était un simple geste de coquetterie. À la maison, on racontait que maman faisait la putain sur les grands boulevards. Un jour qu'elle me demandait ce que papa nous disait d'elle, je le lui avouais. En vérité, je ne savais pas au juste ce qu'était une putain mais à la réaction de ma maman, aux grosses larmes qui s'étaient mises à couler de ses grands yeux noirs, je m'étais rendu compte qu'elle était très blessée par ce que j'avais dit. Elle m'avait montré ses mains et m'avait fait toucher ses doigts. Ses mains étaient pleines de cals[1] et de coupures et, sous les ongles camouflés par le vernis, il y avait des tas de saletés qu'elle ne parvenait pas à nettoyer. On s'était assis sur une place, à la terrasse d'un café. En face de nous, les ailes d'un moulin tournaient et, tout à côté de moi, les yeux de maman qui avaient perdu leur soleil continuaient à pleuvoir. Des gens aux tables à côté nous regardaient et j'étais gêné.

– Vois-tu, Jacquot, me dit-elle, ta maman ne fait pas la putain, mais elle travaille dans une usine qui fabrique des boîtes en fer-blanc dans lesquelles on met ensuite toutes sortes d'aliments. Certes, elle ne me l'avait pas dit aussi calmement, ni aussi vite. Ma mère, en effet, bégayait et chacun sait que le bégaiement, sous l'emprise de l'émotion, atteint à des intensités dramatiques. Moi, je sirotais ma grenadine avec une paille et j'essayais de deviner plutôt que je ne comprenais les tournures verbales de ma mère. Elle avait mis longtemps à s'expliquer, avouant qu'elle en bavait en usine mais aussi qu'elle y avait trouvé un certain bonheur en la personne d'un homme avec lequel elle se sentait bien.

Quelque temps plus tard, à l'occasion d'un pont scolaire pendant lequel j'étais venu passer deux jours rue Myrha, je rencontrai l'homme de maman. Il s'appelait Julio, c'était un Italien antifasciste qui avait fui le régime de Mussolini. Il parlait mal le français mais dans son regard il y avait toute la compréhension du monde et ça, c'était vraiment facile de le comprendre. Le

1. Accumulation de peau durcie par le travail.

samedi soir, ma mère et Julio m'avaient emmené assez loin en banlieue, à un meeting politique. Il y avait plein de monde et des discours, des vendeurs de frites et des jeunes filles à brassard qui distribuaient des tracts. À l'issue du meeting, Julio et plusieurs de ses amis avaient signé quelque chose sur un grand cahier. Ils avaient levé le bras et fermé le poing et maman avait pleuré car le papier que Julio avait signé, c'était, je crois, son engagement dans les brigades internationales. Dans quelques jours, il allait partir faire la guerre en Espagne. Nous étions rentrés rue Myrha par le métro et nous avions mangé pour vingt-quatre francs, à côté de l'hôtel, dans un petit restaurant sombre. Je me souviens de la note parce que Julio m'avait donné les six francs de monnaie qu'on lui rendait. Et puis maman m'avait couché dans son lit. En m'endormant, je les avais entendus discuter. Julio disait qu'il reviendrait, que trois enfants ne lui faisaient pas peur mais qu'il voulait en avoir un autre, ou même deux autres avec elle.

En Espagne, c'était la guerre. En Allemagne, on la préparait. En France, entre la gauche et la droite traditionnelles on assistait à la multiplication des groupuscules. Les Camelots du roi[1] et les Croix-de-Feu du colonel de La Rocque prenaient du poil de la bête et prêchaient déjà la grande croisade antisémite[2]. Dans ce collège de Melun, élèves et professeurs étaient donc

1. Mouvement royaliste fondé en 1908 et dont la principale activité était, à l'origine, des actions politiques soutenant un idéal royaliste et nationaliste, organisation qui proclame ses idées dans un quotidien intitulé *L'Action française*. Les Camelots du roi jouèrent un grand rôle lors des émeutes de février 1934.
2. Contre les Juifs.

eux aussi naturellement divisés, mais il arrivait parfois que tout le monde tombât d'accord pour tracasser les minorités[1]. En classe de huitième[2], seuls André et moi avions le courage d'afficher nos opinions et surtout nos origines. Il ne se passait pas de jour sans brimades et bagarres. Nous étions les étrangers, les parias[3], ceux qui étaient venus du néant pour s'empiffrer de pain français. Que je sois né à Bois-Colombes[4], de père français, ne changeait rien à l'affaire. Je portais un nom juif et, en tant que juif, je devais payer. Tout était bon pour nous rabaisser et, en ce domaine, les inventions des enfants dépassent en cruauté celles des adultes. Au dortoir, on préparait parfois en guise de boisson un mélange de coco et d'eau qu'on appelait l'antésite[5] et qui avait exactement la couleur de l'urine. Un nommé Gilette, dont le père était commissaire de police et qui faisait partie des grandes classes, s'était avancé vers moi avec une bouteille pleine. Il avait un sourire en coin, mais comme j'étais à la recherche d'amitié je ne vis pas le coin de son sourire. Il me tendit la bouteille en disant :

– Tiens, Jacques, bois un coup !

Comme j'hésitais, il ajouta de manière qu'on l'entende à la ronde :

– Hé, les gars, le youpin[6] refuse de boire français !

1. Groupes constitués du plus petit nombre d'éléments.
2. CM1.
3. En Inde, personnes étant au plus bas de l'échelle sociale et exclues par tous.
4. Commune des Hauts-de-Seine, au nord de Paris.
5. Boisson à base de réglisse.
6. Expression argotique formée à partir du mot arabe *yaoudi* ou *youdi* signifiant « juif ». Il s'agit d'un terme méprisant.

Des groupes s'étaient formés et se rapprochaient. Je haussai les épaules, pris la bouteille des mains de Gilette et bus. C'était pas de l'antésite, mais de la pisse. C'était dégueulasse au goût comme au moral, et comme je recrachais tout en hoquetant, ils se mirent à quatre ou cinq grands sur moi, m'aspergeant le visage avec ce qui restait de la bouteille. Le surveillant dans sa carrée[1] n'avait pas bougé. Le lendemain, le proviseur me convoqua et m'accusa d'avoir sciemment[2] uriné dans mon lit. On porta l'affaire devant le conseil de discipline, mais, dans les jours qui suivirent, les événements se succédèrent à un tel rythme que le « conseil » fut bientôt débordé. André et moi nous avions décidé de nous venger. On s'était retenu toute la journée d'aller aux cabinets, et cela nous avait donné très mal au ventre. On s'était couché en même temps que tout le monde et, dans la nuit, on était descendu dans la salle de classe se soulager dans le pupitre de Gilette. Malheureux, qu'avions-nous fait là ! Pendant toute une semaine, on trouva de la merde partout, dans nos chaussures, dans nos draps, dans nos slips. Puis, quand la classe en eut assez de chier dans nos bottes parce que l'odeur de la merde incommodait aussi bien les agresseurs que les agressés, les persécutions prirent soudain une forme d'exceptionnelle gravité.

Un jeudi que nous étions en promenade dans la forêt, un groupe de grands menés par Gilette fondit sur nous. On s'était

---

1. Sa chambre (terme emprunté au vocabulaire militaire).
2. En toute conscience.

battu jusqu'au bout de nos forces, puis ils nous avaient déshabillés, et lié les poignets et les chevilles avec des ceinturons. Ils nous avaient fouettés à coups d'orties, à coups de ronces, en criant :

– Sales youpins, vous avez tué le Christ et vous allez mourir !

C'est vrai qu'on aurait pu mourir, et qui s'en serait soucié ? Certainement pas le surveillant, qui entendait forcément mes appels au secours. J'étais sur le point de tourner de l'œil, quand André qui n'avait pas desserré les dents, gueula :

– Bande de cons ! vous ne voyez pas qu'il n'est pas juif !

Quel âge avaient-ils ceux qui nous torturaient ? Treize ou quatorze ans. Pas davantage. Ils marquèrent un temps pour questionner le visage tuméfié[1] d'André.

– Regardez ma queue et la sienne. Moi je suis coupé, lui pas.

C'était vrai, mes parents avaient oublié de me circoncire. Les mômes se penchèrent sur ma queue, puis sur la sienne. Je ne sais pas s'ils ont vu la différence, elle est si minime. Gilette avait dit :

– Alors si tu ne l'es pas, pourquoi que tu te fais passer pour juif ?

Courageusement, histoire d'être à la hauteur d'André, j'avais répondu que je les emmerdais. Ils étaient partis, un peu cons, mais en oubliant de nous détacher. Ce jour-là, pour la première fois, je pris vraiment conscience d'être juif. La queue n'a rien à voir là-dedans.

1. Gonflé sous l'action des coups.

Un dimanche soir, André revint de Paris armé d'un revolver. C'était un vrai pistolet d'ordonnance[1], avec ses six balles tranquillement logées dans le barillet. Il avait fauché l'arme à l'amant de sa mère, et paraissait pressé de s'en servir. Toute la journée du lundi j'ai tremblé qu'il ne le fasse et, m'étant fait rosser en cinq sec dans les W.-C. par un grand salaud de fils de boulanger qui en voulait autant aux rouquins qu'aux juifs, je n'en parlai pas à mon copain. Dans la soirée, il n'y eut pas de provocation flagrante[2] contre nous. On aurait dit que les autres avaient flairé le danger. André dormait, l'arme coincée sous son oreiller, et je m'étais juré de le désarmer. Je ne voulais pas qu'il tue, je ne voulais pas qu'il aille en prison, je ne voulais pas me faire renvoyer, je ne voulais plus que mon père me batte, je ne voulais pas finir sur l'échafaud. Oui, il fallait que je désarme André. Le cœur battant, toute la nuit, j'avais attendu l'occasion. Puis, voyant que le jour allait se lever, j'avais glissé ma main sous l'oreiller, pris le revolver, et foncé jusqu'aux toilettes. Là, j'avais fait basculer le barillet, et vidé les balles dans les tinettes[3]. Le revolver à la main, j'étais revenu vers le dortoir, plein d'un énorme courage. Ne venais-je pas de sauver quelqu'un de la mort, un autre de la prison, et moi du scandale. Ayant remis l'arme sous l'oreiller de Strachemeyer, je pouvais maintenant réveiller mon copain et tout lui raconter. André se redressa, chercha le revolver et l'ouvrit. Plus de balles. Quand il

1. Terme militaire pour désigner une arme conforme au règlement.
2. Visible.
3. Terme familier pour désigner les W.-C.

vit que j'avais dit vrai, il sauta sur moi. Tout le dortoir stupéfait regardait les deux juifs se battre. L'un deux cognait même l'autre à coups de crosse de revolver. Ce fut un beau ramdam[1]. Surveillant, proviseur et concierge, tirés de leur sommeil, rappliquèrent. On désarma André et cette vacharde de Bouchardier en profita au passage pour me foutre des coups de genou dans les parties tandis qu'il me tenait suspendu par les deux oreilles. On nous avait fait descendre dans le bureau du directeur, tout dépeigné, et qui avait encore du blanc au coin des yeux. Les questions, les gifles, n'avaient pas cessé de pleuvoir. André se taisait, le front bas, l'air buté. Moi, je faisais comme lui. Je l'avais sauvé mais je ne voulais pas le trahir. Voyant qu'ils ne pourraient rien tirer de nous, les adultes s'étaient consultés, puis avaient décidé, en raison de la gravité de la situation, de téléphoner aux parents. Chez moi, rue de Rome, ça ne répondait pas. Papa n'ayant pas payé le téléphone, on l'avait coupé. La mère d'André répondit qu'elle arrivait. Elle arriva en effet, la mère d'André. C'était une dame très élégante, un genre de Marraine. Elle était accompagnée d'un monsieur qui n'était pas son mari, et au visage duquel André cracha. Je ne l'avais jamais vu à ce point hors de lui. Et puis, soudain, il se mit à tourner à toute vitesse autour de nous, se cognant la tête contre les murs et la porte. Ça faisait beaucoup de bruit et de mal. La mère d'André répétait sans arrêt :

– Mon Dieu ! Mon Dieu ! qu'est-ce qu'il m'arrive !

---

1. Déformation de *Ramadam*. Vacarme et tapage nocturnes en souvenir du bruit qui se fait les soirs de Ramadan.

Pendant ce temps, son fils coincé à mort tournait toujours et se tapait la tête pour essayer de s'en sortir. Le monsieur qui accompagnait la maman d'André avait récupéré son arme et en avait donné un grand coup sur le menton d'André. Mon copain s'était mis à vaciller. Quelqu'un l'avait rattrapé et assis sur une chaise. Il était groggy[1], l'André, et ses yeux avaient viré au blanc. Tous les regards s'étaient tournés vers moi. Eh bien, ils allaient m'entendre. Le petit youpin se mit à table. Il décrivit les brimades, les cassages de gueule, l'indifférence des surveillants, les mauvaises notes, les colles données à tort et à travers, et toutes ces heures passées au piquet coiffé du bonnet d'âne qui faisait de nous la risée[2] de la classe, et puis j'avais montré mes phalanges bleuies par les coups de règle, mes oreilles à moitié décollées, ma poitrine déchirée par les ronces. Oui ! je cafetais, racontant au directeur la correction que les grands du lycée nous avaient infligée dans les bois et pourquoi et comment ils nous avaient menacés de mort. Le directeur m'écoutait, le proviseur me jetait de vilains regards, le surveillant haussait les épaules, la maman d'André ouvrait ses grands yeux maquillés et mon copain, revenu à lui, hochait la tête d'un air accablé. Et j'en racontai d'autres, nos cartables lacérés, nos cahiers et nos livres brûlés, les punaises dans nos souliers, le poil à gratter dans nos pantalons et les séances de branlage qui nous faisaient sortir du sang de la bébette tellement les gars y allaient vite et fort, se relayant sur notre queue quand

1. Terme de boxe signifiant « à moitié assommé ».
2. Le centre des moqueries.

leurs bras n'en pouvaient plus. Oui, j'en ai tellement dit ce matin-là, tellement dérangé de consciences et gêné de gens, que le directeur, un homme assez bien je crois, a demandé un temps de réflexion. Le lendemain, papa et Marraine sont venus me chercher. Le directeur a parlé gentiment et plaidé pour moi, expliquant que j'avais une sensibilité à fleur de peau, que certains événements m'avaient blessé à l'intérieur de moi-même, mais que ces petites anicroches[1] de la vie de potache[2] seraient bien vite oubliées après un séjour en famille. En somme, sans me renvoyer vraiment, on avançait mes vacances.

Mon retour rue de Rome n'arrangeait que Claude et Évelyne. Marraine me fit la gueule et la nouvelle bonne aussi. Les affaires de papa n'allaient pas fort et, les derniers jours du mois, il valait mieux ne pas trop l'ouvrir. Papa ne s'y retrouvait jamais dans ses comptes. Il disait qu'il avait une vocation d'artiste et qu'il n'était pas fait pour les affaires. Alors on vendit le magasin de meubles de la rue Nollet.

Papa s'installa alors comme décorateur-ensemblier. Il travaillait par relations et avec les relations des relations mais, comme il demandait une très grosse avance au moment de la commande et une autre vers le milieu et encore une autre un peu après, lorsque le travail était terminé il n'y avait plus rien à toucher, sinon l'avance d'une autre commande. Toute sa vie,

1. Petits obstacles.
2. Élève.

papa a été en retard d'une avance et c'est pourquoi nous avons toujours manqué de quelque chose. Mais quand papa avait de l'argent, il savait se montrer généreux. Il le distribuait exactement comme il donnait les coups, un peu au hasard de son humeur. Ses cadeaux n'étaient pas davantage justifiés que ses fessées. Nous avions parfois de beaux jouets avec lesquels il s'amusait. Il aimait bien nous acheter des voitures de course qu'il remontait à fond[1] avant de les lâcher dans une flaque d'huile pour le plaisir de les voir déraper. Lorsque papa était de bonne humeur et qu'Hélène était trop fatiguée pour sortir, on jouait parfois à la belote. Ces soirées de détente correspondaient généralement aux règles douloureuses de Marraine. Quand elle avait mal au ventre, elle n'aimait pas sortir. Je n'aimais pas être le partenaire de mon père car, si j'avais le malheur de ne pas annoncer tierce ou dix de der, lui n'annonçait pas la gifle mais la donnait. Un peu plus tard, en pleine défense passive, alors que les sacs de sable s'entassaient sous les portes cochères et que les sirènes essayaient leur voix, histoire de nous entraîner, papa instaura la belote avec port obligatoire du masque à gaz. C'était un beau spectacle, on avait l'air de cochons fantomatiques et, lorsqu'on parlait dans nos groins de caoutchouc, ça amusait tellement la petite sœur qu'elle en faisait pipi dans sa culotte.

On m'avait remis à l'école de la rue Legendre[2]. Là, je fus pris

1. Certains jouets de cette époque avaient un système mécanique qui leur permettait de se mouvoir au moyen d'un ressort qu'il fallait remonter.
2. Rue du 17e arrondissement de Paris.

en main par un instituteur dont je ne retrouve pas le nom. Il s'était juré de me faire passer mon certificat d'études. C'était un combat perdu d'avance car je ne savais pas grand-chose sur rien. Peu de jours après mon admission rue Legendre, un examinateur qui faisait une tournée de routine m'avait demandé :

– Dites-moi donc un peu comment s'appellent les habitants de la Corse ?

Spontanément, j'avais répondu :

– Les Corsaires.

La classe avait bien ri et je m'étais senti très bête, mais l'instituteur ne s'était pas dégonflé, il m'aimait et je l'aimais. Pour lui prouver mon amitié, je lui écrivais de longues lettres. Souvent, après la classe, il reprenait mes lettres et nous corrigions ensemble mes énormes fautes d'orthographe. Comme j'étais doué pour la composition française, je travaillais particulièrement cette matière. J'étais aussi, et pour cause, assez fort en gymnastique et en course à pied. En calcul, j'avais beau m'appliquer, je n'avais que des zéros. Impossible de réussir une division, je ne savais jamais où mettre la virgule et la plaçais au hasard. Parfois ça tombait juste. Claude, heureusement, m'aidait à faire mes devoirs. Avec lui, ça ne traînait pas, car mon frère, bien que studieux, était aussi très joueur et savait profiter des rares instants où nous vivions l'un près de l'autre. Notre jeu favori, c'était le tour de France. On inscrivait sur de petits bouts de papier les noms des idoles de l'époque. Il y avait Lesueur, Speicher, Lapébie, Archambeau, Magne, bien d'autres encore, et nous faisions glisser les bouts de papier pliés sur du fil à coudre. Je ne sais plus ce qu'on gagnait, ni comment, mais on jouait avec frénésie et si, d'aventure, on était dérangé par Évelyne on l'enfermait le temps qu'il fallait dans le placard à balais en lui disant qu'un loup rôdait dans l'appartement et que nous la cachions pour la protéger. De temps à autre, alors que mon Speicher de papier glissait sur son fil et rattrapait Lapébie en panne sur le sien, nous imitions le hurlement du loup et entendions pleurer la petite sœur. Mais Claude et moi on jouait aussi à d'autres jeux. Lorsque les parents n'y étaient pas, nous aimions découvrir le secret de leur chambre à coucher. C'était en vérité une belle chambre[1], tout en placage de bois de rose avec des incrustations de marqueterie[2]. C'était la chambre de Marraine et elle en était très fière. Certes, on n'avait pas le droit d'y entrer mais comme nous savions où était la clef, on ne s'en privait pas. Dans les tables de nuit, il y avait toutes sortes de pommades et de crèmes dont l'odeur me plaisait. L'une d'elles se présentait sous la forme d'une gelée et Claude m'avait expliqué que cette gelée servait à boucher les trompes de Marraine quand elle mettait tout au fond de son ventre un morceau de caoutchouc. Le fameux caoutchouc était rangé dans une petite boîte ronde et plate dont le couvercle était retenu par un élastique. Quand je l'ouvris, un nuage de poudre s'en échappa et je dus épousseter la table de nuit et la moquette. Ce qui m'éton-

---

1. Ici, il s'agit du mobilier : le lit, l'armoire et deux tables de lit et non de la pièce. Parfois, on y trouve un fauteuil.

2. Ouvrage d'ébénisterie qui consiste à créer des motifs en collant des placages de bois d'une autre essence (en général des bois plus précieux).

nait beaucoup dans cette histoire de rondelle de caoutchouc tellement douce au toucher et de cette gelée, c'est qu'ils servaient à boucher les « trompes » de Marraine. Claude ne pouvant m'en expliquer davantage, j'ai longtemps cru qu'une sorte de trompe d'éléphant était nichée quelque part au fond du sexe des femmes et qu'elles s'en servaient pour retenir en elles la quéquette des messieurs.

Dans la table de nuit de papa, il y avait aussi une sorte de grosse matraque qui ressemblait au bâton dont les agents se servent pour régler la circulation. Cette chose était à la fois lourde, dure et molle. Claude disait que c'était une arme pour assommer les voleurs.

Tous les quinze jours, Claude et moi allions voir maman dans son hôtel de la rue Myrha. Elle avait été renvoyée de sa fabrique de boîtes en fer-blanc et n'avait plus du tout d'argent. Il nous arrivait de voler dix ou vingt francs dans le sac d'Hélène pour l'aider à acheter des provisions. Maman se débattait avec la vie, et le fait de nous avoir abandonnés lui pesait de plus en plus sur le cœur, aussi nos visites lui faisaient-elles plus de mal que de bien.

Il y avait beaucoup d'hommes autour de maman. C'étaient pour la plupart des Italiens, des amis de Julio qui transitaient par la France. Je crois que maman servait de boîte aux lettres à un mouvement anarchiste et que les révolutionnaires aimaient le repos de ses bras. Il y avait un certain Moretti qui m'apprenait à tirer avec un revolver à fléchettes en gardant les deux yeux ouverts. Il disait que fermer l'œil gauche pour viser c'était une manière de refus et qu'il fallait tuer en toute connaissance de cause. Ce Moretti, qui était très poilu, m'impressionnait beaucoup. Je ne pense pas qu'il couchait avec maman, mais plutôt avec sa sœur Sophie qui avait des problèmes avec son mari. Sophie avait une voix douce et parlait en détachant les syllabes. Je la trouvais plus excitante que maman, et lorsqu'elle arrivait en taxi de Clichy, toutes les deux s'enfermaient dans la chambre pour comploter. Il était souvent question d'un fibrome[1] à opérer, d'un ovaire qui ne fonctionnait pas très bien, de sage-femme et d'avortement.

Quelques jours avant les examens du certificat d'études, l'instituteur qui m'aimait bien m'avait dit :

– Mon petit Jacquot, j'ai confiance en toi, ne me déçois pas.

Au cours de la semaine, j'avais rédigé une très brillante composition française sur le président de la République turque, le grand Kemal, et l'instituteur, n'ayant pas tenu compte des fautes d'orthographe, m'avait noté vingt sur vingt. Bien sûr, il ne savait pas, l'instituteur, que j'avais recopié presque mot à mot un article paru dans un magazine. J'y avais ajouté quelques tournures de phrases assez personnelles, avec juste ce qu'il fallait de naïveté. Tout content, l'instituteur avait envoyé un mot à papa pour lui demander de me soutenir moralement et d'éviter toute sorte de punition qui aurait eu pour effet de me bra-

1. Tumeur souvent bénigne logée dans l'utérus.

quer. Papa et Hélène avaient ri en lisant le mot. Pour eux, j'étais le roi des cancres, et l'instituteur le roi des cons. Papa m'avait demandé quel métier je désirais exercer lorsque je serais grand. J'avais répondu sans hésiter :

– Chauffeur de locomotives.

Papa, toujours malin, m'avait posé le problème suivant :

– Un train électrique roule nord-sud à la vitesse de cent kilomètres à l'heure. Le vent souffle est-ouest à la vitesse de soixante kilomètres. De quel côté va la fumée ?

Bien que me méfiant, je m'étais laissé piéger. Ces maudits « nord-sud » et « est-ouest » m'avaient bloqué la cervelle. Comme je cherchais à résoudre le problème, il avait frappé du poing sur la table, et déclaré :

– Crâne de piaf ! Un train électrique ne fait pas de fumée !

Pour bien me faire rentrer la chose dans la tête, il m'avait envoyé sans manger sur le balcon afin que j'observe les trains de la gare Saint-Lazare. Tandis qu'ils déjeunaient, je m'étais mis à dessiner ce que je voyais de là-haut. J'avais fait un grand dessin au fusain sur un papier Canson et papa en fut estomaqué. Il le trouva si bien qu'il le fit encadrer et l'accrocha dans le salon entre nos bustes qu'il avait modelés dans de la terre glaise. La veille du certificat d'études, je me sentais si peu prêt que j'avais fait l'école buissonnière, une façon de faire comprendre à l'instituteur que je ne méritais pas sa confiance. J'avais été au zoo et j'étais resté toute la journée devant la cage d'un grand singe, essayant de me faire reconnaître de lui. Je savais, car papa le disait, que l'homme descendait du singe et, pour abolir la distance qui me séparait de lui, j'avais fait tant de grimaces avec mon nez et mes oreilles que j'avais attrapé un tic nerveux et que mon nez bougea « est-ouest » et « nord-sud » pendant des mois. Mon tic énervait tellement Hélène qu'on me fit voir par un spécialiste des nerfs. Quand le tic du nez cessa, je me mis aussitôt à remuer les oreilles, et ce fut le début d'une longue série de grimaces nerveuses. J'attrapai même le tic du chien, claquant des mâchoires à tout bout de champ, puis je me mis à loucher, et un beau jour, le comble, à bégayer comme ma mère.

Rentrant de la ménagerie, je trouvai l'instituteur à la maison. Il était profondément déçu de mon attitude et demanda la permission à mon père de m'emmener coucher chez lui afin de me préparer psychologiquement pour l'examen du lendemain. L'instituteur était communiste ; il avait une femme qui avait les mêmes cheveux rouges et les mêmes taches de rousseur que moi. Elle aussi avait pris le soleil à travers une passoire. Ce soir-là, je mangeai beaucoup, tout en remuant mon nez. On avait servi des spaghetti et la femme de l'instituteur m'avait montré comment on devait enrouler les pâtes autour de la fourchette. À ma grande surprise, j'avais pris le coup immédiatement et cela m'étonna car Marraine, elle, n'était jamais parvenue à ce résultat. Cette victoire sur les spaghetti m'ayant mis en confiance, je révisai une partie de la nuit les matières où j'étais faible c'est-à-dire la plupart, et m'endormis en sachant à peu près ma table de multiplication. Le lendemain, pris d'un trac immense dans cette grande salle studieuse où des messieurs graves distribuaient des copies, je perdis tous mes moyens.

Heureusement, la chance s'était assise à mes côtés en la personne d'un nommé Palomares, fils d'un réfugié espagnol, premier de la classe, et qui m'avait à la bonne. Je m'étais souvent battu à ses côtés pendant les récrés, et la dernière bagarre nous avait opposés aux partisans d'un boxeur français qui allait rencontrer Al Brown, un Noir américain, que Palomares et moi soutenions.

Ayant donc beaucoup louché sur les feuilles que Palomares penchait vers moi, je fus reçu au certificat d'études et courus à la maison annoncer la nouvelle.

Papa, qui ne voulait pas me croire, m'accompagna jusqu'à l'école, mais quand il lut mon nom sur une feuille affichée au mur de l'établissement, ce fut bête et inattendu, il se mit à pleurer. Cela correspondait à une époque où rien n'allait très fort pour lui. Marraine, jalouse d'une cliente, parlait de séparation. Mais la santé de papa n'était pas non plus très bonne. Il perdait son souffle en travaillant, et maigrissait beaucoup. Le médecin disait que les gaz allemands respirés en 1917 étaient toujours quelque part dans les poumons et qu'il serait urgent de changer d'air. Quand papa était affaibli, il devenait gentil, et c'est sans doute pourquoi il devint de plus en plus gentil en vieillissant. En rentrant, papa acheta une bouteille d'asti spumante[1] pour fêter l'événement. Le soir, il nous emmena au restaurant et dans un cinéma des grands boulevards, le « Paramount ». On y jouait deux grands films ; l'un d'eux s'appelait *Robin des Bois*

1. Vin mousseux italien de la région d'Asti.

d'Eldorado. Ça se bagarrait beaucoup entre Mexicains et Yankees, il y avait plein d'explosions et une très belle femme brune comme ma mère qui fichait le feu aux poudres. *Robin des Bois d'Eldorado* fut le dernier film de mon enfance. Quant à l'école, j'en restai là.

BIEN LIRE

CHAPITRE 1

- **P. 13 : À quelle année remonte le début des souvenirs d'enfance du narrateur ? Quel est son âge alors ?**
- **Chez les Lanzmann il manque deux choses : lesquelles ?**
- **P. 16 : Qu'est-ce qui est arrivé au père du narrateur en 1917 ?**
- **P. 17 : Pourquoi l'enfant dormait-il avec le revolver de son grand-père ?**
- **P. 18 : De quelle origine sont les grands-parents du jeune garçon ?**
- **P. 39 : Quel est le mot de passe que reçoit le grand-père quand, tout en dormant, il crie : « Halte-là ! Qui vive ? » ?**
- **P. 42 : Quelle est la réaction de l'enfant quand sa grand-mère lui reproche de se saigner aux quatre veines pour le nourrir ?**
- **P. 43 : Quel souvenir le narrateur garde-t-il de son passage chez les Collet ?**
- **P. 46 : Quelle méthode utilise le directeur de la pension pour réprimander le nouvel arrivant ?**
- **P. 53 : Quel métier doit faire la mère de Jacques pour gagner sa vie ?**
- **P. 67 : Quel est le don qui se révèle chez Jacques et qui étonne très fort le père Lanzmann ?**

2

Papa était drôlement bâti. Il avait un torse étroit et des épaules en bouteille de Saint-Galmier[1]. Ses bras puissants aux biceps proéminents[2] contrastaient avec le reste. On aurait dit qu'ils n'étaient pas à lui. Son visage aux traits réguliers que mangeait en partie une grosse monture de lunettes, donnait une impression d'intelligence. Il avait le regard clair et bleu ; mais lorsqu'il ôtait ses verres, on le voyait soudain tout nu et cette nudité choquait. Ses lunettes, c'était le pantalon de ses yeux. La santé de papa empirant, on quitta la rue de Rome pour Brioude[3], une sous-préfecture de la Haute-Loire, située en plein Massif central, près d'une jolie rivière[4] pleine de saumons qui sautaient alors joyeusement le barrage de la Bajeasse. À cette époque, les eaux n'étaient pas encore polluées, et Brioude recevait la visite de quelques mordus de la pêche. C'était à peu près les seuls étrangers à se risquer dans le coin où la truite pullulait également, et aussi les écrevisses qu'on allait prendre dans quelque ruisseau encaissé, avec des balances de fortune[5] et des morceaux de viande avariée. Papa, qui avait été soigné dans la région en 1918, y gardait certaines relations, notamment celle

1. Commune du département de la Loire, proche de Saint-Étienne, qui met en bouteilles des eaux minérales gazeuses.
2. Qui forment une saillie.
3. Chef-lieu de Canton de la Haute-Loire à une soixantaine de kilomètres du Puy-en-Velay.
4. Il s'agit de l'Allier qui prend sa source dans le Gévaudan. La rivière est encore toute petite quand elle passe à Brioude.
5. Petits filets ronds qui servent à pêcher des petits crustacés. L'expression « de fortune » signifie que les pêcheurs ont fabriqué eux-mêmes ces filets.

du médecin qui l'avait sauvé et dont la femme, bien plus jeune que le mari, était dotée d'une fatale beauté.

Durant les vacances scolaires, papa nous avait fourrés de force à Groutel, chez les grands-parents, puis il était parti en compagnie de Marraine faire ce qu'on appelle un voyage de repérage. Marraine n'était pas chaude pour se fixer dans un bled pareil, et qui plus est, pour les beaux yeux d'un homme avec lequel elle n'était pas encore mariée. Mais papa, pour convaincre, s'y connaissait. Il faisait des trucs et des machins, du charme et des crises, alliant, et c'était ce que les bourgeoises aimaient, brutalité et tendresse. Marraine avait cédé et pris pour un temps la province à l'essai. Ils avaient ouvert un magasin de mode « Paris-Nouveautés », dans la rue centrale de Brioude. L'appartement dans lequel nous sommes arrivés, nous, les enfants, conduits par grand-père qui avait changé sa Mathis pour une Rosengart, était situé au-dessus de la boutique. Cela faisait quatre jours que nous roulions, les oreilles pleines des réflexions de grand-mère qui avait lâché chez Nerey et autres grossistes de quoi payer la caution des sous-vêtements qui garnissaient déjà rayonnages et vitrines. Dans le nouvel appartement de Brioude, tout était prêt pour nous recevoir, sauf qu'on n'avait pas prévu de lit pour moi, et omis de m'inscrire au collège. En principe, je devais retourner à Groutel avec Anna et Léon, mais ni moi ni eux ne l'entendions de cette façon. Claude non plus. Il fit une scène, déclarant très fort qu'il en avait marre de l'injustice dont j'étais la victime et que nous allions tous deux quitter la maison. Papa s'était vraiment senti très ennuyé et j'avais éprouvé à son égard un sentiment tout nouveau ! J'étais ennuyé qu'il le fût, sa peine me faisait de la peine, et je souffrais pour lui de le voir souffrir pour moi. Plus tard, j'ai su que ce sentiment courant s'appelait « la pitié ». Je ne crois pas que Marraine se soit beaucoup servi du diaphragme[1] les nuits suivantes. Ma présence et celle des grands-parents l'insupportaient. Ceux-ci, d'ailleurs, ne tardèrent pas à s'en aller. Moi, je restai, ne sachant pas très bien où aller, couchant tantôt dans le lit de ma sœur, tantôt dans celui de mon frère. Papa, qui n'osait pas me regarder, finissait par m'oublier. Quant à Marraine, elle faisait comme si je n'existais pas, et j'étais obligé, à l'heure des repas, d'aller chercher mon couvert à la cuisine.

Que s'était-il donc passé entre Marraine et moi pour que nos rapports fussent aussi mauvais ? J'y ai, bien sûr, souvent pensé depuis, et combien de fois n'ai-je pas entendu ou lu des histoires navrantes de gosses brimés, martyrisés par des marâtres. Il n'y a pas d'explication logique de la haine entre une belle-mère et son beau-fils, il y a des caractères qui s'affrontent, des physiques qui ne vont pas ensemble, et l'expression souvent employée : « Entre eux, c'est une question de peau », résume le problème. Entre Hélène et moi, c'était effectivement une question de peau, à la différence que moi j'étais prêt à aimer la sienne. Il y a des enfants qui n'acceptent pas leur belle-mère parce qu'ils lui reprochent à tort d'avoir volé leur père, et pris la place de leur mère. Ce n'était pas mon cas. Marraine disait

1. Préservatif féminin.

que j'avais « une tête à claques », et ça n'est pas impossible. Il y a des visages de gosses qui appellent les coups, cela dépend de l'angle où l'on se trouve. Vus autrement, ces mêmes visages appellent l'amour. Je crois qu'Hélène m'a toujours regardé du mauvais côté. Quand un gosse est dans le collimateur[1] de quelqu'un et qu'il se sait sans cesse jugé et observé, il finit par faire ce qu'attend de lui celui qui règle ainsi ses jumelles.

Durant quelque temps, en ce qui me concerne, ce fut le statu quo[2]. Les parents s'occupaient tous deux de « Paris-Nouveautés », préparant fébrilement son inauguration. Comme l'indiquait son nom de baptême, on allait y trouver le dernier cri à la mode de Paris. Je trouve aujourd'hui assez étonnant que mon père ait pu si facilement passer de la décoration d'intérieurs à la chaussette fantaisie, mais à l'époque je n'en fus pas surpris. Les enfants, on le sait, ne s'intéressent pas au métier de leurs parents. En fait, mon père se cherchait. C'était, ne l'oublions pas, un fils d'immigrant judéo-slave, et jusqu'alors nous avions été dans la famille ce qu'on nous autorisait à être, un peu bouchers, un peu rabbins, peut-être aussi prêteurs sur gages[3] dans quelque bourg de Pologne. Un peu tailleurs aussi, mais les koulaks[4] qui s'habillaient chez les juifs ne se sentaient pas tenus de payer, et lorsque la note et le contentieux[5] entre les deux

1. Partie d'une lunette qui permet d'orienter la vue dans une direction précise. Ici, le narrateur est toujours prêt à être visé.
2. Absence de changement prévisible.
3. Qui prêtent avec des intérêts.
4. Riches propriétaires russes.
5. Le passif entre deux personnes ou groupes de personnes. Ensemble des conflits passés qui peuvent resurgir au moindre mot.

communautés s'allongeaient, on s'arrangeait pour déclencher un pogrome[1]. Mon père était donc à la croisée des chemins[2], ignorant tout de son passé, mais inconsciemment pétri des craintes ancestrales, marqué dans l'âme et la chair par des siècles d'humiliation. Né rue Lamarck, au cœur de Montmartre, il avait remonté en une génération cette rue en pente qui mène au Sacré-Cœur et se retrouvait francisé et assimilé au point qu'à la maison on ne parlait jamais de notre juiverie[3]. Sans mes petits camarades de classe, qui m'en avaient fait prendre conscience, je serais tombé de haut quand la France si basse fut prise en main par Pétain. Mon père, donc, se jeta sur la France et la dévora. J'ai dit qu'à l'âge de dix-sept ans il s'engagea et partit pour le front. C'était sa manière de conjurer[4] son vieux passé et de mériter son jeune pays. Couper du tissu ou vendre des meubles avec grand-père Léon n'était-ce pas revenir en arrière, renouer en quelque sorte avec la vie des ghettos ? Comme il n'avait aucune attache profonde avec son pays, pas de terre, ni de maison familiale au toit rouge, il s'était inscrit à l'école des Arts Décoratifs et s'était lancé dans une carrière toute nouvelle, jamais exercée par aucun des aïeux de Minsk ou de Lodz. Oui, le vrai mérite de mon père fut, vaille que vaille, d'assurer la transition et de permettre à ses enfants l'approche de métiers exaltants. En un demi-siècle, nous n'avons pas cessé

1. Voir note 3, p. 9.
2. Expression qui signifie qu'une personne est dans un situation où elle doit choisir une voie. Ici, le père de Jacques est partagé entre l'oubli du passé et son emprise inconsciente.
3. Ensemble des Juifs. Ici, tout ce qui se rapporte aux Juifs.
4. Le terme est à prendre au sens d'« exorciser » le passé, de l'« oublier ».

de piquer vers la liberté. Cela nous a souvent désarçonnés. Nous avons parfois manqué d'air à force de vouloir respirer trop vite. Évelyne, ma sœur, y a laissé sa vie, et mes enfants se casseront peut-être les dents, sur cette liberté toute neuve.

Pour mon père, le magasin « Paris-Nouveautés », une sorte de retour aux sources du commerce traditionnel, fut un échec. Elle était pourtant bien belle cette boutique de la rue Jules-Maignes, avec sa vitrine illuminée toute la nuit, et son train électrique qui serpentait entre les petites culottes de soie et les combinaisons ajourées. Hormis une certaine élite, les Brivadois[1] ne s'y pressaient pas. Les jours de marché, ils trouvaient plus solide et moins cher chez les forains. À sa caisse, reine déchue, Hélène regardait, nostalgique, toutes ces frimousses de gosses qui admiraient les inventions de papa conçues, en principe, pour attirer les parents. L'inauguration du magasin avait été pourtant très réussie. Tout ce que Brioude et les environs comptaient de notables[2] avait été invité. On avait servi du champagne et des petits fours, distribué des ballons aux enfants, donné des primes pour tout achat au-dessus de dix francs.

Comme j'avais attrapé la coqueluche quelques jours auparavant, Hélène m'avait interdit de descendre. J'étais quand même sorti du lit et observais les allées et venues par la fenêtre grande ouverte du premier. Tous les nouveaux amis de papa étaient

1. Habitants de Brioude.
2. Dans un bourg, tous ceux, notaires, médecins, curés, qui sont en vue.

venus. René Raymond, un châtelain ruiné des environs, était descendu de sa vieille Packard blanche en compagnie d'un jeune paysan blond converti depuis peu à la pédérastie. J'avais entendu René Raymond dire à papa :

– Ce môme, vois-tu, je le prends par-devant, comme une femme.

Et papa lui avait répondu en faisant les gros yeux :

– René, ne t'avise pas de tourner autour de mes fils, sinon...

Et papa avait joint le geste à la parole. René Raymond, sûr de lui, s'était contenté de répondre :

– Tes fils, comme les autres, ils y viendront tout seuls.

La phrase de René Raymond m'avait marqué. Que voulait-il dire par : « ils y viendront » ? Voulait-il parler du château ? L'ami de papa, c'est vrai, me troublait. Il me regardait toujours d'une gentille façon et il m'appelait « son petit rouquin ». Je savais qu'il existait des hommes qui couchaient avec d'autres hommes, mais je ne pouvais imaginer ni comment ni par où. Une fois, avec Claude, nous avions voulu comprendre. On s'était mis tout nus et l'on avait essayé de faire rentrer nos sexes l'un dans l'autre. Drôle de casse-tête. On n'avait pris aucun plaisir et même ressenti un peu de honte. Devenu grand, j'ai souvent revu René Raymond et ses amis, des acteurs, des chansonniers, des gens de Paris qui s'étaient réfugiés dans son château, et qui ont profité de la guerre pour chambouler les mœurs du village. Tous les jeunes gens à la ronde « y vinrent d'eux-mêmes », la chose était nouvelle et gratuite. En ce temps-là, les filles couchaient peu et les jeunes paysans bien nourris bandaient dur. Tout le monde en ville parlait de ces nuits d'orgie au château, mais les pédés d'occasion n'étaient pas les seuls à s'y rendre. René Raymond, en effet, grand amateur de jouissance et qui se nourrissait selon ses propres termes « de sperme frais, panacée[1] incomparable pour éviter les dégradations de la vieillesse », organisait aussi, pour le plaisir des deux sexes, de douces et mystérieuses partouzes. Hélène et papa étaient souvent invités au château. Ils en revenaient de méchante humeur, avec la gueule de bois et des courbatures, consommant pour se remettre une quantité incroyable d'aspirine. Les parents disaient que la cuisine du château était lourde et indigeste[2]. Mais Claude et moi on se doutait bien qu'il se passait des choses.

Parmi les amis qui entrèrent ce jour-là à « Paris-Nouveautés », il y eut Germaine, la coiffeuse, une brune piquante[3] qui attirait souvent Marraine dans les coins et qui l'embrassait malicieusement sur la bouche. Le manège de Germaine semblait amuser papa, mais un jour où l'on nous avait emmenés en pique-nique sur les bords de l'Allier, Hélène et Germaine s'étaient enfermées dans la vingt-deux chevaux. Papa, planté au milieu d'un rapide, arc-bouté[4] dans ses cuissardes de caoutchouc, avait ferré une truite saumonée et s'étant retourné pour qu'on admire sa prise nous avait demandé où étaient passées les

1. Remède qui convient à toutes les maladies.
2. Qui ne se digère pas bien.
3. Personne qui suscite beaucoup d'intérêt par son charme et sa beauté.
4. Appuyé solidement sur ses jambes et ployant à la manière d'un arc en opérant une poussée, une force de résistance.

femmes. Nous, les enfants, on pêchait le vairon[1] avec des baguettes et du fil à coudre, et on fut bien content de lui dire où elles étaient passées. À l'aide de ses bottes de sept lieues, papa, vif comme l'éclair, traversa la rivière et parvint jusqu'à la voiture. Ce qu'il vit ne dut pas lui faire plaisir, car il se mit à gueuler et Germaine, toute décoiffée, de descendre et de s'enfuir. En courant, Germaine avait cassé le talon de sa chaussure. Elle continuait en boitillant et papa la rattrapa. Je ne sais pas ce qu'il lui a dit ni ce qu'il lui a fait, mais par la suite ils se sont souvent revus tous les trois. Papa avait emporté la chaussure à la maison pour la réparer. Moi, j'étais fasciné par ce soulier de femme coincé dans l'étau et qui resta longtemps sur l'établi. L'attirance de Germaine pour les femmes ne l'empêchait pas d'être fiancée à une espèce de grand échalas vicomte et maussade, qui ne l'ouvrait que pour appeler sa chèvre dont il avait fait son chien. Les enfants méprisent facilement l'originalité d'un physique ou d'un esprit. Il n'y a pas plus petit-bourgeois qu'un gosse et je regrette aujourd'hui d'avoir classé comme fou un homme qui était simplement triste. En 1944, le vicomte a été tué d'une balle en plein front. L'homme triste avait pris le maquis. Il montait à l'attaque, précédant les hommes de sa section. Au sommet de la colline qu'il gravissait furieusement, il y avait un petit bois et, dans le bois, autant d'Allemands que d'arbres. Quand la salve crépita, on dit que, restant debout, il s'était mis à crier : « Vive la France. »

---

1. Tout petit poisson dont on fait des fritures.

De la fenêtre du premier, j'avais vu arriver au magasin le docteur Roger Nicort. On l'appelait « le coureur de jupons », aujourd'hui on dirait : « C'est un baiseur » et, de baiser, le docteur ne s'en privait pas. En sa qualité de gynécologue, il explorait tous les ventres de la région. Et, quand le ventre avait du tempérament, il le gardait dans son cabinet médical pour le faire parler. Comme ceux qui ont mal au sexe ont généralement mal à l'âme, le gynécologue en ce temps-là, surtout lorsqu'il était beau garçon, pratiquait un peu de psychanalyse. On disait certaines choses à son curé, on en dévoilait d'autres à son gynécologue et, dans certains cas, la somme de ces deux secrets additionnés aurait donné un total stupéfiant que seul un curé gynécologue aurait pu apprécier. René Raymond qui connaissait par cœur tous les zizis de la région, avait dit à Marraine :

– Chérie, toi qui les aimes grosses, tu devrais consulter Roger, il est monté comme un âne.

Je ne sais pas si Marraine était allée consulter le docteur Nicort, mais lui venait souvent à la maison. Il avait fait ami-ami avec les parents et, lorsqu'ils partaient tous en bande pour le château, endroit où l'on était censé « s'en mettre plein la gueule », Roger Nicort amenait « son manger ». Toutes les amies du docteur Nicort que papa mangeait avec Marraine vinrent ce jour-là à « Paris-Nouveautés ». Il y avait Lisette, une préposée au standard téléphonique qui veillait à ce que les conversations cochonnes ne soient pas écoutées par ses collègues. Plus tard, Lisette dite « Lilise », rendit de grands services à la Résistance. Elle intercepta une conversation entre la

Feldgendarmerie de Clermont-Ferrand et le siège de la Milice de Brioude signalant l'imminence[1] d'une rafle. Dans la nuit, les quelque cinquante familles de juifs réfugiés s'éparpillèrent dans le voisinage. De « Lilise », Marraine disait qu'elle avait le feu au cul. C'était une expression que je ne parvenais pas à comprendre, et lorsque je rencontrais Lilise dans la rue je regardais toujours son petit derrière maigre, surpris de ne pas en voir sortir de la fumée. Dans cette chaîne à partouzes que le docteur Roger Nicort avait soudée maillon par maillon, on comptait aussi une famille d'industriels dont la mère se faisait passer pour la sœur de sa fille. C'étaient les femmes les plus riches et les mieux vêtues de la ville et, lorsqu'on les voyait passer dans leur décapotable, les cheveux retenus par un foulard blanc, papa disait :

– Tiens ! les femmes Duval vont en prendre !

Elles avaient en effet d'autres relations du côté d'Issoire ou de Clermont, et cela contrariait les fidèles du circuit. Dès que ses femmes étaient parties, Duval courait vers son vice. Il était connu dans la région pour être friand de petites filles. Il les voulait pubères[2] et innocentes. Il avait des sucettes plein les poches et beaucoup d'argent dans son portefeuille. René Raymond disait que le truc de Duval était si petit qu'il aurait pu « enculer une mouche ». Lorsque les parents surprenaient Duval en train d'embrasser le bateau de leur gamine, la chose s'arrangeait géné-

1. Caractère de ce qui est sur le point de se produire.
2. Qui ont dépassé l'âge de la puberté.

ralement à l'amiable. On n'osait pas alors s'attaquer à celui qui procurait du travail aux ouvriers. L'industriel payait une sorte de dédit[1] aux parents et promettait de ne plus recommencer.

Il ne faudrait pourtant pas prendre Brioude pour Sodome et Gomorrhe. Certes, il y avait aussi ces deux sœurs, grandes et fières, maquillées comme des masques funéraires, et qu'on appelait « les Éthiopiennes ». En ville, elles étaient habillées de jupes longues, mais l'été, on pouvait les surprendre nues au bord de l'eau du côté de la léproserie désaffectée[2]. Oui, il y avait aussi Marguerite, la bijoutière, qui foutait des trempes à son ami Marcel, le culturiste, pour l'aider à retrouver son ardeur. Marcel faisait des poids et haltères dans l'arrière-boutique. C'était un malin, Marcel ! un jour il s'envola avec le coffre-fort sur son dos. Non, Brioude n'était pas le fief du vice, mais disons que la maison de la rue Jules-Maignes en était l'épicentre[3]. Quand la chair tremblait quelque part, il y avait comme une secousse dans la boutique et nous en étions les premiers avertis.

Papa et Marraine s'accommodaient des plaisirs partagés, mais si l'un d'eux décidait de tenter sa chance sans l'accord de l'autre, rien n'allait plus. On permettait le sexe à condition que le sentiment n'y soit point mêlé. Mais papa aimait séduire autant que coucher, et son regard bleu pâle s'étant posé sur des

---

1. **Parole qui revient sur des déclarations antérieures. Ici, somme d'argent qui indemnise les parents en échange de leur silence.**
2. **Hôpital pour lépreux qui ne fonctionne plus.**
3. **Zone de la surface terrestre qui correspond à l'endroit où le séisme atteint son paroxysme. Cette micro-société brivadoise connaît son épicentre dans la maison des Lanzmann.**

femmes insatisfaites, la maison connut d'autres remous. Papa avait le chic pour troubler les cœurs en même temps que les sens. C'était un Don Juan de province et l'Auvergne lui alla comme un gant.

Rassemblant ce qui lui restait de fierté, un beau matin, Marraine disparut. Papa, qui était successivement passé des bras d'une restauratrice romantique à ceux d'une dentiste dynamique, en fut drôlement surpris. La fugue de Marraine eut lieu un dimanche. J'étais arrivé le matin même de la ferme des Bongrand où l'on m'avait placé. Ah ! oui, on peut dire que je tombais bien ! Marraine, en me voyant, avait fait une gueule longue comme le bras, puis elle avait été porter un plat de pieds de porc panés à cuire au four du boulanger.

À Vaucresson, tandis que papa battait les rues de la capitale à la recherche de maman, nous avions mangé des artichauts et des pommes cuites. Trois ans plus tard, Claude, Évelyne et moi, on se retrouvait autour d'une table de cuisine avec des pieds de porc panés dans notre assiette. Toute la journée, papa avait fait le tour des amis. Il était paniqué. Le soir, Hélène n'étant pas encore rentrée, il nous avait conduits chez la sœur de René Raymond qui habitait à Luigne une grande maison perchée au sommet d'un piton. On s'était retrouvés, lui et moi, marchant l'un près de l'autre le long d'une grande terrasse qui dominait la Limagne[1]. Au loin, on voyait se profiler la ville de Brioude.

1. Signifie « fossé d'effondrement ». La Limagne est une grande plaine du Massif central où coule l'Allier. Ne pas confondre avec la Grande Limagne de Clermont-Ferrand.

Le ciel était gris, triste. Papa avait regardé vers l'horizon. C'était sa manière à lui d'être près de moi, et il m'avait dit :

– Tu dois être content, n'est-ce pas, Jacquot ?

Comme je ne répondais pas, il avait ajouté :

– Elle a été très dure avec toi, mais qu'est-ce que tu veux, je l'aimais.

Le surlendemain, Marraine était de retour.

L'inauguration de « Paris-Nouveautés » avait été un triomphe, et c'est vrai. *L'Abeille brivadoise*, la gazette[1] locale, confirmait bientôt notre impression, déclarant que l'ouverture d'un tel magasin abolissait les distances et que, grâce à papa, Brioude était devenu une sorte de petit Paris.

Moi, j'étais resté si longtemps devant la fenêtre ouverte que la coqueluche s'était transformée, à ce qu'il paraît, en broncho-pneumonie. Marraine avait déclaré que j'étais comme papa, faible des poumons, et qu'il me fallait au plus vite monter en altitude. Papa avait trouvé l'idée si bonne qu'il réussit à se persuader qu'un gaz nocif respiré en 1917 par ses propres poumons pouvait parfaitement miner les miens vingt et un ans plus tard. D'idée en idée, de choix en choix, on préféra, plutôt que de payer une pension dans un lycée haut perché, me placer dans une ferme, car il est bien connu que « le malade des bronches a besoin d'exercice ». « Un sang qui ne circule pas bloque radicalement la croissance. »

---

1. Ancêtre du périodique quotidien.

J'avais onze ans et je promettais d'être grand, mais je sais aujourd'hui, moi qui suis de taille moyenne, que l'exercice a bloqué ma croissance. Disons que j'ai pris en carrure ce que j'ai perdu en hauteur et n'en parlons plus. Papa chargea René Raymond, qui était du coin, de trouver des fermiers qui accepteraient de prendre un apprenti. René Raymond, de bonne foi[1], chercha en altitude parmi ses relations particulières ; il trouva, situé dans les sept cents mètres, un domaine isolé où l'on était, momentanément, en panne de domestique. L'affaire fut rondement menée. Moi qui rêvais d'être gardé par une infirmière, voici que j'allais garder des vaches !

1. Sincère.

BIEN LIRE

CHAPITRE 2

- **P. 71 : Dans le portrait que le narrateur fait de son père, note-t-il qu'il est intelligent ?**
- **P. 72 : Comment s'y prend le père de Jacques pour convaincre Marraine d'aller vivre à Brioude alors qu'elle n'était pas d'accord ?**
- **P. 73 : Quelle explication le narrateur donne-t-il de la mésentente entre Hélène et lui ?**
- **P. 79 : Quel est le personnage que l'enfant, avec ses jugements rapides, avait considéré comme un fou ?**
- **Quel est le personnage du chapitre qui, au moment de la guerre, rendit de grands services à la Résistance ? et par quel moyen ?**
- **P. 83 : Combien de temps s'est-il écoulé depuis le départ de leur mère ?**
- **P. 85 : Quel est le personnage qui a eu l'idée d'écarter Jacques de la maison ?**

3

On accédait difficilement au domaine des Bongrand. La ferme n'était qu'à quinze kilomètres de Brioude mais, passé le pont suspendu au-dessus de l'Allier, pour s'y retrouver, il fallait connaître. René Raymond nous avait emmenés, papa et moi, dans sa Packard blanche qu'il malmenait durement dans les virages. Alors que nous montions une côte en lacet, papa avait fait remarquer à René qu'il roulait « sur trois pattes ». Il s'était arrêté pour vérifier ses bougies et avait dit :

– Il y a deux choses que j'aime moi, mes chéris : soulever les capots et ôter les pantalons, et sous les deux, je farfouille.

Il avait farfouillé et nous étions repartis, toujours sur trois pattes, avec le moteur qui cognait aussi fort que mon cœur. À mots couverts, René Raymond avait raconté à papa qu'un des fils Bongrand, marié depuis, avait été un temps son petit copain et qu'à l'occasion le Marcel repiquait à la chose.

La Packard s'était rangée à l'entrée d'un bois planté de jeunes sapins. Le chemin, défoncé par les charrettes et les machines agricoles, n'étant plus praticable, nous avions marché quelques centaines de mètres en direction du domaine dont nous apercevions en contrebas les toits rouges. C'était, avait dit papa, « un splendide corps de ferme refermé sur lui-même ».

Dans la région, on appelait ce genre de construction « une ferme fortifiée », mais on y vivait effectivement refermé sur soi-même. En arrivant dans la cour de la ferme, papa m'avait pris par le cou. Il avait les doigts et la voix froide.

– Ici, mon Jacquot, tu seras comme un coq en pâte.

Nous étions à l'entrée de l'hiver ; dans la cour, deux grands costauds en sabots fendaient du bois, appuyant leurs coups par de retentissants « Hisse ! » En nous apercevant, ils avaient planté leurs haches dans une souche[1] et s'étaient découverts, tournant et retournant leurs chapeaux noirs de maquignon[2] entre leurs doigts. En guise de salut, ils avaient poussé quelques grognements d'ours, et l'un d'eux avait baragouiné une appréciation pas très flatteuse à mon égard. Il parlait moitié patois, moitié français, mais j'avais compris qu'il me trouvait trop maigre. J'étais maigre et j'avais froid, je grelottais dans mes culottes courtes. Je me retenais de tousser, j'avais la quinte en travers de la gorge, et je voulais entrer le plus vite possible dans la maison pour me réchauffer. Mais les frères Bongrand ne l'entendaient pas ainsi. On ne rentre pas comme ça dans une ferme fortifiée, même quand on est présenté par un châtelain des environs. Albert, l'aîné, avait mis ses grosses mains en porte-voix et appelé la mère. L'appel d'Albert avait eu pour effet de propulser dans la cour trois gros chiens de berger bien nourris, mais crotteux, que l'on dut faire taire à coups de pied. Et puis, sur le perron parut la vieille. C'était une maîtresse femme, une mère abusive[3]. Les deux mains plantées sur ses hanches, elle venait à notre rencontre, et le bruit que faisaient ses galoches tandis qu'elle descendait les marches résonnait jusque dans mes

1. Partie restante d'un arbre resté en terre une fois coupé.
2. Marchand de bestiaux (terme méprisant).
3. Qui abuse de ses pouvoirs sur ses enfants jusqu'à la tyrannie.

tempes. La vieille Bongrand s'était plantée en face de moi et m'avait envoyé une bourrade qui se voulait peut-être amicale, mais qui me fit trébucher. Elle s'était mise à rire. Il ne lui restait qu'une seule dent, en haut, en plein milieu de la mâchoire. Mon regard s'était accroché à celui de René Raymond, je cherchais un sourire rassurant, comme on le fait parfois avec une hôtesse de l'air lorsque l'avion se met soudain à chahuter. Il m'avait rassuré et soufflé :

– T'en fais pas, elle a l'air comme ça, mais elle est brave !

Comme pour s'en convaincre, il s'était mis à parler du « petit Sessel », dont le mariage avait fait un homme. Moi j'écoutais les « Hisse ! » du « petit Sessel », qui devait bien peser dans les cent kilos, et je me disais que René Raymond jouait avec le feu. La vieille nous avait fait entrer mais, à peine la porte franchie, la quinte était sortie, sauvage, rageuse. Papa avait dit que c'était une méchante grippe et que le bon air allait arranger tout ça. Moi, je m'en faisais pour pas grand-chose, car la vieille, qui crachait aussi ses poumons, s'en foutait éperdument. Près de la cuisinière, se tenait un vieillard recroquevillé dans un fauteuil rustique. Il avait les pieds attachés par une chaîne au fourneau de fonte comme un bagnard. Le vieux ne nous regarda même pas. Il remuait sans arrêt la jambe comme pour écouter la musique de la chaîne qui frottait sur le carrelage. C'était sa radio à lui, la petite rengaine secrète des captifs. Tout en disposant sur la table des verres et une bouteille de piquette[1], histoire

1. Vin mauvais ou qui est devenu aigre.

de boire un canon[1], la mère Bongrand nous expliqua que son mari, blessé à la tête en 17, était devenu amnésique[2]. On ne l'attachait pas pour le retenir prisonnier, oh ! que non, mais pour éviter qu'il ne fasse des fugues. C'est qu'il n'avait pas du tout sa tête et presque plus d'oreille. Aussi passait-on des heures à courir et à crier après lui.

Le René Raymond n'en revenait pas. Il fit une plaisanterie, à la fois pour se rassurer et amuser la vieille. Elle rit et nous en arrivâmes à parler de mes conditions. Il y eut un bref regard de panique dans les yeux de papa. Il craignait qu'elle demande de l'argent pour ma pension. Mais voyant qu'elle en proposait, il se détendit. Les tractations n'avançaient pas vite. En ce temps-là les syndicats agricoles n'existaient pas et les paysans avaient l'esprit madré[3]. Louer un domestique, c'était comme acheter une vache. On laissait s'aventurer tout doucement le vendeur vers un prix possible puis, encore plus doucement, on commençait à rogner la somme, mais les vendeurs qui connaissaient la chanson, au lieu de baisser leurs prix les montaient. Parvenus au point de rupture, on finissait quand même par s'arranger. Avec nous, bien sûr, cela se passa différemment. À la deuxième bouteille d'un vin que l'on récoltait au domaine, papa topa dans la main de la mère et celle-ci, vidant son verre d'un trait, le retourna sur la table. Comprenant que c'était un rite j'en fis

1. Un verre de vin, dans les campagnes auvergnates.
2. Qui a perdu la mémoire.
3. Avare.

autant. Mon geste ne lui déplut pas. Sa dent du milieu s'étant mise à remuer, elle dit :

– Mon gars, ici, on va faire un homme de toi.

Papa, qui semblait satisfait, farfouilla timidement dans ses cheveux et lança :

– Vous verrez, c'est un brave petit, mais il faut lui serrer la vis, n'hésitez pas !

On s'était mis d'accord sur la base de mille francs par an, payables par trimestre. Une somme à peu près équivalente à mille francs d'aujourd'hui. Comme papa s'éternisait, regrettant, sait-on jamais, d'avoir vendu son fils, je le priai de s'en aller. Mais papa était sentimental. Il s'avança pour m'embrasser, sur le front ; je le laissai faire par pitié. Son baiser était humide, et je me sentis comme taché. Taché, mais pas auréolé. Avant de partir il me dit :

– Si tu ne descends pas le mois prochain, c'est moi qui viendrai te voir.

Une clause[1] dans le contrat oral prévoyait en effet la possibilité de descendre à Brioude un jour par mois. Fallait-il encore trouver un moyen de locomotion assez rapide pour parcourir deux fois quinze kilomètres sans que la journée en soit trop écourtée.

Papa et René Raymond partis, la mère Bongrand s'étonna de ne point voir ma valise. C'est vrai, on avait oublié d'apporter mes affaires. La vieille pesta contre mon père et ordonna à ses fils d'atteler la jument à la carriole. On alla tous les deux dans

1. À l'intérieur d'un contrat, condition particulière qui doit être respectée.

un bourg voisin m'acheter des habits de travail. C'était la première fois que je montais dans une carriole, et parvenus sur la route carrossable[1], la mère me donna les rênes à tenir, m'expliquant qu'il fallait tirer à droite pour aller à droite, à gauche pour aller à gauche. C'était simple comme bonjour. La jument s'appelait Comtesse. Elle avait des fesses énormes et pétait sans arrêt, mais l'odeur de la mère m'incommodait bien davantage que celle de la jument. Oh ! non, elle ne sentait pas bon la mère, ça montait par bouffées de dessous ses jupes, ça sentait la soupe au poisson, la pince de crabe froide, le roquefort et je ne sais quoi d'autre, peut-être l'oignon et aussi la merde, oui c'est ça, une espèce de bouillabaisse de crabe, de roquefort et de merde de chiens qui auraient mangé de la soupe aux choux.

Au village, j'eus droit à mes premiers pantalons longs, un velours qui faisait frissonner quand on le touchait du bout des doigts. J'héritai aussi d'un blouson, d'un cache-nez et d'une grosse paire de sabots dans lesquels on tassait de la paille afin que les pieds soient bien au chaud.

En rentrant, je fis la connaissance des brus[2]. Toutes les deux s'occupaient des moutons. Dans la journée, elles étaient par monts et par vaux[3], dans les pacages[4] lointains brûlés par le gel, mais le soir on ramenait le troupeau. On disait qu'il y avait des

1. Goudronnée.
2. Mot ancien pour « belles-filles ».
3. Ici, l'expression est employée au sens propre. Les brus passent des sommets aux vallées (« vaux » = pluriel de « val »).
4. Prés où va paître le bétail.

voleurs, des loups, mais il y avait surtout du piétin[1], du tournis[2], tout un tas de maladies qui faisaient maigrir et boiter les bêtes. Mais les brus aussi en avaient, des maladies, surtout Églantine[3], la femme de Marcel, un beau nom pourtant. On aurait pu s'attendre à quelque chose de rose, de piquant, mais qu'est-ce qu'on voyait, une maigreur, une ombre fluette pleine de bleus, œil révulsé[4]. Non, elle n'était pas belle à voir. Je préférais Jeannette, la femme d'Albert, à cause de ses nichons très durs et de son sourire très franc. Ce couple-là s'entendait bien, toujours à se peloter, à se bécoter, même que ça énervait la mère. Non, Marcel, le copain de René Raymond, n'avait pas tiré le bon numéro. L'Églantine n'allait pas dans sa tête ; elle refusait d'assumer le petit Bongrand qu'elle portait dans son ventre. Ça ne lui plaisait pas de grossir et c'est sans doute pourquoi elle vomissait avant, pendant et après les repas et aussi en travaillant et même en dormant. Qu'est-ce qu'elle sentait mauvais, elle aussi, l'Églantine ! Elle avait pourtant un drôle de joli nom, mais ça n'allait pas dans sa tête ni dans son couple. Ça n'avait pas été très bien non plus dans sa famille, ni dans son enfance ; ses parents étaient morts et son enfance aussi. Elle n'avait eu que sa dot pour elle et cette dot le « Sessel » la lui avait prise. Maintenant il la battait parce que, au début de l'année, elle avait perdu son gosse en route[5]. Mais l'Églantine, on aurait

1. Maladie du pied chez le mouton.
2. Maladie du mouton transmise par les larves du ténia atteignant les centres nerveux du cerveau et qui se manifeste par le tournoiement de l'animal.
3. Nom de la rose sauvage.
4. Retourné dans l'orbite, dont on ne voit plus que le blanc.
5. Elle n'était pas arrivée au terme de la grossesse et avait avorté (naturellement ou non).

dit qu'elle s'en foutait d'être tapée par le fils et insultée par la mère. Jamais un mot, rien, elle prenait tout, et puis, crac, elle le rendait en vous dégobillant dessus. Côté Jeannette, c'était exactement le contraire. Elle en voulait un et ne parvenait pas à l'accrocher. Albert, aux jours ouvrables[1], forniquait[2] comme un beau diable, mais on avait beau suivre la méthode Ogino[3] et connaître les périodes d'ovulation, « ces putains de merde d'Anglais s'arrangeaient quand même pour débarquer »[4]. La mère se lamentait, disant que le monde était mal partagé, mais elle voulait un petit-fils et elle l'aurait. Savoir ce qu'en pensait le père Bongrand, savoir surtout s'il pensait... De toute façon, le vieux ne moufetait pas[5]. Il avait l'œil usé comme le bleu qu'on met au bout des queues de billard[6] ; usé et creusé. Jamais de réaction, rien, sauf quand on le détachait et qu'on l'emmenait faire ses besoins dans la bergerie. Là, il pétait et pissait tout son saoul ; on aurait dit la Comtesse. Le reste du temps, on le tenait en laisse, même pour manger et dormir. Jeannette disait que la mère le détachait des fois pour qu'il lui fasse ça plus à l'aise. Je crois qu'elle ne plaisantait pas. La mère, en effet, avait quelque chose dans le regard qui n'était pas usé du tout.

---

1. Dans le domaine du travail, jours qui sont consacrés à l'ouvrage. L'expression doit être adaptée au contexte...
2. Faisait l'amour. Le terme est employé pour l'acte de chair entre des personnes non mariées et pour évoquer la notion de péché.
3. Méthode de contrôle naturel des naissances qui prévoit des rapports sexuels uniquement pendant la période non fécondable.
4. Expression signifiant que les règles arrivent et que la méthode Ogino n'est pas efficace.
5. Ne bronchait pas, ne répliquait pas (familier).
6. Sorte de longues perches qui servent à pousser les boules et qui sont enduites d'un produit qui empêche de glisser.

Une nuit, elle était entrée dans l'étable. C'est là que je dormais. Il y avait un trou dans le mur avec de la paille et une paillasse[1] et de la paille dans la paillasse. La paille, dans les fermes, ça ne manque pas. Autour de moi, vingt-huit vaches et quatre paires de bœufs. Les vaches c'était pour le lait, les bœufs pour le travail, mais en période de labour, on attelait aussi les vaches. J'avais appris assez rapidement à les reconnaître. Entre cent mille bêtes, j'aurai reconnu les miennes. Lorsque l'on vit avec des vaches, que l'on ne peut ni lire, ni écrire, ni aller au ciné, au musée ou au restaurant, quand on n'a rien d'autre à faire que de les garder, on les regarde, et quand on les a vues jour après nuit et comme ça pendant des mois et sous toutes les lumières, et dans toutes les prairies, on finit forcément par reconnaître sa vache. Elle est votre amie, votre pays, votre univers, votre culture. J'étais leur vacher, elles aimaient ma présence et, je crois, mon odeur.

De ma vie, je n'ai jamais aussi bien dormi que dans cette étable, jamais tant ruminé non plus. Cette nuit-là, quand la mère est venue, j'étais en train de me souvenir d'un voyage que nous avions fait avant la naissance de ma sœur. Ma mère avait le gros ventre et je crois que papa, ayant tout essayé, s'était décidé à la faire voir par un chirurgien suisse. Ils nous avaient emmenés, Claude et moi, et nous étions descendus pour quelques jours dans un hôtel de Montreux[2], tout au bord du

1. Matelas rempli uniquement de paille.
2. Sur le lac Léman, ville réputée pour son festival de jazz.

lac. Un hôtel avec des petits déjeuners plus grands que le déjeuner et le dîner réunis, avec des petits pains au lait qu'on tartinait de bon beurre et de confiture et qu'on trempait dans un grand bol de chocolat suisse. Après le petit déjeuner, on avait été se promener, papa, Claude et moi, au bord du lac. Il faisait du vent, et papa avait dit que le lac était démonté. Nous étions passés devant un marchand ambulant qui vendait des bateaux à voiles. Claude en voulait un et, je crois, papa aussi. Il a acheté le bateau sans trop se faire prier. La quille était rouge avec du plomb au bout. Il y avait de grosses vagues et un vent violent qui s'engouffrait dans les voiles. Claude s'était accroupi pour le mettre à l'eau. Moi, penché au-dessus de lui, j'avais eu peur que le bateau s'en aille trop loin et j'avais fait un mouvement brusque pour le rattraper. Claude, déséquilibré, était tombé à l'eau. Papa avait plongé tout habillé dans le lac démonté et ramené Claude sur la rive. Il y avait eu, comme on dit, plus de peur que de mal, mais papa m'avait donné une vilaine correction ; il avait dit que j'avais poussé mon frère exprès, que j'étais jaloux, que j'avais voulu le tuer. Les paroles de papa m'avaient fait bien plus mal que ses coups. J'avais trois ans, je crois, et depuis cet âge, je cherchais la nuit à savoir pourquoi j'avais voulu tuer un frère que j'aimais. J'essayais donc, une fois de plus, de me dépêtrer de ce rêve qui démontait ma tête, quand j'entendis les bêtes s'agiter dans l'étable. Un remue-ménage en pleine nuit, c'est le signe d'un danger et l'on peut faire confiance aux vaches qui pressentent la venue de la neige, celle du castreur ou de l'abatteur clandestin. Mais ce n'était pas la neige, ni le castreur ni le tueur, c'était mon danger à moi qui se ramenait silencieusement. La mère s'avançait vers moi d'un pas raide, un peu comique, un peu mécanique. Elle était toute nue, mais vraiment nue, avec ses gros seins flasques qui pendouillaient jusqu'au ventre et un gros tas de poils entre les cuisses, des poils aussi longs que ses cheveux. Ma parole, on aurait dit une barbe. Je reculai contre le mur, poussant avec mon dos comme pour entrer en lui. Combien de fois n'avais-je pas espéré voir ainsi la Jeannette entrer dans l'étable. Je la désirais, Jeannette, à en mouiller ma paille. Mais voici qu'au lieu des bras de Jeannette, c'est ceux de la mère qui me serrent, qui me prennent. Elle s'assied près de moi, la vieille, elle a les yeux fermés, mais ça ne m'empêche pas de la voir. Et puis elle pose sa vieille bouche qui sent la soupe aux choux sur la mienne. Avec sa grande dent au milieu, elle me griffe les lèvres. Elle me fait mal, la vieille, avec sa défense, j'ouvre la bouche pour crier, mais elle m'enfourne dedans sa langue râpeuse. Elle agite, elle agite, on dirait qu'elle baratte[1], qu'elle veut faire du beurre avec la salive. Je la repousse, je me débats, j'étouffe, je bafouille des vérités, je dis qu'il ne faut pas, que c'est pas bien, que je suis trop petit, qu'on va nous surprendre !

La mère ne répond rien, sa langue est bien trop occupée. Elle n'a que ça de vivant, ses mains, ses bras ne bougent pas, elle garde les yeux fermés, les cuisses aussi par chance. Comme je ne peux défoncer le mur contre lequel je m'appuie, ni dérouiller la

1. Tourne le lait dans la baratte pour en faire du beurre.

mère, je commence à me faire une raison. C'est souvent comme ça, on se fait une raison et l'autre fait la sienne en même temps. La langue de la mère devient moins vive, plus lourde, et puis, peu à peu, elle cesse de baratter. Bien sûr, elle est toujours dans ma bouche, énorme et bête comme une pantoufle détrempée. Alors, je repousse le visage de la mère et sa tête s'affale sur mon épaule. Parole ! elle s'est endormie, la mère, même que sa langue pendouille sur mon pull-over.

Mais la mère s'était-elle seulement réveillée ? Peut-être pas. Elle rêvait, elle s'était levée, elle avait fait la somnambule. Moi, comme j'avais peur qu'on me trouve auprès de la mère toute nue, j'étais sorti tout doucement de l'étable en tenant mes sabots à la main. Dehors, il gelait à pierre fendre. Lisant bien mieux l'heure dans le ciel que sur le cadran d'une horloge, je savais qu'il était dans les trois heures du matin. La mère, comme tous les jours d'hiver, allait donc se réveiller vers les six heures pour nous préparer la chicorée. En vitesse, je traversai la cour et gagnai la bergerie. Ça sentait la merde à plein nez. C'est là qu'on faisait caca sur le fumier de mouton. Il y en avait partout, des grosses, des petites, des solides et des molles. J'avais remis mes sabots pour éviter de marcher dedans et comme je n'arrivais pas à trouver un endroit sans étrons, je m'étais pelotonné dans un grand tonneau où l'on mettait le grain des brebis pleines.

Entre la mère et moi, il ne fut jamais question de cette fameuse nuit. Personne, jamais, n'en sut rien. En gardant les vaches, j'avais appris à garder les secrets.

Vers les six heures, Jeannette était venue pour se soulager. Elle avait passé son manteau de bique sur sa chemise de nuit, puis, ayant retroussé le tout, elle s'était accroupie. Moi, l'œil collé à la bonde[1], ému jusqu'à la gorge, j'avais vu son petit bateau poilu et ses jolies fesses blanches s'ouvrir. Elle avait poussé, poussé, et puis elle était repartie sans s'essuyer la Jeannette, et j'avais commencé à me dorloter, quand le « Sessel » est entré à son tour pour s'accroupir. Il avait un énorme truc qui pendait jusque par terre, mais il eut beau pousser comme un beau diable rien ne vint. Toute la journée, il fut de mauvaise humeur. J'avais quitté le tonneau avant que n'arrivent les autres, mais dans ce tonneau j'y suis retourné bien souvent pour contempler le cul tout blanc de la Jeannette et son bateau qui naviguait dans une mer de poils noirs frisés comme l'astrakan. Ce tonneau, c'était mon Lunapark, mon cinéma de l'aube.

Chez les Bongrand, je me réveillais avec le chant du coq. Il fallait d'abord nourrir les bêtes, les abreuver, les étriller[2]. Quand tout ça était fait, j'allais prendre mon petit déjeuner. On mangeait du lard froid cuit dans le chou et les lentilles. On buvait de la piquette ou de la chicorée et, pour le dessert, on avait droit au fromage maison qu'on sortait de dessous la cendre où on l'avait placé après que la veuve Dubosc eut pissé dessus. Il était tellement plein d'asticots, ce fromage maison, que la mère, pourtant pas croyante, interdisait qu'on en mange le vendredi. La veuve qui pissait sur les fromages se faisait payer cinq francs.

1. Trou qui sert à l'évacuation des eaux ou, comme ici, à faire couler le vin d'un tonneau.
2. Frotter les bêtes avec l'étrille, sorte de brosse métallique à lames parallèles.

Elle passait de ferme en ferme, c'était son boulot, son gagne-pain. Elle s'appelait Marie et son homme était tombé dans une batteuse. Il avait été haché en menus morceaux, mais on avait tout de même apporté le grain au moulin ; il était sorti du concasseur une sorte de farine rose, plutôt rouge que rose d'ailleurs. La Marie s'étant retrouvée sans rien était devenue « pisseuse sur fromages ». Il paraît qu'elle en vivait.

Après le petit déjeuner, il fallait faire la litière des bêtes, c'est-à-dire étendre de la paille fraîche sur l'urine et les bouses. On sortait le fumier tous les quinze jours, quarante brouettes à ras bord qu'il fallait décharger à la fourche et arranger en carré. La litière faite, on passait à la traite. Deux heures à triturer des pis[1], assis sur un trépied[2] ; les doigts en prenaient un sacré coup, mais ça faisait les muscles. J'ai oublié combien de litres de lait on produisait ainsi, mais de toute manière on trayait jusqu'à ce que la mamelle soit tarie et, le soir, la sacrée mamelle était de nouveau pleine[3]. Encore deux heures à en avoir plein les doigts, les mains et les avant-bras. L'hiver, on disait qu'il n'y avait pas de travail, pourtant le domestique ne chômait pas. De huit à dix, on fendait du bois dans la cour. À dix heures, mon repas de midi sur l'épaule, je conduisais les vaches au pré ; c'est là que j'ai appris à parler aux arbres et aux oiseaux et j'ai failli en perdre la raison à force de radoter. Personne pour me donner la contradiction,

---

1. Mamelles de la vache
2. Petit tabouret à trois pieds. Le vacher pouvait aussi attacher à la taille, avec une ceinture de cuir, un tabouret au pied unique, ce qui lui permettait de s'occuper essentiellement de la traite sans s'encombrer du siège.
3. La traite des vaches a lieu deux fois par jour ; très tôt le matin et vers dix-sept heures.

pour me dire : « Attention petit, tu déconnes ! » Quand la tête était pleine d'idées fixes, de choses terribles, quand la solitude me gelait le cœur comme le froid les mains, quand j'avais « l'onglée[1] » au bout de l'âme et des doigts, la seule façon que j'avais de m'en sortir c'était de chercher ma bébette de Parisien et de me la dorloter en pensant à la Jeannette ou à d'autres filles, à des voix, à des gestes, à des choses auxquelles les arbres et les oiseaux ne pensaient sans doute jamais, même pas en me voyant faire. Quand c'était fini, quand j'avais lâché sur l'herbe ou les buissons mon lait à moi, ma tête se calmait. Mais ça aussi c'était comme la traite, il fallait bientôt recommencer parce que la tête se remplissait aussi vite que les mamelles. Chez les Bongrand, jamais de livres, jamais de radio, jamais rien. J'écrivais sur les murs, dans la boue, sur l'écorce des arbres. L'étable était pleine de mes dessins, de mes poèmes qui glorifiaient n'importe quoi, n'importe qui. Là aussi, il fallait que ça sorte, que ça éclabousse, mais bientôt la mère et l'Albert m'interdirent de salir les murs et les gens. Il ne me restait plus que le rêve, mais c'était très difficile d'accrocher un beau rêve dans cet univers-là. En un rien de temps, j'oubliai l'écriture, j'oubliai la grammaire, j'oubliai aussi ma famille et mon nom. À la ferme, on m'appelait Jacquiot, le « i » faisait paysan. J'étais Jacquiot, le petit domestique des Bongrand, et il n'était pas question, le dimanche, de descendre à Brioude, car le dimanche aussi il faut nourrir et traire les bêtes. Les Bongrand n'étaient pas croyants et, l'eus-

1. Ses doigts étaient aussi engourdis et endormis que son âme.

sent-ils été, l'église et le curé les plus proches se trouvaient à huit kilomètres. Aucun voisin non plus dans les environs du domaine. Nous y vivions en naufragés, comme sur une île déserte, et fabriquions de quoi assurer notre existence. On y faisait le pain, le vin, on abattait le bétail. On fumait et séchait les jambons ; quant aux saucisses et saucissons secs, ils se balançaient dans la grange au gré des courants d'air comme des pendus sur leurs gibets[1]. Oui, on fabriquait de tout au domaine des Bongrand, mais aussi beaucoup d'angoisse, de la solitude et de la folie. L'Églantine ayant tenté de se pendre au milieu des saucisses, la mère avait fait mettre sous clef toutes les cordes qui traînaient. Elle portait la clef autour du cou, si bien qu'on était obligé de la lui demander chaque fois qu'il nous fallait un bout de ficelle. C'était une mesure tyrannique et stupide qui nous obligeait à faire des tas de va-et-vient. Même chose avec les courroies et les harnais qui servaient aux attelages. Albert s'en était pris à Marcel et les deux frères s'étaient cassé la figure. Après ça, le Sessel avait dérouillé sa femme une bonne partie de la nuit. Ça cognait sec et moi, de mon étable, j'entendais papa traîner ma mère par les cheveux. C'était un rappel très désagréable du passé et, cette nuit-là, je m'étais mis à pleurer sur moi-même. Oh ! pas longtemps... J'avais entendu un grand « plouf », j'étais sorti et j'avais vu la margelle du puits sans son couvercle. J'avais crié :

– Au secours ! Au secours ! Elle s'est tuée !

1. Potences où l'on pendait les condamnés à mort.

Ils étaient tous descendus, en chemise de nuit, et nous avions remonté du puits l'Églantine, poreuse et inanimée. Le Sessel avait appuyé sur la poitrine de sa femme. Il faisait « Hisse ! Hisse ! » comme en coupant du bois. Il appuyait, relâchait, appuyait de nouveau. L'eau sortait de partout, elle coulait à flots de la bouche et de la culotte, mais comme l'Églantine ne revenait pas à elle, malgré toute cette eau qui partait, l'Albert lui avait coincé entre les dents une pompe à bicyclette et gonflait tant que ça pouvait tandis que la mère faisait respirer des sels[1], giflant à tour de bras entre deux respirations. Comme je pleurais à l'écart, non plus sur moi mais sur la pauvre Églantine, Jeannette m'avait pris par la main. Elle disait que c'était rien, qu'on allait lui faire une piqûre de caféine et que le cœur allait repartir. Moi, je serrais très fort les doigts de Jeannette et tous nos doigts se répondaient entre eux. Ce dialogue des doigts qui ne nécessitait aucun papier, aucun crayon, m'avait bouleversé si profondément, qu'en pleine tragédie, tourneboulé par un geste de tendresse, je m'étais mis à bander. Je savais que c'était mal, que ça n'était pas le moment, mais j'ai appris depuis qu'en présence de la mort, on passe naturellement du cœur au sexe. Il y avait cette nuit-là tellement de vie en moi que l'Églantine moribonde près du puits finit par ouvrir les yeux. Elle avait dégueulé tripes et boyaux, mais aussi le fœtus qui avait « coulé ». La colère de la mère fut terrible. Elle avait ordonné qu'on transportât la bru dans la souillarde[2], une pièce

1. Sels volatiles composés de carbonate d'ammonium en particules.
2. Mot régional désignant une pièce contiguë à la cuisine qui sert de réserve.

sans fenêtre où, d'ordinaire, on barattait le beurre. Ainsi le domaine eut son prisonnier et sa séquestrée, l'un voulant toujours partir, l'autre toujours mourir. Quand le ventre de l'Églantine fut en état de reprendre du service, la mère força le Sessel à s'activer et quand il l'eut à nouveau remplie, on la laissa moisir dans son clapier. De ce jour, le Sessel, enfourchant sa bicyclette, déserta la ferme. On ne le vit pour ainsi dire plus et le travail s'en ressentit. La mère nous interdisant de parler des infirmes et de l'absent, on prenait nos repas en silence. Heureusement qu'il y avait la Jeannette pour me faire du pied sous la table. Après avoir parlé avec les mains on parlait avec les pieds, mais j'allais bientôt savoir que la Jeannette ne m'aimait pas et qu'elle s'amusait à me causer du trouble.

Du trouble, dans une ferme, il y en a partout, c'est le coq qui saute la poule, frémissements de plumes et d'ergots[1], courants rapides et court-circuitants comme la chaise électrique. C'est le chien collé à la chienne, boule de douleur coincée dans un cul enflé, long et tragique comme une agonie. C'est le verrat qui tire-bouchonne la truie de tous ses jambons, de toutes ses tripes, de tous ses pâtés de tête. C'est le taureau qui hume de toutes ses narines, geste de dégoût et d'amour, grimace subtile, rire au cul de la vache dont le dos s'arrondit pour mieux se faire percer. Alors, prudemment, comme s'il avait peur de casser sa stalactique rose, il se dresse sur deux pattes, masse énorme, il attend, l'animal, la main de l'homme qui va le guider, main

1. Protubérances terminées par une griffe que les gallinacés possèdent dans la partie arrière de la patte.

rapide de canonnier qui fait entrer la charge et referme la culasse. Il n'y a pas de va-et-vient chez le taureau, rien qu'un grand va et puis tout gicle.

Oui, du trouble, à la ferme, il y en avait à revendre. Tout ce monde se rentrait dedans et se bousculait sans retenue : les lapins, les guêpes, les mouches, la Jeannette et l'Albert, la mère et son bagnard de mari. Moi, le petit vacher, j'attendais, j'espérais. Avec qui ? Où ? Comment ? En vérité, je ne pensais plus qu'à ça. Je le voulais, il me fallait connaître ce plaisir. Bien sûr, il y avait l'Églantine, cette pauvre chose maigrichonne qu'on laissait croupir dans la souillarde, mais comment y entrer et quoi lui dire. Lorsqu'on ouvrait pour lui passer de quoi manger ou pour vider son seau, elle montrait les dents et sortait les griffes. Une chienne, quoi ! Et avec ça sans maître et sans chaleur. Non, pas possible de trouver son plaisir avec l'Églantine.

Un après-midi, la Jeannette était venue me rejoindre au pré. L'Albert, grippé, gardait le lit depuis plusieurs jours. Ça devait être une grippe terrible, parce que l'Albert n'était pas un feignant. On lui avait mis des sangsues[1] partout sur la poitrine et le dos et donné à boire une décoction[2] de plantes que la mère gardait dans un bocal. La Jeannette s'était ramenée, emmitouflée dans sa peau de bique. Il faisait un froid aussi terrible que la grippe d'Albert. En un rien de temps, les bouses gelaient. Elles fumaient un peu en tombant et puis, très vite, elles s'étei-

---

1. Vers utilisés pour les saignées. Ils adhèrent à la peau par des ventouses et sucent le sang du malade.
2. Liquide obtenu après avoir fait bouillir des plantes dans de l'eau.

gnaient en durcissant. Je m'étais abrité du vent derrière un muret et j'avais allumé un feu sur lequel je tendais les mains. Quand la Jeannette est arrivée, elle a cru que je faisais une prière ou quelque chose dans ce genre. Elle s'est assise près de moi, elle a ouvert sa peau de bique et m'a tendu un thermos dans lequel il y avait du café chaud. Elle a dit :

– Eh ben, Jacquiot, dis-moi que je suis gentille ?

J'ai dit qu'elle était gentille, mais ça ne suffisait pas.

– Est-ce qu'on l'aime, la Jeannette ?

« Aimer », je savais ce que ça voulait dire. Je ne savais même que ça. J'ai dit :

– Je ne peux pas aimer la Jeannette, parce que c'est la femme d'Albert.

En disant cela, je pensais exactement le contraire. Quand j'étais ému, je bégayais dans ma tête et dans ma voix. Elle avait bu une gorgée de café chaud et s'était essuyé les lèvres avec le dos de sa main.

– Est-ce que tu as envie de m'embrasser, Jacquiot ?

Oui, le Jacquiot avait vraiment envie d'embrasser la Jeannette. Mais en aurait-il le courage ? Elle m'avait tendu son revers de main, encore tout humide de café et qui gardait l'empreinte de ses lèvres. Moi j'y avais collé les miennes. Elle avait repris sa main et dit :

– Je me demande si tes poils du bas sont aussi rouges que tes cheveux ?

Elle avait dit ça très vite, sans appuyer, et moi je m'étais mis debout comme si j'avais été piqué au ventre. Oh! c'était une drôle de question qui me tourmentait de partout.

– Allez, Jacquiot, montre-moi.

La voix n'était pas tellement tendre, plutôt froide la voix, comme le temps. Je restais debout devant elle, j'avais envie de courir mais je ne pouvais pas. J'étais ankylosé par son culot, regardant ses mains s'avancer et m'ouvrir. Elle avait baissé mon pantalon et dit :

– Ben merde, c'est encore plus rouge qu'en haut, dis donc!

En haut, sous les cheveux, ma figure aussi devait être rouge. Je sentais mes tempes qui battaient, qui battaient. J'avais repoussé ses mains et remonté mon pantalon, mais elle attrapait mon bras et me le tirait.

– Viens là, Jacquiot, assieds-toi près de ta Jeannette.

Je m'étais assis près de ma Jeannette, tout contre elle, tout près des flammes. Elle avait retroussé sa peau de bique, bien au-dessus des genoux, et écarté les cuisses. Elle portait des bas blancs et un caleçon de laine. Il y avait une ouverture dans le caleçon, une sorte de braguette sans boutons. Elle me regardait en souriant. Elle souriait tellement que ça me faisait peur. Alors j'ai détourné les yeux. Je ne voyais que les flammes qui dansaient, que les vaches qui broutaient, que les toits de la ferme là-bas, au loin, et j'imaginais l'Albert dans son lit avec toutes ses sangsues sur le dos.

– Alors, Jacquiot, tu veux pas voir comme mes poils à moi ils sont noirs!

Non, sa voix n'était pas tellement tendre, plutôt froide la voix, mais la voix ne m'empêchait pas de bander. D'une main, elle m'avait pris le menton pour me guider les yeux, de l'autre elle écartait la fente de son caleçon. C'est vrai qu'ils étaient noirs ses poils, très noirs même. Elle me tenait fermement par le menton, comme quand on joue au jeu de la barbichette[1], mais moi je n'avais pas envie de rire, j'avais envie de toucher, de faire, d'apprendre. Seulement voilà, je n'osais pas. La Jeannette savait que je n'osais pas. C'était une garce, et les garces, en amour, savent tout. Elle dit :

– Si tu veux, tu peux toucher ! Mais juste toucher, hein, Jacquiot !

Sans me laisser le temps de décider, elle m'avait pris la main et me l'avait posée sur son bateau. C'était chaud et tout mouillé. Comme une mer lointaine, moi aussi j'étais mouillé et je sentais mes tempes qui battaient, qui battaient, et mon sexe qui enflait, qui enflait. Elle avait dit, la garce :

– Si tu veux, tu peux mettre le doigt, hein ! Jacquiot, mais juste le doigt.

Et j'avais mis le doigt dans le grand bateau de la femme d'Albert qui gisait là-bas dans son lit avec ses sangsues plein le dos, et mon doigt, tout à coup, s'était mis à remuer tout seul avec beaucoup d'intelligence. Il tanguait, il roulait. On aurait dit qu'il avait fait ça toute sa vie, mon doigt. Bientôt, un deuxième doigt s'était mis à s'agiter dans le bateau de la

1. Les joueurs se tiennent par le menton et chantent : « le premier qui rira aura une tapette ».

Jeannette, mais ce doigt devait être moins intelligent que le premier, parce que la Jeannette m'avait repoussé la main et refermé les cuisses. Elle s'était levée en criant :

– C'est pas bien, Jacquiot, c'est pas bien du tout ce que t'as fait là !

J'étais devenu tout blanc, tout tremblant, tout mou. En partant, elle avait encore crié :

– Si Albert, il apprend que t'as mis le doigt dans ma culotte, il te zigouille !

Elle était partie sans se retourner. Le vent s'engouffrait sous la peau de bique. Ça lui faisait des voiles, à la Jeannette. Je me demandais pourquoi elle était devenue méchante. N'avais-je pas fait tout ce qu'elle voulait, trop ou pas assez peut-être ? De la Jeannette, il ne me restait que son odeur au bout des doigts, et je me suis mis à la respirer. Je restais devant mes doigts comme le taureau devant la vache, prêt à monter, à faire le saut, mais ma vache à moi, elle avait cassé sa chaîne.

Je suis resté tout l'hiver, le printemps et l'été chez les Bongrand. Je ne suis descendu que deux fois à Brioude et mon père, bien sûr, n'est jamais venu me voir. Depuis que mes doigts s'étaient mis à marcher tout seuls dans le bateau de la Jeannette, celle-ci me faisait la gueule. Pire même, elle ne me regardait plus, ne me parlait pas, elle était devenue une espèce de Marraine. Comme rien ne me retenait au domaine, hormis la peur de retrouver la vraie Marraine, j'avais décidé de partir, mais je ne savais comment m'y prendre, où aller, quoi faire. En défi-

Je n'avais pas envie de donner ma chemise, et en plus elle n'était pas à moi.

– Je peux pas, c'est la chemise de Marcel.

Il a répondu :

– Je le connais bien, tu sais, Marcel. C'est un bon copain à moi.

Je savais qu'il le connaissait Marcel, et j'ai tout de suite compris à quoi il faisait allusion. J'étais à la fois fasciné et dégoûté par tout ce que j'avais entendu dire sur René Raymond. J'aurais voulu me mettre à courir pour lui échapper, mais je n'osais pas. « J'étais un vrai petit homme », mieux valait faire face. Il se rendait compte que je me tenais sur mes gardes, pour lui ça signifiait que j'étais mûr, tout à fait prêt à être cueilli. Il ne se pressait pas. Pendant ce temps-là, le plaisir montait ! Il faisait très chaud, il y avait plein de grosses mouches et aussi des taons[1]. En parlant, il remuait les bras pour les chasser, exactement comme le font les vaches avec leur queue. On était debout face à face, en plein soleil, et comme ça chauffait le nez et les yeux, on avait rejoint le troupeau et gagné l'ombre. J'avais commencé à lui décrire l'ambiance dans laquelle je vivais. Il fut étonné d'apprendre que le Sessel s'était engagé dans la Légion. Comment avait-il pu quitter sa femme, la mère, le domaine ? Mais qu'est-ce qui s'était passé, bon Dieu ? Il ne savait pas, René Raymond, il ne savait rien. Il croyait qu'à la ferme la vie était rose comme sa chemise. Pour sûr que j'allais tout lui

1. Sorte de grosses mouches qui piquent et sucent le sang.

raconter, et sans mâcher la vérité. On s'était assis sous un vieux noyer aux branches toutes tordues, paraît que ça porte malheur de s'asseoir sous un noyer. Le malheur étant déjà là, ça ne pouvait pas être pire. Tandis que je parlais, une de ses mains se baladait le long de ma jambe. De temps en temps, il me pressait le genou, mais rien de plus. En surface, je faisais celui qui ne s'aperçoit de rien, mais au fond de moi j'étais vraiment troublé. Plus je racontais, plus il me serrait le genou ; il avait des doigts propres, des ongles transparents. Il me regardait avec tendresse comme si j'avais été son veau et lui ma vache. De me raconter, c'était une façon de renaître, d'écouter c'était une façon de vêler. Oui, il y avait une vraie communion d'esprit entre René Raymond et moi. Il disait :

– Mon Jacquot, mon petit Jacquot, comme tu as dû souffrir ! ou bien :

– C'est fini, je t'emmène.

Ou encore :

– Comment j'aurais pu savoir, dis, comment ?

C'est vrai qu'il ne savait pas. Son indignation paraissait sincère ; sa tendresse aussi, tellement sincère qu'il a fini par se rapprocher de moi comme si on était deux réfugiés dans une toute petite cachette. Moi, surpris, j'ai cessé de parler et j'ai regardé en tremblant ses deux bras qui m'ont pris autour du cou et j'ai senti sur mes lèvres une bouche pleine d'émotion qui bafouillait des mots jamais entendus. Elle disait, cette bouche, aussi tordue que les branches du noyer sous lequel on était assis, que je lui plaisais, qu'elle me voulait, qu'elle allait me rendre heureux. Pendant que la bouche racontait tout ça, les mains de René Raymond étaient entrées sous ma chemise et caressaient ma poitrine. J'avais du trouble, pour sûr que j'en avais. Si les mains s'étaient posées plus bas, elles s'en seraient aperçues. Mais je ne voulais pas qu'elles viennent ces mains, j'avais honte, j'avais peur, j'avais honte de ma peur, peur de ma honte. Alors, j'ai repoussé la bouche, les doigts, les ongles, et je me suis levé. Debout, mon trouble se voyait, ça faisait une raideur dans mon pantalon. Il m'a dit :

– « Mais tu bandes, petit salaud ! »

Il s'est levé. Lui aussi, il bandait, ça faisait comme un portemanteau sous sa braguette. J'avais peur, j'avais honte, et je me suis mis à courir. Il a couru derrière moi, il croyait à un jeu, à un caprice. Moi j'étais décidé à résister, je ne voulais pas qu'on rentre dans moi, qu'on me fasse mal. Un homme dans un autre homme, ça me paraissait sacrilège, pas possible, horrible. Les chiens aussi couraient tant que ça pouvait, ils aboyaient, ils étaient contents de me voir courir, les chiens. Les vaches s'étaient figées, elles me regardaient, d'un air un peu penché, n'y comprenant rien. Il n'y avait que leur queue qui battait l'air. J'avais peur et honte et j'étais gêné pour les chiens et les vaches. Je me suis arrêté de courir. J'ai attendu qu'il soit à ma portée. Il était essoufflé et tondu comme un mouton, mais il avait toujours son portemanteau entre les jambes. J'ai dit :

– Faut arrêter. C'est pas bien.

Il n'a pas voulu s'arrêter. Il s'est approché tout près, il soufflait, il avait du mal à parler, mais il parlait quand même. Il disait des choses bizarres ; « que c'était le moment d'y goûter et qu'après je ne pourrais plus m'en passer ». Il disait « que j'en avais envie, que ça se voyait », il voulait « que je ferme les yeux, que je le laisse faire ». Il était comme un fou, René Raymond, comme un taureau après la vache. Comme il ne pouvait pas m'escalader, faire le saut, il avait posé ses deux mains sur mes fesses et m'avait attiré brutalement contre son ventre. J'avais ressenti une douleur, un dégoût. Je m'étais reculé aussi vite qu'il m'avait attiré et je lui avais balancé un grand coup de sabot en plein dans son portemanteau. Il s'était roulé par terre en hurlant et j'avais eu du mal à empêcher les chiens de le mordre. En se relevant, il s'était excusé avec une drôle de phrase :

– D'accord, je me suis trompé. Je croyais que tu étais bique et bouc.

Le portemanteau n'était plus là. Il avait dû tomber quelque part dans l'herbe avec ma peur et ma honte.

BIEN LIRE

CHAPITRE 3

- **P. 96-97 : Le narrateur rumine, réfléchit à un sujet qui le préoccupe depuis de nombreuses années. Quel est ce sujet et depuis quel âge le préoccupe-t-il ?**
- **P. 99 : Pendant cette période, qu'est-ce qui a failli rendre fou le narrateur ?**
- **P. 100 : Comment la mère et l'Albert considèrent-ils ses dessins et ses poèmes sur les murs et sur les arbres ?**
- **P. 103 : Relire le passage : « Ainsi le domaine avait [...] mourir » (l. 413-415). Jacques Lanzmann fait une distinction entre « séquestré » et « prisonnier ». Quel est le personnage qui veut toujours partir et quel est celui qui veut toujours mourir ?**

4

Je dois à René Raymond d'être retourné dans ma famille. C'est lui qui a convaincu mon père de me reprendre. Quelques jours plus tard, je quittai les Bongrand pour Brioude. J'avais douze ans et j'étais riche de huit cents francs. Pour les vacances, papa avait loué une petite maison à Vieille-Brioude, un village voisin au bord de l'Allier. C'est là que j'ai retrouvé Claude et Évelyne. Je crois qu'on n'a pas cessé de s'embrasser de toute la journée. J'avais l'impression de revenir d'un pays lointain. J'étais costaud, je parlais patois, j'avais des mains aussi grandes que mes pieds, et tant d'histoires à raconter sur les animaux et les gens que papa et même Marraine semblaient fiers de m'avoir permis de vivre tant d'aventures.

De même que grand-père Léon, retour de Verdun, j'eus du mal à m'endormir dans un lit. Tout, dans la maison de Vieille-Brioude, me semblait trop doux, trop fade. On vivait comme des citadins avec des horaires qui mangeaient la lumière du jour. On travaillait avec mollesse, perdant son temps à lire des journaux, à écouter au poste les nouvelles du monde, qu'on disait alarmantes. Tous les gens avaient peur de la guerre et l'on s'attendait qu'elle éclate d'un jour à l'autre. La guerre, je la souhaitais presque. C'est beau, une guerre, quand on la regarde dans les livres de classe. C'est beau et ça fait éclater les choses, et moi, les choses, je ne les voulais plus comme elles étaient.

J'imaginais mon père partant pour le front, les hommes mobilisés, les voitures réquisitionnées. Je voyais les femmes, les enfants agiter leurs mouchoirs et plein de larmes couler des yeux et du ciel. Je me rappelais André Strachemeyer, de Melun, et ses histoires de S.S. qui faisaient la chasse aux juifs. Des juifs, j'en avais parlé avec Claude et papa, et nous étions convenus de nous enfuir en Amérique au cas où les Allemands gagneraient la guerre. C'était rassurant de savoir que l'Amérique existait, mais ce qui nous rassurait encore plus c'était notre formidable armée française retranchée derrière la ligne Maginot et prête à ne faire qu'une bouchée de leur fameuse ligne Siegfried. Tout le monde parlait de la guerre et, à force d'en parler, elle arriva. Ce fut un grand mouvement d'hommes et de chevaux ; il y en avait plein les trains, plein les gares. Claude et moi, des jours entiers, on regardait s'embarquer les soldats qui montaient vers le nord. Dans les familles, c'était la stupeur, la consternation, mais dans les gares c'était l'enthousiasme, ça gueulait, ça fanfaronnait, il y avait beaucoup de femmes avec des brassards et des croix rouges, des infirmières, des sandwiches, de la bière, de la musique. À la maison, il n'y avait rien de tout cela, car papa, réformé, n'allait pas partir. Il était triste, emmerdé, il râlait, disant qu'il allait y aller quand même. Je crois qu'il disait vrai ; être réformé ça faisait un peu honteux, et, nous autres, les enfants, on en souffrait drôlement de cette décision médicale. Pour compenser, Hélène se mit à tricoter des pull-overs pour les poilus. Après les pull-overs, ce fut la frénésie des colis, on expédiait n'importe quoi au front, mais on expédiait. Il fallait expédier sous peine d'être dénoncé par ses voisins. Les bonnes femmes se réunissaient, se groupaient en comités et parfois aussi les plus moches d'entre elles envoyaient leur photo à des troufions qui cherchaient à se faire des marraines de guerre. Moi, j'avais déjà la mienne de marraine de guerre et elle avait recommencé à me saper le moral.

Au fil des mois, l'enthousiasme tomba, on tricota moins, on expédia moins. Le patriotisme se calmait, la toux de papa aussi. Du coup, l'effrayante guerre devint drôle. Les armées, face à face, s'observaient et, par-dessus les lignes, on se montrait les photos des marraines de guerre. Personne ne savait au juste ce qui se préparait mais quelque chose, à coup sûr, couvait. Le commerce, l'économie, la famille, tout s'était mis en veilleuse comme la guerre. Faute de matières premières et de clients, « Paris-Nouveautés » ferma ses portes. Papa, qui commençait à tirer le diable par la queue, accepta une place de contremaître dans une usine d'antimoine[1]. Il fallut déménager, réduire le train de vie. Le nouvel appartement étant trop petit pour nous y loger tous, on envoya Claude au lycée Blaise-Pascal de Clermont-Ferrand. Quant à moi, puisque j'aimais la terre, on m'envoya la cultiver dans une ferme. On avait prévu que j'y reste le temps qu'on écrase les Allemands. Mais, deux ans plus tard, les Allemands cantonnés au château de Paulhac venaient toujours réquisitionner les produits de la ferme dans laquelle je me trouvais encore.

---

1. Métalloïde, c'est-à-dire, élément intermédiaire entre un métal et un non-métal et qui sert à durcir des métaux.

Le village de Paulhac était situé tout près de Brioude, à environ cinq kilomètres. Il y avait une grande côte avec des maisons de chaque côté et, tout en haut de la côte, une courbe qui menait sur la place de l'église. En face de l'église, se dressait un grand château qui dominait le village. Le château appartenait à une marquise, Mlle de Miramont, on disait qu'elle était apparentée à un ingénieur qui passait son temps à creuser des canaux un peu partout dans le monde. La marquise n'habitait pas le château, ni même Paulhac, et pourtant, dans toutes les fermes du village, une vache sur deux s'appelait Marquise. Près du château, il y avait un chemin de terre qui descendait dans la vallée. La ferme et le moulin des Tavernier se trouvaient tout au fond d'un cul-de-sac, en bordure d'une petite rivière où un système d'écluses et de barrages faisait grossir ou diminuer les eaux. Je ne sais plus comment j'avais échoué chez les Tavernier, mais cette fois-ci je n'étais pas mal tombé. Il y avait Auguste, le chef de famille, trop vieux pour être mobilisé, et de toute façon réformé comme papa pour une maladie des poumons, sa femme Yvonne, et leurs deux enfants, René, dix-huit ans, et Lulu, vingt et un. C'était tous des gens très pieux, très bons, qui n'avaient qu'une phrase à la bouche : « Doux Jésus, priez pour nous. » Les Tavernier, c'était exactement le contraire des Bongrand, des gens aimables et intelligents, mais pas très organisés dans le travail et qui se laissaient sans cesse déborder par lui, si bien qu'on n'arrêtait pas de s'activer et de prier le bon

Dieu afin qu'il nous permette de mener à bien les travaux des champs en même temps que ceux du moulin.

Le moulin, c'était la marotte[1] d'Auguste. Il avait tout conçu, tout bâti lui-même, les trois étages du bâtiment à cheval sur la rivière, creusé les barrages, installé les écluses. Ça lui avait pris vingt ans à Auguste, il y avait laissé sa santé et ses économies, et aussi deux doigts dans la meule. Mais les meules, quand j'arrivai chez les Tavernier, c'était déjà du passé, des pièces de musée. Le moulin était équipé de concasseurs[2] et de planchisters[3], tout un appareillage moderne venu d'Angleterre par la route, et qui permettait à Auguste d'être le premier minotier de la région. Les deux ouvriers ayant été mobilisés, Auguste, qui ne se résignait pas à fermer son moulin, avait instauré un plan d'urgence où l'orgueil l'emportait sur la raison. Avec Auguste, il fallait toujours et encore « reprendre du poil de la bête », mais la bête, à force de lui tirer sur le poil, elle n'avait plus que la peau et les os. Le jour, on s'occupait de la ferme, la nuit du moulin. On dormait à tour de rôle, quelques heures par-ci par-là, et chacun à notre tour on s'en allait prendre le quart[4] dans un océan de farine. Notre récif à nous c'était la turbine, cette fameuse turbine hydraulique[5] qui faisait la fierté d'Auguste et dont il fallait suivre le rythme à l'oreille afin d'éviter qu'elle ne s'emballât avec

1. Obsession, idée fixe.
2. Instruments composés de broyeurs qui séparent l'amande du blé de son enveloppe.
3. Caisses contenant jusqu'à 25 blutoirs ou tamis qui blutent, c'est-à-dire, séparent l'amande de l'enveloppe une fois le blé concassé.
4. Terme de marine qui représente une période de quatre heures de service.
5. Moyen de propulsion constitué d'un arbre qui tourne grâce à l'énergie de l'eau.

la machinerie qu'elle entraînait. Toutes les vingt minutes, il fallait vider dans le concasseur deux cents kilos de grains qu'on transportait à l'aide d'un diable[1], mais qu'on faisait basculer d'un formidable coup de reins. Il fallait aussi veiller à ce que les tamis des planchisters ne s'engorgent pas, mettre en sac le son, et la farine, et monter le tout à l'aide d'un treuil par les trappes jusqu'au troisième étage, dont l'accès donnait sur la cour. C'est là que les paysans déchargeaient ou chargeaient et, dès cinq heures du matin, les charrettes arrivaient pour s'accoter à la passerelle. On accédait aux autres étages par une échelle de fer, mais l'on pouvait gagner directement le sous-sol du moulin en passant par la rivière et en se faufilant le long de la turbine. Si, par malheur, étant de quart, on s'endormait, les concasseurs et les planchisters n'ayant plus rien à se mettre sous la dent s'emballaient, les courroies de transmission sautaient et l'arbre de la turbine, livré à lui-même, se désaxait. Alors, pour calmer la turbine et enrayer cette formidable force centrifuge, il fallait courir fermer les écluses, de façon à remettre l'arbre dans son axe sans risquer l'accident. Tout ça prenait du temps et nous brisait les nerfs, sans compter qu'en hiver ça gelait tellement vite qu'il fallait charrier plein de seaux d'eau chaude en pleine nuit et la verser jusqu'à ce que les ailettes d'acier s'arrachent à la glace.

J'aimais les Tavernier et ils m'aimaient. Je leur étais indispensable et ça me faisait du bien de le savoir. En m'amenant

1. Chariot à deux roues servant à transporter des marchandises lourdes.

chez eux, papa m'avait fait promettre de ne jamais dire que j'étais juif. N'étant pas juif, j'étais donc forcément catholique. Avant le repas du soir, on faisait la prière, remerciant le doux Jésus d'apporter le pain quotidien. C'était un non-sens parce que du pain et de la farine, on en avait autant qu'on voulait. Les femmes assises à table joignaient les mains et lançaient leurs phrases à la volée. Elles remerciaient pour tout, pour la pluie, le beau temps, la farine blanche, pour les betteraves, nettement moins belles que l'année dernière, la luzerne qui fermentait plus qu'à l'accoutumée, pour la fièvre aphteuse qui décimait le troupeau. Elles n'en finissaient pas de remercier pour le bon et pour le mal, mais en définitive tout était bien puisque Jésus en avait décidé ainsi. Les hommes, tournés contre le mur, répétaient ce que les femmes lançaient, et derrière chaque phrase on ajoutait : « Mon doux Jésus, ayez pitié de nous ! »

Tous les dimanches, on allait à la messe ; et comme je ne connaissais rien de la religion, j'imitais les grands, me levant quand ils se levaient, me signant[1] quand ils se signaient. J'avais attrapé le coup assez vite et personne ne s'apercevait de la supercherie[2], mais au fond de moi quelque chose n'allait pas, j'étais mal à l'aise de mentir, craignant aussi la vengeance de Jésus. Jésus savait-il que j'étais juif et de ce fait, allait-il me châtier ? Comme je ne voulais pas me mettre Jésus à dos, je décidai de lui avouer la vérité. Dès que je me retrouvais seul je m'age-

1. Faisant le signe de la croix qui débute et termine chaque prière chez les catholiques.
2. Tromperie.

nouillais et priais. Je lui demandais, au doux Jésus, de me comprendre, de nous pardonner, à papa et à moi, de lui avoir menti, d'avoir voulu lui faire croire qu'on était catholiques et alsaciens. Je lui promettais, à Jésus, de me racheter plus tard, j'étais prêt à expier pour mon père[1], pour tous ceux de ma race, mais plus tard, mon doux Jésus, plus tard, qu'il me laisse d'abord vivre un peu et devenir un aussi grand paysan que l'Auguste. Je lui demandais de m'aider à faire sortir de ma tête cette notion de péché qui m'angoissait tellement. Mais Jésus restait invisible et mes prières sans effet.

Il faut dire que le doux Jésus avait d'autres préoccupations. Les Allemands, après avoir contourné la ligne Maginot et envahi la Belgique, déferlaient sur la France. Débâcle, exode, on n'entendait plus que ces mots à la radio. Puis, un beau jour, on apprit que tous les hommes du village avaient été faits prisonniers. On n'en revenait pas, et eux non plus. Le fiancé de la Lulu, qui avait vingt-deux ans et sur lequel l'Auguste comptait pour prendre la relève de la ferme, avait même envoyé une carte d'un stalag[2]. Il était en bonne santé et il embrassait tout le monde.

Bientôt des gens de la ville, on ne savait pas de laquelle mais qu'importe, s'étaient mis à passer de ferme en ferme, achetant œufs et beurre. Les paysans, d'abord flattés qu'on vienne ainsi jusque chez eux, n'avaient pas tardé à réagir. On augmenta les

1. Réparer ses péchés.
2. Camp de prisonniers en Allemagne pendant la Seconde Guerre mondiale.

prix mais malgré ça, il venait tant et tant de Parigots, de Clermontois, de Brivadois, que les poules et les vaches n'y suffisaient pas. Et ceux de la ville devenaient méchants, ils croyaient qu'on stockait pour vendre plus tard et plus cher. Ils insistaient, ils menaçaient. Parfois on était obligé de les sortir de la cour à coups de fourche. Pour des gens croyants comme nous, c'était terrible d'en arriver là. C'est eux qu'on battait mais c'est nous qui avions mal. Chez nous, on venait aussi chercher de la farine blanche pour en faire des gâteaux, mais à force de donner de la farine blanche le pain des boulangers était de plus en plus noir. À son tour, papa se mit à venir. Bien sûr, c'était pour me voir, mais il ne repartait jamais les mains vides. Il y avait des œufs pour Marraine, de la bonne farine pour Marraine, du bon beurre pour les tartines de papa et, bien souvent, un ou deux saucissons en prime. Il venait me voir de plus en plus fréquemment. On aurait dit qu'il s'était mis à m'aimer tellement qu'il ne pouvait plus se passer de moi. Il montait en vélo la nuit et rangeait tout ça dans la remorque. Il était très fatigué, papa, et pour joindre les deux bouts[1] il était obligé de faire trente-six métiers. Avec le mien, ça faisait trente-sept et même trente-huit si l'on voulait compter une nuit sur deux passées au moulin. De tous les métiers qu'il faisait, c'est sans doute le mien qui lui rapportait le plus. Moi je n'ai jamais mangé autant que pendant la guerre. Comme le disait Marraine, « j'étais verni, j'avais tiré le bon numéro ». Certes, la nourriture

1. Faire en sorte de ne pas manquer d'argent entre deux payes.

ne manquait pas, mais je n'étais pas heureux pour autant. J'avais à me débattre entre les problèmes du ciel et ceux de la terre, essayant de trouver une vérité entre Jésus et Auguste, entre ma vie et mon rêve, entre ma tête et mon sexe. C'était beaucoup à assumer pour un gamin qui travaillait en se cachant et dont l'avenir était bouché par la guerre qui embrasait le monde entier. Pétain avait coupé la France en deux et déclaré dans un discours radiodiffusé que les jeunes gens d'origine juive ne seraient pas admis à faire leur service dans les chantiers de jeunesse. Oh ! bien sûr, j'avais le temps d'y penser au chantier de jeunesse, n'empêche que je me voyais arriver au conseil de révision avec mon prétendu nom alsacien et ma tête bizarre, et que je m'entendais déjà dire par un colonel : « Pas de juif ici, petit. » Je me voyais revenir chez les Tavernier la tête basse, le cœur en désordre. Tous me regardaient, la Lulu, le René, l'Yvonne et l'Auguste. Qu'est-ce que j'allais bien pouvoir leur dire aux Tavernier ? Je leur avais déjà caché le divorce de mes parents et, pour simplifier mes rapports avec les gens, j'avais instinctivement simplifié mon enfance et donné de moi et des miens une image rassurante. Je me voyais bafouillant encore plein de mensonges plutôt que d'avouer la vérité, tout ça parce que papa m'avait fait jurer sur la tête de Claude et d'Évelyne de ne jamais dire à personne que j'étais juif. Ce n'est pas le secret qui était dur à garder, c'était toutes les choses que j'étais obligé de faire pour le garder qui ne passaient pas. J'avais beau me confier sans cesse au doux Jésus, bien tranquillement assis là-haut sur les nuages, j'éprouvais de plus en plus le besoin de remplacer mes prières par une conversation. Comme Pâques approchait et que l'Yvonne allait m'envoyer à confesse, puis à la communion, l'idée du péché devint si forte que je me vis mourir en avalant l'hostie. Des nuits durant, j'ai ainsi vécu ma mort tout en continuant à vivre. Je me voyais m'abattant sur les dalles de l'église, foudroyé par le doigt vengeur de Jésus qui s'écriait en pleine nef[1] : « Juif, qu'as-tu fait du Christ ! »

Une fois par an, au début mars, on montait les génisses[2] à Besse-en-Chandesse[3] dans des pâturages où elles passaient l'été à s'engraisser. De Paulhac à Besse, il y avait environ soixante-dix kilomètres, quelque trois jours et demi à marcher derrière le troupeau. Auguste m'ayant désigné pour accompagner son fils René, j'avais mis à profit ce voyage à travers les montagnes pour me dévoiler. René avait dix-huit ans, c'était un colosse, un géant qui faisait presque deux mètres. Dans quelques mois, le René, lui, allait partir aux chantiers de jeunesse. Il n'était ni pour ni contre ayant fait sienne la décision du Maréchal[4] : « Travail. Famille. Patrie ». C'était une devise merveilleuse à laquelle je m'efforçais moi aussi d'adhérer, chantant à tue-tête pour faire taire mes angoisses : « Maréchal, nous voilà ! » René était doux et intelligent, croyant et patriote. Il avait formé à Paulhac une section de la J.A.C. (Jeunesse agricole catholique)

---

1. Partie centrale d'une église. La construction du bâtiment est pensée à l'image d'un navire renversé.
2. Jeunes vaches.
3. Village situé dans le Puy-de-Dôme au pied des montagnes du Sancy.
4. Maréchal Pétain.

dont il trouvait, Dieu sait comment, le temps de s'occuper. Il ne parlait pas beaucoup, René, c'était un silencieux au regard de braise, un laboureur mystique qui semait les idées des autres sans forcément les récolter pour lui. D'accord, il était catholique, et pétainiste, il était pour le travail, la famille et la patrie : mais ça ne l'empêchait pas de se poser un tas de questions sur son travail, sa famille et sa patrie. Il reprochait au pape d'avoir béni les armées hitlériennes, il en voulait à Laval, auvergnat comme lui, d'avoir coupé sans résister la France en deux, comme un gâteau. Le René c'était la fève dans ce gâteau des Rois Maudits[1] : le René, s'il avait vécu, ç'aurait été un grand homme, et peut-être même un résistant.

Nous avions fait halte pour la nuit dans un de ces burons[2] où l'on recueille le lait qui sert à la fabrication du fromage de Cantal. On s'était couchés tous les deux l'un contre l'autre, à même la paille, pour se réchauffer, et l'on avait fait allonger les chiens sur nous comme des manteaux vivants. Par le toit de la cabane à demi écroulé, on voyait le ciel étoilé. Il m'avait enseigné la Grande Ourse, montré le Chariot, rempli mes yeux de Voie lactée. Il disait, le René, que quelque part là-haut, chacun d'entre nous a son étoile et que nous sommes responsables d'elle. Il disait, le René, que de notre existence dépendait sa durée, son intensité. Il disait que certains hommes irresponsables faisaient filer leur étoile, et que l'âme de ces hommes

1. Cycle de sept romans de Maurice Druon (1970).
2. Bâtisses rudimentaires construites dans la montagne qui servent à héberger les pâtres et où ils fabriquaient le fromage.

filait en même temps qu'elle. Je ne savais pas au juste ce qu'était une âme, à coup sûr ça devait être quelque chose de rare, de beau, d'aussi brillant qu'une étoile. Je demande au René ce que devient un homme sans âme. Sans hésiter, il me répond :

– Un malheureux !

Je demande au René à quoi on reconnaît un homme malheureux, mais là, le René a du mal à s'expliquer. Il dit qu'il y a malheureux et malheureux, qu'il faut faire la différence entre un homme qui a du malheur, c'est-à-dire des peines, des soucis, et un homme qui engendre le malheur des autres. Il était intelligent et costaud, le René, il engendrait la sympathie, la confiance. Je me redresse sur un coude, et je lui dis :

– Écoute, René, je veux pas être malheureux, je veux pas que mon étoile file. Est-ce que je peux te dire un secret ?

Il se redresse lui aussi sur le coude. Il me regarde, il dit :

– Un petit ou un grand ?

Je réponds :

– C'est selon, René. Pour moi, c'est un grand.

Et, mine de rien, comme ça, mais en ayant drôlement mal au fond de moi, dans cette cabane au toit effondré, sous le ciel étoilé, entre la Grande Ourse et le Chariot, je lui lâche que je suis juif. J'entends :

– Merde alors ! C'est pas vrai ?

Je dis que si, j'insiste, j'en remets, mais il ne veut pas me croire. Il est intelligent le René, mais il ne sait pas qu'un juif c'est comme lui, comme moi, un homme comme tout le monde, quoi ! Il croit que tous les juifs sont riches, qu'ils ont des gros nez, des sales pensées. Il a beau être intelligent et costaud, le René, ça le travaille d'apprendre comme ça, de but en blanc, que le commis de son père est juif.

On était retombé dans le silence depuis un moment, moi avec le remords d'avoir trahi un secret ; lui avec la tête qui bouillonnait. D'un seul coup, il bouscule les chiens, et s'agenouille. Il me dit :

– Je vais prier pour toi.

Il se met à parler du salut de mon âme, il demande à Dieu d'être miséricordieux, de me pardonner, de me guider vers mon étoile. Je l'arrête dans sa prière, je lui demande de me dire franchement si le fait d'avaler l'hostie[1] sans être baptisé est un péché mortel. Pour donner plus de force à ma position et plus de réflexion à sa réponse, je lui tourne la chose autrement. Je dis :

– Est-ce qu'un juif peut avaler le corps de Jésus, est-ce qu'un juif a le droit d'aller à la messe, de se confesser, de faire ses Pâques[2] ?

Il ne va pas me répondre, le René, il ne sait pas. Il a beau être intelligent et très costaud, très bon et très croyant, ce que je lui demande là dépasse certainement ses compétences ! Mais non, il me répond, le René. Il me dit que Jésus est bon, qu'il sait tout, qu'il voit tout, et qu'en ce moment même Jésus ressent dans son corps et dans son âme le tourment qui m'habite. Mais

1. Les catholiques, pendant la messe, au moment de la communion, reçoivent l'hostie qui est consacrée et est le symbole du corps du Christ. Cette communion entre les fidèles fait revivre la cène du Christ (son dernier repas avant sa crucifixion) avec ses douze apôtres.
2. Communier à la messe de Pâques. Rite obligatoire et considéré comme un minimum.

le tourment habite aussi le René. Il s'est relevé et marche de long en large. Je lui demande :

– Tu es sûr, dis, que je ne vais pas mourir ? Il me dit :

– Il n'y a pas lieu de craindre le péché mortel, tu es un enfant, un innocent, tu as les mains pleines d'amour et d'espérance.

La réponse de René avait été une merveilleuse nouvelle pour moi. Je m'étais senti soulagé sur-le-champ, j'aurais bien embrassé le cul des vaches et même celui du René, mais Pâques approchait, l'angoisse quelque temps neutralisée avait repris, selon la formule d'Auguste, du poil de la bête.

René et moi avions convenu de ne rien dire aux parents afin de leur éviter un choc certain. De plus, en ces jours qui précédaient Pâques, Auguste n'était pas au mieux de sa forme. À force d'aller au bout de lui-même, il avait rechuté. C'était toujours la même vieille maladie qui le terrassait, une faiblesse dans la poitrine, un grand froid qui l'envahissait, et puis, crac, il tombait dans les pommes. Pour se réchauffer les poumons, Auguste laissait pendre dessus deux flacons remplis d'eau chaude, retenus autour du cou par un lacet de cuir. Plusieurs fois par jour, soit qu'il vînt à la cuisine en changer l'eau, soit qu'on la lui apportât dans un thermos lorsqu'il était aux champs. Par-dessus les flacons il enroulait une grande ceinture de flanelle du docteur Gibaud qui lui momifiait le torse. Ce docteur Gibaud, c'était le seul médecin dont il voulait entendre parler. Il avait un beau visage, l'Auguste, mat comme sa farine de seigle, tout ridé comme le pain, avec des yeux très doux et un menton très rond. Ses yeux doux, son menton rond, son teint de seigle, tout ça lui donnait un air de Pierrot lunaire. Et c'est vrai qu'il était souvent dans la lune, Auguste, mais ça ne l'empêchait pas de prendre le taureau par les cornes et de foncer dans le travail comme une bête de somme. Il n'était pas grand, Auguste, bien moins grand que son fils et même que sa fille, il n'était pas carré non plus, ayant plutôt le physique de papa, des épaules fuyantes comme ses flacons, des bras minces et secs. Toute la force d'Auguste était concentrée dans ses reins ; il fallait le voir faire basculer, d'un seul coup, un sac de cent kilos dans les concasseurs, ou bien retourner en bout de sillon d'un seul coup de poignet les socs de la charrue. Malgré son air de Pierrot et ses rêvasseries, il avait une sacrée autorité. La famille le respectait et le craignait. Il paraît qu'il s'était mis en colère une seule fois, mais de cette colère contre un voisin qui avait déplacé les bornes d'un champ, histoire de gagner quelques mètres, on en parlait encore dans le village.

Moi, l'Auguste, je l'admirais, j'en avais fait mon modèle, ma chose à copier. Lorsqu'on labourait tous les deux, l'un à la charrue, l'autre à l'aiguillon, j'essayais de mettre mes pas dans les siens sans mordre sur l'empreinte que faisaient ses sabots. Si mes pieds parvenaient cent fois de suite à épouser parfaitement la trace des siens, ça voulait dire qu'un jour j'allais égaler l'Auguste, devenir un aussi grand paysan que lui. Il m'aimait bien aussi et, bien que je ne fusse ni plus ni moins dans les faits que son domestique, j'étais pour lui comme un deuxième fils. Souvent, il me disait :

– Si t'étais pas si p'tit, je t'aurais bien donné ma Lucienne.

Il voulait dire par là qu'en me donnant la Lucienne il m'aurait aussi donné toute cette belle terre grasse qu'on se crevait à retourner. La Lulu j'aurais pas dit non, mais elle avait neuf ans de plus que moi et, en plus, elle portait des lunettes, comme papa, et ça lui donnait un air sévère qui m'intimidait. C'était une grande fille discrète et pudique, élevée dans la religion et l'amour des siens. Elle était fiancée à un voisin, une connaissance de catéchisme, mais la guerre retardait le mariage en gardant le gars dans un camp. Moi, pour faire plaisir à Auguste, j'aurais tout de même pris sa Lucienne. Mais l'Auguste, pour l'instant, avait considérablement perdu du poil de la bête. Nous avions décidé pour lui qu'il devait garder le lit. Il se morfondait[1] l'Auguste, il savait qu'à nous deux, on n'allait pas tenir le coup. Il n'avait pas tort. Il était dans son lit, nous on était sur les genoux. On passait nos nuits au moulin, sans compter qu'aux premières heures de la matinée, on devait recevoir les clients et aider au chargement et au déchargement des chariots. Auguste décida donc de frapper un grand coup sur la maladie. Pour en finir une fois pour toutes, il envoya Lulu attraper un pigeon dans le colombier. C'était un énorme oiseau gris-bleu avec des yeux qui roulaient comme des billes. On était tous là, autour de son lit, il y avait aussi le curé, l'abbé Gane, que les gosses appelaient « La Bécane ». Il était venu à la fois faire une piqûre et boire un coup, peut-être même manger un morceau sur le pouce. On ne savait jamais pourquoi le curé passait,

1. Était triste. Ici, se faisait du souci.

mais quand il passait on lui faisait partager la vie de famille. Cette fois-ci, on peut dire qu'il était bien tombé l'abbé Gane. L'Auguste s'était assis dans son lit, il avait attrapé le pigeon qui se débattait entre les mains de la Lucienne et demandé au René de lui passer son Opinel. C'était un gros canif à la lame épaisse mais tranchante comme un rasoir. D'un seul coup de couteau, l'Auguste avait fendu le pigeon de bas en haut, puis il avait tiré sur les ailes pour bien l'écarteler. L'oiseau tout grand déplié sur sa poitrine, l'Auguste s'était mis à insulter la maladie. Sur son torse c'était chaud, sanglant et frémissant, plein de plumes, de merde et de grains qui sortaient du gésier[1]. Le curé avait détourné la tête en jurant, mais il avait quand même aidé l'Yvonne à enrouler autour du torse la grande ceinture de flanelle du docteur Gibaud. Ils serraient dur, et plus ils serraient, plus le pigeon s'écrasait et plus le sang et la merde sortaient de dessous la flanelle. Sur la ceinture du docteur Gibaud, on avait amarré, avec des courroies, un édredon de plume pour bien garder la chaleur. Des plumes, il y en avait partout dans la chambre. On ne savait plus si elles étaient à l'édredon ou au pigeon. Il y en avait jusque sur le nez de l'Auguste où elles restaient collées aux narines, comme happées par la respiration du malade.

Il fallait laisser l'Auguste toute la nuit et tout le lendemain avec son pigeon. Il fallait que ça fermente, que ça dégage un gaz et que le gaz dégage le mal. Ça n'était pas la première fois que

1. Troisième organe digestif de l'oiseau qui contient les aliments non digérés.

l'Auguste faisait le coup du pigeon, aussi, sans nous formaliser[1] outre mesure, nous étions passés à table. Ce soir-là, après la prière, l'abbé m'avait pris sur ses genoux, et dit :

– Dis donc, mon petit, on ne te voit pas souvent au catéchisme.

Je m'étais mis à rougir de toute ma juiverie[2] et j'avais regardé le René pour l'appeler à mon secours. Il y était venu, à mon secours. Il avait dit :

– J'aimerais vous y voir, moi, l'abbé, avec tout le travail qu'on se tape ici.

Il ne parlait pas souvent le René mais quand il se décidait, il avait son franc-parler. L'abbé m'avait donné un petit coup amical sur les fesses et attiré dans le même geste contre son épaule. Sa soutane sentait le curé, une odeur d'encens et de vin, mais elle sentait aussi la mort. Je m'étais éloigné très vite de son épaule, tellement vite que ça n'était plus un éloignement mais un sursaut. Vexé, il m'avait repoussé sur le banc en riant jaune[3]. Comme je ne savais pas quoi faire ni quoi dire, j'avais relayé un peu son rire en mangeant ma soupe. Il avait dit :

– Les Alsaciens, c'est comme les rouquins, c'est tout l'un ou tout l'autre, c'est tout bon ou tout mauvais.

Yvonne avait répondu que « j'étais tout bon et qu'ils étaient chanceux de m'avoir chez eux ». Et puis la conversation ayant tourné court, le René et moi on s'était regardés d'un air com-

1. Sans être étonnés ni choqués.
2. Voir note 3, p. 75.
3. En riant pour ne pas montrer sa déception.

plice. Nous partagions la même soupe et le même secret, n'empêche que, ce soir-là, on avait eu chaud.

BIEN LIRE

CHAPITRE 4

- **P. 115 : Malgré le comportement de René Raymond qui ne convient pas au narrateur, que lui doit-il ?**
- **P. 116 : Pourquoi le père Lanzmann ne peut-il pas partir à la guerre ?**
- **Quelles actions leur permet de compenser le fait de ne pas partir à la guerre ?**
- **P. 118-119 : Quels sont les différents membres de la famille Tavernier ?**
- **Quelle est l'infirmité du père Tavernier ? À quoi la doit-il ?**
- **P. 120 : Jacques aimait les Tavernier et en était aimé, mais qu'est-ce qui lui faisait du bien venant d'eux ?**
- **P. 123 : Quelle est la raison qui fit venir, finalement, le père Lanzmann à la ferme régulièrement ?**
- **P. 124 : Pendant cette période chez les Tavernier, Jacques mène un combat personnel. Quel est-il ?**
- **P. 132 : Quel est l'animal que le père Tavernier écrase sur sa poitrine ? et quelle en est la vertu thérapeutique ?**

5

La veille de Pâques, avec l'Auguste qui avait repris du poil de la bête et retrouvé une espèce de santé, on avait charrié plein de seaux d'eau chaude dans des baquets et l'on s'était lavés à fond. Fallait se présenter propre et pur devant Jésus. Exceptionnellement, on avait fermé le moulin et le silence, alentour, était très impressionnant. De notre peau, il sortait plein de farine qui faisait des boulettes de pâte quand on se frottait. Auguste s'était lavé dans sa chambre, on avait allumé le poêle et calfeutré tous les courants d'air pour éviter qu'il n'attrape un chaud et froid. Le René et moi, on s'était mis tout nus dans le même baquet et il n'arrêtait pas de me regarder la quéquette en coin. Ça me gênait. Il n'y avait pourtant rien d'équivoque[1] dans son regard. René, ça n'était pas René Raymond. Pas d'équivoque, mais de la surprise. Au bout d'un moment, j'ai dit :

– Y a quelque chose qui cloche, René ?

Il a détourné la tête.

– Non, non, rien.

Et puis, s'apercevant qu'il mentait la veille de Pâques, il s'était repris en bafouillant :

– Enfin, heu... je croyais que les juifs, c'était pas comme moi.

Il avait désigné sa quéquette à lui, tout enveloppée dans sa

---

1. D'ambigu (René n'avait aucune mauvaise intention).

peau comme une banane. La mienne était exactement comme la sienne, en plus petit, et je lui avais dit :

– C'est vrai, mais moi je ne suis pas coupé.

J'avais dit « coupé » parce que je ne connaissais pas le mot exact. Une fois, à Melun, j'avais confondu circoncis et circonscrit. Strachemeyer s'était mis à rire en disant que je n'étais pas un incendie mais un juif.

Dans le baquet, j'avais expliqué à René que mon père avait oublié de me faire baptiser. Ça lui avait fait vraiment plaisir, au René, que je sois comme lui, bien dans ma peau et tout entier. J'ai dit :

– Tu crois que le bon Dieu en tiendra compte ?

– Le bon Dieu, tu sais, c'est pas la quéquette qu'il regarde.

J'avais eu envie de lui demander « Mais qu'est-ce qu'il regarde le bon Dieu ? » Je ne l'ai pas fait. Je savais qu'il m'aurait répondu : « L'âme. » Je pensais que la quéquette, c'était tout de même plus facile à regarder et ça m'aurait arrangé qu'il la vît, qu'il ne vît qu'elle.

Je n'étais jamais entré dans un confessionnal[1] et quand mon tour d'y pénétrer fut venu, ça battait drôlement fort dans ma poitrine. Qu'est-ce qu'il allait me demander « La Bécane » et qu'allais-je bien pouvoir lui répondre ? Poussant le rideau de velours noir, je m'en remis à la grâce de Dieu et entrai dans ce grand cercueil qu'on avait mis debout. À l'intérieur c'était

1. Lieu étroit et divisé en trois compartiments où les fidèles confessent leurs péchés au prêtre. Le fidèle s'agenouille et est séparé du prêtre par une cloison à claire-voie pour respecter la discrétion.

sombre et mystérieux et, de l'autre côté du grillage, on aurait dit que l'abbé s'était posé une voilette sur le visage. Sous sa voilette, la bouche avait murmuré :

– Approche un peu, petit, que je voie tes traits.

J'avais approché mon visage du grillage et senti son haleine. « La Bécane » avait mangé de l'ail, et ce mélange d'émotion et d'ail faisait que moi je me sentais déjà comme évanoui.

– Raconte-moi tout, petit. As-tu péché récemment ?

La voix était douce, engageante, une voix beaucoup plus raffinée que l'haleine. N'empêche que mon cœur avait toujours des hauts. J'ai fait un effort et j'ai dit :

– Non, mon Père.

Au même instant, j'ai ressenti une douleur dans la nuque et mon cœur s'est mis à battre encore plus fort. Je crois même qu'il a crié pitié, mon cœur.

– Voyons, voyons, tu as bien dû commettre quelques mauvaises actions, dit quelques mensonges ?

Comme René m'avait conseillé de rester évasif[1], j'ai baissé les yeux sur ma gêne et répondu :

– J'ai peut-être un peu menti, mon Père, mais je ne crois pas avoir fait de mal.

– Quel genre de mensonge, mon fils ?

– Je ne sais pas, mon Père.

– Tu ne sais pas. Bon, eh bien ! je vais t'aider à te souvenir.

---

1. Dans le flou, imprécis.

Sa voix était toujours suave[1] et engageante, toujours pleine d'ail aussi, mais j'avais eu tellement peur de sa vérité, que la douleur était descendue dans l'estomac, une grande brûlure qui m'incendiait, qui me rendait rouge, qui me faisait transpirer du front et des pieds. Pour l'empêcher de m'aider à me souvenir, je m'étais mis à dire très vite que j'avais volé un saucisson pour le donner à Fourbi. Fourbi c'était une paralytique sans jambes et sans ressources qui se déplaçait dans un fauteuil roulant. Elle n'avait pas de jambes, mais elle avait tout de même deux énormes cuisses blanches qui fascinaient les gars du pays quand le vent s'engouffrait sous ses jupes. J'avais parlé du saucisson de Fourbi et aussi des cinq kilos de farine que j'avais échangés contre une paire de bottes trop petites. Les bottes, d'ailleurs, j'en avais fait cadeau à Lucienne. Il m'a laissé parler sans m'interrompre ; simplement à la fin de ma confession, il a demandé :

– C'est tout ?

Tout penaud, j'ai murmuré une sorte de oui. J'avais toujours les yeux baissés et les jambes flageolantes, mais ma brûlure était moins vive. Ça m'avait fait du bien de parler. Comme je m'apprêtais à sortir, voilà qu'il élève la voix et qu'il dit :

– Tu vas réciter trois Pater Noster[2].

Des Pater Noster, je ne savais pas ce que c'était. Il y a eu comme un voile devant mes yeux et la brûlure a recommencé à me torturer l'estomac. J'ai pris sur moi pour ne pas tomber, et

---

1. Douce.
2. En latin, « Notre Père ». Prière qui débute par ces mots.

je me suis mis à réciter trois fois : « Pater Noster, Pater Noster, Pater Noster. » Il est devenu vraiment furieux, et s'est mis à crier dans le confessionnal que je me foutais de lui.

– Fous le camp sale gamin, fous-moi le camp d'ici.

J'ai couru jusqu'à la ferme pour raconter la chose au René avant qu'il n'aille lui-même à confesse.

– T'en fais pas, qu'il m'a dit, je vais arranger ça.

Et il est parti pour l'église tout propre et bien peigné dans son costume du dimanche. Avant de me connaître, j'en suis certain, René n'avait jamais menti. Il était très bon et très grand, le René, très croyant et très intelligent, mais d'ici peu son étoile allait filer, et lui avec.

Le lendemain de confesse, ce fut la communion. On s'était rendu à l'église à pied et en silence. Il faisait un temps clair, mais tout le monde était vêtu de noir, tout le monde sauf les petites filles, qui donnaient dans le blanc. C'était impressionnant à voir tous ces corbeaux, toutes ces mouettes qui montaient vers la place de l'église tandis que les cloches sonnaient à toute volée. Ils étaient tous là, les bébés, les infirmes ; les uns portés dans les bras, les autres portés sur le dos. Oui, ils étaient tous là, même les prisonniers qu'on portait dans les cœurs, même moi qui n'aurais pas dû y être.

Malgré les assurances de René, j'avais passé ma nuit à m'arranger avec la mort. J'étais en effet persuadé que Jésus allait me faire mourir à l'instant précis où les doigts de l'abbé Gane déposeraient l'hostie sur ma langue[1]. Je ne croyais pas au pardon de Jésus, et il me fallait un vrai courage pour marcher vers cette église sachant qu'elle serait mon abattoir. Ça m'ennuyait de mourir, mais ce qui me tracassait le plus c'était de disparaître sans avoir fait l'amour. Plus tard, cette obsession allait me sauver mais, pour l'instant, elle empoisonnait les quelques minutes qui me restaient à vivre. Dans ma poche, j'avais mille trois cents francs et un petit mot pour Claude et Évelyne. Ça n'était pas vraiment un testament, mais une sorte de grand cri, un appel au secours posthume[2] où j'expliquais que j'aurais préféré être déporté par les Allemands en tant que vrai juif plutôt qu'abattu par Jésus en tant que faux catholique. Dans la lettre, il y avait aussi un trèfle à quatre feuilles[3] pour ma mère et un baiser pour papa. J'avais écrit cette lettre au cours de la nuit en toute sincérité, mais j'espérais quand même la déchirer dans la journée. Oui, j'espérais que le René avait raison et que le doux Jésus fermerait les yeux au moment où j'ouvrirais la bouche.

Certains hommes qui vont être frappés à mort revoient défiler leur vie à toute vitesse, moi j'avais attendu mon tour en pensant à plein de femmes, à la Jeannette, aux amies de papa, à Lilise, à Germaine et même à Marraine, que je voyais à quatre pattes avec la matraque de papa qui servait à assommer les voleurs. J'avais tellement pensé que je m'étais mis à bander et

1. Autrefois, les fidèles s'agenouillaient devant le chœur de l'église et tendaient la langue sur laquelle le curé déposait l'hostie afin qu'elle ne soit pas souillée par des mains non consacrées.
2. Après la mort.
3. Porte-bonheur.

que je fus content de m'agenouiller pour qu'on ne le remarque pas. Voilà, j'étais à genoux et je bandais en m'apprêtant à recevoir l'hostie. Bander dans une église en recevant le corps de Jésus, c'est sans doute le plus odieux des péchés, mais bander dans une église quand on est juif et qu'on se fait passer pour catholique, c'est tellement énorme, imprévu, que ça fait forcément réfléchir Jésus. C'est, je crois, ce qui s'est passé. J'ai ouvert la bouche et tiré la langue pour que le curé y dépose l'hostie. C'était doux et salé, une dernière sensation avant que le Seigneur me rappelle à lui. J'étais resté la bouche ouverte, la langue tirée, le cœur entre deux, prêt à partir pour l'enfer, mais l'hostie avait fondu et moi je n'en revenais pas d'être toujours en vie. J'ai senti une immense joie monter en moi, alors je me suis relevé et j'ai regardé le René. Il m'a souri et je me suis mis à pleurer. Pleurer de joie en bandant dans une église, c'est sans doute le signe d'un grand désarroi, c'est aussi celui d'une formidable envie de vivre. Sur le moment, j'ai remercié Jésus d'avoir réfléchi, mais trois jours plus tard, je l'ai maudit d'avoir fait payer le René à ma place.

On était le mercredi, à trois heures du matin. La sonnerie du réveil m'avait tiré du sommeil. Je me suis levé et débarbouillé à la hâte car c'était mon tour de prendre le quart. En arrivant dans la cour, j'ai été frappé par le silence et j'ai tout de suite compris que quelque chose n'allait pas. Je me suis précipité vers les concasseurs. Ils étaient pleins et froids. J'ai crié : « René ! René ! » Pas de réponse. Pour aller plus vite, je me suis laissé glisser sur la corde du treuil jusqu'au sous-sol. Le moulin était silencieux et bête comme une église sans personne et pourtant, en arrivant en bas, j'ai vu qu'il y avait quelqu'un. Oui, il était là, le René, la langue toute bleue, le cou cassé, la tête tombante. Il était là, le René, étranglé par son cache-col qui s'était enroulé après l'arbre de la turbine, mais il était si grand et si fort, si croyant et si intelligent, que toute cette masse d'esprit et de chair avait fait caler le moulin. J'ai pris sa main, muette et froide elle aussi ; un grand froid partout et un grand silence qui nous enveloppaient le René et moi. Tant qu'un mort n'est pas enterré, on ne réalise pas sa mort. C'est pour cela qu'on fait de grands enterrements, pour réaliser grandement. Moi, en face du René si bon et si méchamment étranglé, j'ai fait comme s'il était encore vivant, j'ai dit :

– Bouge pas, je vais fermer les écluses.

J'ai couru fermer les écluses et je suis revenu pour le délivrer. J'ai déroulé le cache-col qui s'était pris dans la graisse de l'arbre et tout le poids du mort m'est tombé dessus. J'en avais plein les bras et le cœur, du René, mais il était tellement raide qu'il m'a échappé et qu'il s'est écrasé sur le ventre. Il était bien plus lourd à manier qu'un sac de farine mais j'ai quand même réussi à le traîner jusqu'au treuil. Là, je l'ai assis et j'ai passé le cordage sous ses bras pour le remonter jusqu'au troisième. Comme le cou était cassé, la tête se baladait, elle flottait, tantôt elle disait oui, tantôt elle disait non. J'ai commencé à le remonter moi-même avec le treuil, mais c'était tellement horrible à voir que je me suis mis à flageoler des jambes et des bras. Je me suis excusé et je l'ai calé du mieux que j'ai pu contre un sac de grains. S'il n'avait pas eu la langue tellement enflée et le visage aussi bleu, on aurait pû croire qu'il s'était assis là pour faire un somme. Gentil meunier, tu dors, ton moulin va trop vite. Mais le moulin était arrêté tout comme le René dans ce silence de farine. J'ai crié contre Jésus, révolté de son injustice, mais au fond de moi, j'entendais une autre voix dire que j'étais quand même assez content que le René soit mort à ma place. Je lui en voulais bien sûr, à cette voix, et j'essayais de la faire taire, mais c'est très difficile de museler la voix de la vie.

J'ai frappé doucement à la porte des parents. C'était très dur pour moi de les prévenir mais ça allait encore être bien plus dur pour eux. J'ai poussé la porte sur le « qui est là ? » d'Auguste. Il a pressé la poire[1] et la lumière est arrivée sur nous trois. Ils étaient tout blancs sous un édredon rouge. J'ai ouvert la bouche pour parler et puis mon menton s'est mis à vadrouiller, il sautait mon menton, il sautait. Il a tellement sauté que tout mon visage s'est mis à exploser avec plein de larmes et de gémissements. Je n'ai pas eu besoin de parler, ils ont compris. Yvonne a poussé un cri et l'Auguste s'est propulsé en chemise de nuit vers le moulin avec ses deux petites fioles d'eau chaude qui dansaient sur sa poitrine.

En bas, l'Auguste s'était jeté sur son fils et tout avait dégringolé, le fils, les sacs et le père. Moi, pendant ce temps-là, je racontais comment je l'avais trouvé pendu court à cause de son

---

1. Autrefois, interrupteur pendu à une corde et qui se trouvait au-dessus du lit pour éviter aux gens de se lever pour allumer la lumière.

maudit cache-nez qui s'était enroulé autour de ce putain d'arbre plein de graisse. Et puis les femmes étaient arrivées avec leur « doux Jésus » et leur bigoterie[1]. Elles avaient tiré l'Auguste en arrière pour se jeter à leur tour sur le René. Comme l'Auguste n'avait plus de place auprès de son fils, il était venu se blottir dans mes bras, et moi qui n'avais plus de copain, presque plus de père, presque plus de mère, j'ai bercé comme un enfant sur ma poitrine ce vieux meunier tout blanc.

Cela faisait à peu près une demi-heure que le moulin avait assassiné le René quand l'Yvonne, soudain, s'était mise à s'arracher les cheveux par mèches entières, même que les cheveux venaient aussi avec le cuir de sa tête. On a essayé de la calmer en lui disant que c'était certain, que son fils allait monter au paradis, parce qu'il s'était confessé samedi et qu'il avait communié dimanche, mais la désespérance de l'Yvonne était si profonde que la religion ne lui était plus d'aucun secours. Elle continuait à s'arracher les cheveux et à se griffer les joues et les seins comme pour se punir, criant qu'elle allait se tuer, qu'elle voulait le rejoindre là-haut. On était trois à la tenir, mais on aurait dit que toute la force de son fils était passée dans son corps à elle. Pour finir, on a réussi à l'attacher avec la corde du treuil et j'ai couru prévenir les fermiers d'à côté et aussi le curé qui est arrivé avec sa trousse à piqûres. Le curé, il a piqué tout le monde sauf moi, qui ne faisais pas partie de la famille. On a installé la Lucienne et l'Yvonne dans le même lit, sous l'édre-

1. Terme péjoratif pour désigner les prières.

don rouge et sous calmants. On leur a laissé juste assez de nerfs pour dire des prières et pleurer.

Avec les voisins et l'Auguste, on a remonté le René par le treuil jusqu'au troisième, puis on l'a assis dans une brouette et transporté dans une chambre qui était devenue en un rien de temps la chambre mortuaire. En arrivant dans la maison, l'Auguste s'est trouvé mal, alors le curé lui a fait une seconde piqûre et on l'a couché dans la chambre de la Lucienne. Quand tout le monde fut couché, tout devint tranquille et l'on put enfin s'occuper du mort avec les voisines et le curé. En le rasant, on l'a coupé, mais il n'a pas saigné. Ensuite, on l'a revêtu de ses habits du dimanche mais, pour lui croiser les doigts sur le crucifix[1], on a dû s'y mettre à trois tellement ils étaient raides. Toute la journée, il y a eu des visites. On venait voir le mort et consoler les vivants. On a serré beaucoup de mains et prié sans interruption pour le repos de l'âme. On ne disait plus « le René », mais « le pauvre René » et ce « pauvre » qu'on mettait devant le prénom donnait l'idée d'un grand sentiment de misère. Les gendarmes étaient arrivés en vélo et le docteur dans une automobile à gazogène, les gendarmes, pour enquêter sur les causes de l'accident, le docteur pour délivrer le permis d'inhumer[2]. Paraît qu'on ne pouvait pas délivrer le permis sans attendre les conclusions de l'enquête. Alors le pauvre René est resté cinq longs jours et cinq longues nuits dans sa chambre mortuaire.

---

1. Croix du Christ.
2. Enterrer (de *humus* : « la terre »).

J'avais accompagné les deux gendarmes au moulin et ouvert les écluses pour leur montrer comment le René s'était fait attraper par son foulard. Jamais la turbine n'avait tourné aussi rondement et les gendarmes en étaient tout secoués. L'un d'eux avait pris des notes et dessiné le plan des lieux sur un calepin. Ils disaient, les gendarmes, qu'on aurait dû mettre un grillage de protection autour de l'arbre et que l'Auguste avait agi bien légèrement. Moi je les voyais venir, les gendarmes. L'un d'eux gueulait, l'autre tempérait. Celui qui gueulait parlait d'en référer à son supérieur, celui qui tempérait parlait de la difficulté du ravitaillement et plongeait ses mains dans la farine blanche. Le gendarme sévère dit :

– Laisse ça tranquille, Julien, tu vois bien que ce gosse n'est pas habilité[1] !

Je ne savais pas ce que voulait dire « habilité », mais j'ai saisi l'intention qui se cachait derrière le mot et dit :

– Bon, vous n'ennuyez pas le père Tavernier et vous emportez la farine.

Ils ont fait semblant de ne pas être d'accord. Ils se sont battus devant moi à coups de règlements, n'empêche qu'à la nuit tombée, ils ont ficelé chacun un sac sur leur porte-bagages. Ils sont revenus le lendemain pour chercher des œufs et le surlendemain pour le beurre. Je m'entendais bien avec les gendarmes, bien mieux qu'avec Jésus. La prison, c'est bien plus direct que le péché ; eux ils prenaient juste de quoi vivre, tandis que Jésus,

1. N'a pas la capacité et le pouvoir de le faire.

lui, sans marchander, sans prévenir, il avait pris la vie de mon copain.

Au bout du troisième jour de veille tout le monde était tellement fatigué que mon tour était venu de passer la nuit auprès du pauvre René qu'on ne devait laisser seul sous aucun prétexte. Les morts sont comme ça, il leur faut de la compagnie, des cierges, un cœur qui bat, un peu de lumière. Veiller un mort, cela voulait dire aussi empêcher les rats de monter sur le lit et les mouches de butiner les lèvres. Ça sentait tellement mauvais dans la chambre que les mouches en étaient incommodées. Habituellement, elles se couchent comme les poules, mais là, rien à faire pour qu'elles s'endorment. Le curé m'avait donné un morceau de carton pour faire éventail et, à force d'agiter le bras, j'ai attrapé une crampe. Au milieu de la nuit, la crampe du bras était descendue dans mon ventre. Était-ce la peur ou alors toutes ces fermentations que je respirais, toujours est-il que ça remuait tant et plus à l'intérieur de moi et que je n'arrivais plus à me retenir. Comme les cabinets étaient dans la cour et que l'abbé Gane m'avait interdit de laisser le pauvre René tout seul, même une seconde, j'ai été obligé de me soulager sur un journal en plein dans la chambre mortuaire. C'était un acte horrible, un péché à coup sûr mortel dont j'allais bien sûr avoir du mal à me remettre. Non seulement le pauvre René était mort à ma place, mais voici que pour le remercier je trouvais le moyen de souiller sa dépouille. Tout honteux, j'ai ouvert la fenêtre qui donnait sur le potager et jeté le journal dans les choux-fleurs. Il y eut un coup de vent, un appel d'air, et Jésus en profita pour souffler les cierges. Tout seul dans le noir avec le René, les rats et les mouches, j'ai eu très peur et j'ai senti ma mort venir. Elle m'avait pris par les jambes et par l'estomac. Elle tirait, la mort, elle tirait si fort que je me suis laissé emmener sans rien dire en tombant dans les pommes.

On avait enterré le René et repris le travail, mais le René ça n'était pas qu'un mort de plus parmi tous ces millions d'hommes qui tombaient aux quatre coins du monde. Le René, c'était notre mort à nous. On l'avait connu, aimé, et l'on n'arrivait pas à l'oublier. Les deux femmes s'étaient mises à faire de l'agressivité contre l'Auguste, bataillant pour qu'il ferme son moulin de malheur. En accusant le moulin, elles accusaient le meunier. Elles étaient croyantes et bonnes, aussi croyantes et aussi bonnes que les gendarmes étaient de bons serviteurs de la loi et c'est sans doute pour cela qu'elles pensaient comme eux. J'aurais bien voulu leur donner quelques kilos de farine blanche pour les faire changer d'avis, mais de la farine et des œufs, l'Yvonne et sa fille n'en manquaient pas. De toute façon, elles avaient perdu l'appétit en même temps que leur fils, et aussi le goût du travail et celui de la vie. Elles mangeaient et buvaient juste ce qu'il fallait pour pleurer et crier. Mais en criant contre l'Auguste, l'Yvonne et la Lucienne criaient également contre moi, parce que moi, Jacquot, j'étais non seulement dans le camp d'Auguste, mais j'étais presque un autre Auguste. Ah ! si elles avaient su, les femmes, que René était mort à ma place à cause du secret que je lui avais fait porter sur le dos comme une croix, je pense que malgré leur bonté et leur croyance elles auraient déterré le fusil de chasse pour me tirer comme un lapin.

Dans cette ferme où l'on était si unis du vivant de René, il y avait à présent deux clans, celui des femmes et celui des hommes, et on avait fini par se déclarer la drôle de guerre. On n'en venait ni aux mains ni aux insultes ; c'était pire, car on ne se parlait plus. Bien sûr, le dîner était prêt et le linge lavé et repassé, les vaches traites, la volaille nourrie et les œufs ramassés. On les voyait avec nous aux champs, liant les gerbes, binant les betteraves, arrachant les pommes de terre, oui, on les voyait, mais on ne les entendait plus jamais nous adresser la parole. Au début, l'Auguste et moi on en avait ri, on s'en était moqué. Nous avions cru à une passade, à une grippe des sentiments et puis, peu à peu, nous avions fini nous aussi par attraper la maladie du silence. L'Auguste et moi, on s'aimait toujours mais on ne se le disait plus. Par pudeur, par solidarité, je m'étais mis de moi-même au secret.

BIEN LIRE

CHAPITRE 5

- **P. 137 : Qu'est-ce qui dérange l'enfant au moment de sa confession ?**
- **P. 139 : Quelle est la réaction du curé quand il s'aperçoit que Jacques ne connaît pas le Pater Noster ?**
- **P. 138 : Quels sont les deux péchés dont s'accuse le narrateur au moment de la communion ?**
- **Quelle envie le narrateur éprouve-t-il au moment de la communion ?**
- **P. 141 : Quel jour et à quelle heure Jacques trouve-t-il René mort ?**
- **P. 144 : Qui a fini par calmer la famille Tavernier au moment de la mort de René ? et par quel moyen ?**

6

J'avais maintenant entre treize et quatorze ans et je m'étais mis dans la tête de coucher avec une femme. La femme s'appelait Roberte, elle avait trente-trois ans et un mari prisonnier qui n'allait pas bénéficier de la relève. La Roberte vivait avec sa mère dans une petite baraque au bord de la rivière. Pour vivre, elles élevaient des chèvres et un bouc qui empestait jusque chez nous quand le vent soufflait de l'ouest, mais la Roberte savait aussi pêcher la truite à la sauterelle ou à la mouche et, quand je la voyais au milieu d'un rapide plantée dans ses cuissardes, la poitrine en avant, ça me faisait comme un poisson qui me bondissait dans le cœur.

Moi, de l'odeur du bouc, je m'en foutais. Je savais que, derrière celle du bouc, il y avait son odeur à elle et je me disais qu'à l'intérieur de son bateau, ça devait sentir le croissant chaud et le four du boulanger comme dans celui de la Jeannette. Je m'étais souvent dorloté à cette pensée, mais, dans la réalité, j'osais à peine la regarder. Quand on se rencontrait, elle et moi, je disais bonjour ou bien bonsoir et je me cavalais, poursuivi par le mystère qui s'envolait de ses cuissardes comme un essaim de guêpes.

Un dimanche, mon frère était venu à la ferme. On ne se voyait presque plus depuis qu'il était interne à Clermont-Ferrand, mais on n'avait pas besoin de se voir pour s'aimer et savoir. Entre lui et moi, il y avait un fil invisible, un genre de téléphone qui fonctionnait tout seul dans les moments graves.

Claude avait reçu des nouvelles de notre mère. Elle disait qu'elle se cachait des Allemands quelque part à Paris. Elle vivait tantôt dans une cave, tantôt dans un grenier et tout ça à cause de son grand nez qui lui interdisait de sortir. Elle disait, notre mère, qu'elle avait refait sa vie avec un autre homme mais qu'elle pensait très fort à nous et que son nouveau mari, M. Sylvestre, allait se rendre très bientôt en zone libre pour voir les enfants de celle qu'il aimait. Elle disait encore qu'après la guerre on allait vivre ensemble et faire en sorte d'oublier le passé.

J'avais été content de recevoir des nouvelles de ma mère, mais j'avais été bien plus heureux de pouvoir discuter avec Claude. Ça faisait des mois que je me parlais tout seul sans parvenir à me sortir de mes obsessions, mais en quelques heures, Claude, à l'aide de sa tête bien rangée, avait cassé le cerceau dans lequel je tournais, et moi j'étais retombé sur mes pieds sans avoir à me reprocher davantage la mort du René. En un rien de temps, Claude avait balayé toutes les feuilles mortes qui se baladaient dans mon esprit, il avait démonté cube par cube la fabuleuse construction de péchés et de remords derrière laquelle je m'étais muré et d'un seul coup, j'y avais vu plus clair en moi. Nous avions marché longtemps tous les deux à travers champs ; on avait couru et sauté par-dessus des ruisseaux, cueilli des fleurs et mâchonné des herbes, et moi, pendant qu'on courait, qu'on sautait, qu'on cueillait, j'avais perdu mon mauvais sang. Peu m'importait à présent la guerre que les Tavernier se livraient depuis la mort du René. Claude m'avait raconté l'autre guerre, la vraie, celle qui embrasait la France. Il m'avait parlé d'un général à Londres, de la résistance qui s'organisait dans les usines et les lycées. Il avait dit :

– Tiens bon, Jacquot. Bientôt je vais venir te chercher et l'on ira tous les deux se battre pour la liberté.

Moi, aux côtés de mon frère, je me serais battu pour n'importe quoi et contre n'importe qui. Mon frère, c'était le genre de garçon avec lequel j'aurais aimé aller voler des chevaux ; j'aurais donné ma vie pour lui mais, il ne la voulait pas tout de suite. Il fallait attendre que les maquis s'organisent, attendre les parachutages alliés, attendre le jour J. De ce fameux jour J, Claude avait dit que papa s'en occupait, mais moi je n'arrivais pas à croire que papa, avec ses épaules toutes tombantes et ses poumons pleins de gaz, soit devenu un chef. C'était pourtant vrai qu'il montait moins souvent à la ferme, le père, ça faisait même au moins deux mois qu'il n'était pas venu chercher du ravitaillement.

En fin de soirée, j'ai accompagné Claude au car. On est montés jusqu'au château en riant, ça faisait une paye que je n'avais pas ri, je me sentais exalté, avec des ailes à la place des bras et, en croisant Fourbi la paralytique, qui descendait la côte à toute vitesse dans son fauteuil roulant, je m'étais mis à penser à la Roberte et j'ai demandé à Claude s'il était encore puceau. Un peu vexé, il m'a retourné la question. J'étais désolé de répondre oui, à un frère que j'aurais bien voulu épater, alors j'ai raconté que j'étais sur un coup avec la femme d'un prisonnier. Comme j'avais fait l'intéressant, il s'est mis à faire le mystérieux.

J'ai commencé à l'asticoter, mais je n'ai pas eu besoin de forcer. Il a ouvert son cœur, mon frère, et raconté son amour avec une étudiante qui s'appelait Michèle. Elle était juive, juive et réfugiée, très brune et très belle, avec une bouche qui s'ouvrait pour laisser passer la langue de Claude. Quand ils s'embrassaient, ils se serraient très fort l'un contre l'autre mais quand Michèle sentait que ça devenait dur contre son ventre, elle se reculait. Elle acceptait la langue de Claude, la Michèle, mais son bateau ne se décidait pas à prendre la mer. Elle allait avoir quinze ans dans quelques jours et Claude lui avait promis un cadeau pour son anniversaire, seulement voilà il n'avait pas de sous. Il n'osait pas m'en demander, Claude, c'était à cause de tout ce temps où l'on ne s'était pas vu. Alors, j'ai sorti de ma poche un étui en mica. Dedans le mica, il y avait mes économies et mon testament. J'ai pris trois cents francs que j'ai donnés à mon frère. Il était heureux et moi encore plus heureux que lui. Je l'ai regardé monter dans son car à gazogène, ça faisait plein de fumée dans l'air et plein de buée dans nos yeux. Quand le car eut disparu, j'ai été chez la mercière qui vendait ce qu'elle pouvait et je lui ai acheté une paire de chaussons rouges pour la Roberte.

J'avais attendu le dimanche d'après pour aller voir la Roberte. Prendre son dimanche, à l'époque, ça voulait dire qu'il fallait le rattraper en rognant le temps sur ses heures de sommeil.

Les chaussons rouges sous le bras, je m'étais rendu chez Roberte. Je pensais naïvement qu'un cadeau suffirait à me faire aimer d'elle, parce que moi, la Roberte, je l'aimais déjà, et sans cadeau. À la maison, il n'y avait que sa mère, la vieille Justine, et à côté de la maison, dans la sienne, le bouc qui puait à vingt lieues à la ronde. Je m'étais mis à marcher le long de la rivière avec les chaussons rouges toujours sous le bras et l'odeur du bouc sous le nez. Je marchais et je parlais. La conversation coulait facile. J'offrais les chaussons, elle ôtait ses cuissardes. Je disais qu'elle avait de jolis pieds. Elle s'allongeait près de moi et je montais sur elle. C'était facile, clair et précis. Et puis, soudain, tout s'était déréglé. En arrivant à la hauteur du barrage, j'avais aperçu les cuissardes en plein milieu du plan d'eau et les paroles s'étaient noyées dans ma gorge. C'était une experte en pêche, la Roberte, une fameuse braconnière[1], et quand elle lançait sa ligne, ses yeux partaient avec et suivaient sous l'eau la cuillère[2] qui tournait. Je m'étais assis en attendant qu'elle eût terminé de mouliner, mais elle avait relancé sa cuillère aussitôt et ses yeux étaient repartis au fond de l'eau. Elle était belle à voir avec ses longs cheveux noirs qui lui tombaient dans le dos, avec son ventre plat et sa poitrine qui faisait craquer le corsage. Par-dessus ses cuissardes de caoutchouc, elle portait une jupette en tissu de tablier et, sous la jupette, quand elle se cambrait pour lancer, on pouvait voir sa culotte déchirée. Ça devait l'énerver que je la regarde, parce que entre deux lancers elle avait dit :

– Qu'est-ce que tu viens faire ici, Jacquot ?

---

1. Femme qui pêche ou chasse sans permis.
2. Petite cuillère sans manche à laquelle est attaché un hameçon.

Tout ému, le Jacquot avait répondu :

– Je viens pour voir la Roberte.

Elle avait haussé les épaules et relancé sa ligne mais, cette fois, les yeux n'étaient pas partis avec la cuillère, ils étaient restés fixés sur moi et, dans ses yeux de chevrière, j'avais vu le beau temps. Elle avait dit :

– T'es donc pas au moulin aujourd'hui ?

Moi, j'avais rougi et répondu :

– Dame, on peut pas être à la fois au four et au moulin.

C'était une expression qu'on employait souvent à la campagne, et j'en connaissais la réponse sur le bout de la langue :

– C'est-y que tu me prends pour un four, dis donc !

J'avais ri, moins bien qu'avec mon frère mais j'avais ri, et pendant que je riais la Roberte avait ferré et laissé du fil mais maintenant elle moulinait tant que ça pouvait, ramenant une truite qui se débattait. Elle avait pris la truite par les ouïes[1] et tiré sur l'hameçon qui était venu avec la bouche. Ah ! j'aurais bien voulu ramener ainsi la Roberte à moi, mais je n'aurais blessé sa bouche que de mes baisers. Elle était toujours dans la rivière, la Roberte, avec de l'eau jusqu'à mi-cuisse et moi toujours assis sur la rive avec les chaussons rouges dans leur boîte en carton et un brin d'herbe entre les dents. D'ici une demi-heure, fallait que j'aille relayer l'Auguste au moulin et je me disais que ça partait trop mal pour arriver quelque part. J'ai pensé à Claude et à sa Michèle, à mes trois cents francs qui allaient se transformer en

1. Oreilles chez les poissons.

plein de petits baisers de langue, alors je me suis levé et j'ai sorti les chaussons rouges de leur boîte en carton et crié :

– Je vous aime, Roberte. C'est pour vous.

J'avais prévu de laisser tomber mon cadeau et de m'enfuir, mais elle m'avait ferré[1] avec ses yeux et j'étais resté tout bête pendant qu'elle sortait de l'eau. Elle était encore plus belle que je ne croyais. Elle a posé sa canne à pêche et ramassé les chaussons. Elle a dit :

– Mais c'est qu'ils sont tout neufs, dis donc !

J'étais content que mon cadeau lui plaise. J'ai dit :

– J'espère qu'ils vous iront, mais je peux aller les changer, vous savez !

Au lieu d'ôter ses cuissardes et de les essayer là, tout de suite, au lieu de me sauter au cou et de me donner ses lèvres chaudes de femme de prisonnier, voilà qu'elle se met à me réprimander :

– Mais qu'est-ce qu'il te prend, Jacquot, t'es devenu fou ou quoi ?

Je réponds que je suis fou d'elle, que je l'aime, que je la veux. Elle n'en revient pas, la Roberte, qu'un gamin l'ait en tête. Je crois voir un peu de soleil dans ses yeux. Je me dis que c'est le moment, qu'il faut y aller, je pense encore à Claude et à Michèle et, vlan, je lui saute dessus et je la couche dans l'herbe. Elle est sous moi, elle se débat, je cherche ses lèvres, elle dit « non, non, non », elle me griffe, elle me mord et puis soudain plus rien, plus de lutte, plus d'amour, plus personne. Je me

1. Terme de pêche qui consiste à prendre le poisson avec le fer de l'hameçon.

redresse sur un coude et je regarde. Elle est là toute blanche sous moi, dans ses cuissardes noires. Elle a le nez pincé, les lèvres serrées et un drôle de râle dans la gorge. Ma parole, on dirait l'Églantine quand on l'a sortie du puits. Oui, ce coup-là, j'ai la panique. Je lui tapote les joues, je demande pardon, j'embrasse ses mains et son front, je crie, je gémis, je l'asperge d'eau fraîche et d'amour. À la fin, elle revint à elle, mais pas à moi. Elle dit simplement :

– Ne recommence plus jamais ça, petiot !

D'accord, j'étais peut-être trop petiot pour faire l'amour, mais elle, la Roberte, elle était bien trop grande pour ne pas le faire. Il y avait quelque chose, dans cette idée, de très simple et de très compliqué à la fois. Moi, je pensais qu'il suffisait d'aimer pour que l'autre vous aimât. Je ne savais pas alors que, pour être aimé, il fallait être un peu cordonnier et mettre les formes, mais je ne savais pas non plus que la Roberte avait une maladie de cœur et qu'elle défaillait chaque fois qu'on l'approchait.

Mine de rien, il en savait des choses, l'Auguste. On ne se parlait plus beaucoup, mais il avait tout de suite su d'où je revenais. Paraît que je puais le bouc à plein nez et ça devait être quelque chose d'énorme comme odeur parce que, pendant que nous dînions, lui et moi, l'Yvonne l'avait senti de sa chambre. Elle était arrivée les poings sur les hanches et le miracle du bouc avait eu lieu. Un vrai miracle, en effet, car la patronne, dans sa colère, m'adressait la parole. Ça n'était pas gentil gentil, ce qu'elle disait et, à travers moi, elle visait son mari. À l'entendre, j'avais le diable au corps, il n'y a que les démons qui vont traîner du côté de chez la Roberte, pourquoi pas Fourbi pendant que j'y étais ! Je pris la défense de Roberte, elle sentait peut-être le bouc, mais je le jurais, ça n'était pas une salope. Auguste était venu à ma rescousse, il avait parlé de sa maladie, même que son mari ne pouvait pas la toucher sans qu'elle se trouve mal. Je crois qu'Auguste était tellement content de parler qu'il disait n'importe quoi. Moi, je le bénissais, le bouc de Roberte. À lui tout seul, il était plus fort que Jésus et tous ses apôtres réunis. Un vrai miracle, en vérité, qui faisait sortir les mots que l'Yvonne avait enterrés au fond d'elle-même en même temps que son fils. Est-ce qu'il y avait goûté lui aussi à la Roberte ? Et quand ça, s'il vous plaît, et combien de fois ? Ah ! l'Yvonne aussi, elle le bénissait le bouc, elle en disait, elle en racontait, vrai, faux, l'important, c'était que ça sorte. Un peu plus tard, de surprise, la Lucienne, revenant de la traite, avait failli en laisser tomber la jarre[1] de lait. Alors, il y avait eu un mélange d'odeurs, et celle du lait avait neutralisé celle du bouc, mais il y avait eu également un mélange des êtres, et dans la maison des Tavernier, ça sentait de nouveau très bon la chaleur humaine.

La chaleur était revenue, mais les bons sentiments qu'on me prodiguait n'avaient en rien altéré[2] mon envie de connaître l'amour. Cela faisait des années que je m'élevais tout seul, travaillant et bandant comme un homme, et je trouvais normal d'être un homme en tout. Certes, j'avais le visage rose et une expression enfantine qu'accentuaient encore ma coupe au bol

1. Pot en grès de forme ovale dans lequel on met de l'huile en général.
2. Rendu autre (*alter*, en latin = « autre »). Ici, diminué.

et ma frange à la chien[1]. C'est vrai que je faisais gosse, même que la Roberte m'avait traité de « petiot » et que les autres femmes m'appelaient le « gamin ». Physiquement, j'étais pourtant drôlement costaud avec les biceps proéminents[2] et des épaules bien développées, avec de grosses mains rouges, des doigts gourds[3] et une démarche de laboureur. Je n'arrivais pas à comprendre pourquoi les femmes du village, dont les maris étaient prisonniers, ne me sautaient pas dessus. Comment pouvaient-elles rester des années sans faire ça ? Était-ce la peur du qu'en-dira-t-on, ou bien la notion de fidélité, ou tout simplement un manque d'envie ? Moi, je croyais que baiser c'était comme manger, qu'il fallait s'en nourrir pour ne pas mourir, et ça me faisait mal de penser à tous ces ventres de femmes de prisonniers qui ne servaient plus à rien. Je me disais que ça n'était pas bon de penser tout le temps à l'amour sans le faire et qu'il faudrait peut-être en parler avec des plus grands. Pas très loin de chez nous, il y avait un gars de l'Assistance publique[4], un peu sournois et simple, que les fermiers chez lesquels il travaillait avaient surnommé « Bébête ». C'était cruel comme surnom, mais les temps qu'on vivait alors l'étaient bien davantage, et Bébête ne s'en formalisait pas. Un soir que l'Auguste veillait au moulin, j'étais allé trouvé Bébête dans l'étable où il dormait et nous avions commencé à parler de toutes ces choses mystérieuses qui encombraient ma tête. Il avait dix-sept ans, mais il

1. Mèche de cheveux qui retombe droit sur le front, le recouvrant tout entier.
2. Voir note 2, p. 71.
3. Endormis par le froid. Ici, gonflés et peu habiles.
4. Administration de l'État qui prend en charge les orphelins.

n'en savait guère plus que moi sur les femmes, sauf que ça avait failli lui arriver une fois avec une Parisienne dans cette même étable, et que la dame, qui n'était pas toute jeune, lui avait montré ses fesses en échange d'une douzaine d'œufs. Bébête avait voulu toucher et aussi rentrer dedans, mais la Parisienne avait dit qu'elle se laisserait faire pour trois douzaines. Il s'était mis à courir à la grange et au poulailler mais, comme il n'avait pas trouvé un œuf de plus, la dame était repartie comme elle était venue, sur son vélo. Toute la semaine, Bébête avait fauché des œufs à sa patronne. Il en avait même stocké cinq douzaines pour y avoir droit deux fois, seulement la dame de la ville n'était pas revenue. Bébête avait pensé que les œufs n'étaient peut-être pas très frais, que la dame avait eu un accident de vélo ou quelque chose comme ça. En tout cas, Bébête s'était rattrapé avec sa « Marquise » qui venait d'avoir ses chaleurs[1]. Il lui avait asticoté le derrière avec le gros bout de l'aiguillon pour la mettre en état, et puis il était monté sur un tabouret de traite, il avait tiré sur le côté la queue de la Marquise et enfoncé la sienne. Il faisait souvent ça avec les vaches, Bébête, paraît que c'est très chaud à l'intérieur et aussi bon qu'avec une femme. Pour les récompenser, il leur faisait pipi sur le nez parce que les vaches, c'est pas comme les femmes, ça aime tout ce qui était salé. Il était peut-être simple, le gros Bébête, mais faut dire qu'il ne manquait pas d'idées. Il se faisait aussi téter par les agneaux

1. Période de l'ovulation chez les animaux, donc de désir de féconder.

et par les veaux qu'on élevait au biberon, quand des mères dénaturées refusaient d'allaiter.

J'avais été très choqué, très troublé par les révélations de Bébête, mais quelque peu rassuré aussi qu'un garçon de trois ans mon aîné n'eût pas encore goûté à la femme. Il faut dire à sa décharge qu'il n'était pas très ragoûtant, le Bébête, avec son trop-plein de boutons et ses oreilles décollées qui dépassaient de son béret. Il y avait beaucoup d'enfants de l'Assistance publique à Paulhac comme dans les villages voisins. On aurait dit qu'ils étaient tous nés de la même mère et du même père tellement ils se ressemblaient. Rien que des enfants sans défense et sans malice, placés dans les fermes pour remplacer les prisonniers, mais les vrais prisonniers des Français, c'étaient eux, tous ces petits gars chétifs[1] enfoncés sous leur béret noir.

Un matin que ça se bousculait au déchargement du grain, j'avais surpris une conversation entre deux paysans qui allaient bientôt partir pour les chantiers de jeunesse. C'étaient deux types très costauds et plus ou moins cousins qui me charriaient toujours sur mon « poil de brique » et mes « taches de son » qu'ils retrouvaient dans leur farine. Moi, ça faisait une paye que je ne leur répondais plus, attendant d'être en âge et en force pour leur casser la figure. Ce matin-là, ils parlaient des filles qu'ils avaient soi-disant « fréquentées » et l'un d'eux disait que

1. Maigres et peu développés.

tout ça c'était de la gnognote à côté de Fourbi et que si cette pute avait eu des jambes il les aurait bien mises autour de son cou. Il raconta que Fourbi s'enduisait le truc de confiture et puis qu'elle appelait ses chiens. L'autre cousin avait craché de dégoût, et dit :

– Merde, je préférerais baiser une taupinière !

Ils étaient partis en me charriant comme à l'accoutumée, et moi je m'étais mis à rêver que j'étais le chien de Fourbi. Lorsqu'on la voyait, la Fourbi, c'était effectivement un fourbi[1] de chair et de prothèses. Elle passait plusieurs fois par jour devant la ferme, tantôt pressée, tantôt flâneuse, actionnant de ses deux énormes bras qui lui servaient aussi de jambes, le pédalier de sa voiture d'infirme. Son âge était comme sa vie, sans importance, et l'on racontait qu'elle avait essayé plusieurs fois de se supprimer en avalant de la soude caustique[2] ou de la mort-aux-rats. Mais la Fourbi était résistante, les tripes et la chair avaient tenu, seule la tête était devenue braque[3]. Bien sûr que je l'aurais escaladée, la Fourbi ; c'était mieux qu'une vache tout de même, je me serais contorsionné sur sa petite voiture jusqu'à trouver le moyen de ne plus faire qu'un avec elle. Je lui aurais donné mes jambes en même temps que mon plaisir et puis je serais parti d'elle, ni vu ni connu. Mais attention, je lui aurais aussi donné de la tendresse à Fourbi, avec mes bras autour de son cou, avec mon cœur contre son cœur et, qui sait ! peut-être que je me serais mis en ménage

1. Tout le matériel du soldat.
2. Qui attaque les substances qu'elle atteint, au propre comme au figuré.
3. Voir note 1, page 109.

avec elle et que je lui aurais acheté des jambes de bois articulées et un moteur pour sa voiture. Fourbi, je ne peux pas vraiment dire que je la désirais, mais je ne peux pas vraiment dire que je ne la désirais pas. En vérité, ça n'est pas son infirmité qui me faisait peur, c'était son malheur et, pour rien au monde, je n'aurais osé coucher avec le malheur, même si le malheur avait eu des jambes. N'empêche que la phrase du type me trottait tant et plus par la tête. Il avait dit, le gars :

– Merde, je préférerais baiser une taupinière.

Moi, je m'étais dit :

– Bon, puisqu'il compare Fourbi à une taupinière et que je ne veux pas le faire avec Fourbi, alors pourquoi ne pas essayer avec une taupinière ? Pendant des heures, j'avais gambergé au sujet de cette « préférence » et cherché le sens des nuances :

– J'aime les pommes de terre, mais je préfère les nouilles ; j'aime ma mère mais je préfère mon frère ; j'aime travailler au moulin mais je préfère travailler la terre.

Bon, j'avais mis dans une balance imaginaire tout ce que j'aimais et tout ce que je préférais, et il en résultait une différence si minime qu'au bout du compte et du trouble, sur les plateaux, Fourbi et la taupinière pesaient à peu près le même poids.

J'étais allé dans un pré clos de haies qu'on possédait non loin de chez la Roberte, et j'avais choisi ma taupinière parmi les plus fraîches. Après avoir écarté la terre comme on écarte des cuisses et dégagé le trou avec mille précautions, je m'étais débraguetté et allongé sur elle. J'avais pris le pré dans mes bras et, le cœur battant, j'étais rentré tout doucement dans le vagin sec de la terre. Pauvre de moi ! ça m'avait fait mal en même temps au sexe et à l'amour-propre, et je m'en suis longtemps voulu d'avoir été refait aussi méchamment par une expression de grande personne.

BIEN LIRE

CHAPITRE 6

- **P. 150 : Quel est l'âge de Jacques en début de chapitre ?**
- **Quel est le nom et l'âge de la personne que le narrateur avait l'intention de séduire ?**
- **P. 151 : Comment se nomme le nouveau mari de sa mère ?**
- **P. 152 : Depuis combien de temps Jacques n'a-t-il pas vu son père ?**
- **P. 153 : Son frère Claude qui ne se vante pas connaît une jeune fille ; comment se nomme-t-elle ?**
- **P. 156 : Pourquoi la Roberte défaillit-elle sous les assauts amoureux de Jacques ?**
- **P. 157 : Quel miracle l'odeur de bouc sur Jacques produit-il chez les Tavernier ?**
- **P. 164 : Quel est le sentiment de Jacques après avoir essayé de faire l'amour avec une taupinière ?**

7

Tout un été, tout un automne étaient passés. Il y avait eu la fenaison, la moisson ; à présent, on était en plein dans les labours. Entre le foin ramassé et la terre qu'on retournait, il y avait eu la mort de Bébête et l'arrivée des Allemands. Aucun rapport entre la mort de Bébête, tombé dans la batteuse, comme le mari de la veuve Dubose qui pissait sur les fromages, et la présence des Allemands au château, aucun sinon qu'en temps de paix Bébête aurait sans doute été placé autre part que dans une ferme. Les Allemands, on ne les voyait pour ainsi dire pas, ils restaient retranchés dans leur château et personne ne savait au juste ce qu'ils fabriquaient à l'intérieur, ni pourquoi ils étaient là. Tous les 15 du mois, ils passaient réquisitionner le ravitaillement qu'ils entassaient dans une belle Mercedes décapotable avec un intérieur tout en cuir jaune qui sentait le fromage et le saucisson à l'ail. C'était toujours les mêmes qui venaient chez nous, et l'Yvonne, pour faire bien, leur offrait le « canon »[1]. Parmi eux, il y avait un officier en bottes avec un morceau de verre coincé dans l'œil qui comptabilisait sur un calepin ce que les autres prenaient. Une fois, pour dire bonjour, il avait fait un baisemain à la Lucienne, et on a frisé le drame parce que Auguste avait pris la mouche, disant qu'il ne voulait pas de ces manières-là chez lui. Aussi sec, il avait envoyé sa fille se passer les mains à l'eau et l'officier était parti vexé. Quelques

---

1. Voir note 1, p. 89.

jours plus tard, la belle Mercedes qui sentait le saucisson à l'ail était de nouveau dans la cour et l'officier avait proposé à Auguste de faire revenir d'Allemagne le fiancé de la Lucienne. C'était facile, qu'il disait, suffisait de trouver quelqu'un pour la relève. Le regard de l'officier s'était posé sur moi. Il avait ôté le morceau de verre de son œil et dit :

– Quel âge, ce garçon ?

Ensemble, l'Yvonne et l'Auguste avaient répondu :

– Vous n'y pensez pas, c'est notre petiot !

L'officier savait par le curé que j'étais le petiot d'un Alsacien qui vivait à Brioude. Il s'était amusé à me poser des questions embarrassantes à propos d'une horloge de Strasbourg. Il m'avait aussi demandé si j'aimais les cigognes[1] et la choucroute, mais moi, l'officier, il ne m'intimidait pas. À l'époque, rien ni personne ne me faisait peur, personne sauf les femmes et la turbine du moulin qui tournait toujours, à fond de train, entre la vie et la mort. J'avais répondu à l'officier que j'étais seulement d'origine alsacienne, que j'étais né à Paris, que je n'avais jamais mangé de cigogne, ni de choucroute, mais que si ça continuait un jour ou l'autre j'allais me mettre à manger du Boche.

L'Auguste, tellement il craignait qu'on prenne son petiot pour le mettre à la place de son futur gendre, m'en avait retourné une en plein sur la bouche. La gifle d'Auguste avait

---

1. Oiseaux qui ont pour habitude de faire leur nid sur les toits, près des cheminées. Strasbourg est réputée pour le nombre de ses cigognes.

fait du bien à l'officier, mais moi j'avais serré ma fierté entre mes dents pour ne pas la rendre. Au moment de partir, l'officier m'avait pincé la joue et dit quelque chose en allemand, ça ne semblait pas être une menace, un au revoir, plutôt une phrase de déception. La Lucienne l'avait accompagné à sa voiture, il en pinçait pour elle[1] comme pour ma joue et l'on n'arrivait pas à comprendre pourquoi il voulait faire revenir son fiancé. C'était sans doute une tactique de militaire ou alors une façon de faire le beau pour avoir son sucre. Quoi qu'il en soit, l'attitude de l'officier avait eu pour effet de libérer les Tavernier d'un secret que le René n'avait pas su garder pour lui. Ah! comme j'étais tombé de haut ce soir-là quand, après la prière, l'Auguste avec son air de Pierrot lunaire, avait dit :

– Écoute, Jacquot, il faut que tu descendes en ville prévenir ton père.

Les femmes baissaient la tête sur leur assiette ; elles ne mangeaient pas, car elles étaient déjà toutes pleines d'émotion. J'avais regardé l'Auguste comme on regarde un facteur qui apporte une lettre que l'on n'attend pas. Alors il avait décacheté le secret et la vérité était sortie de son enveloppe :

– J'ai comme dans l'idée que cet Allemand sait que...

Il avait marqué un temps d'arrêt mais moi, déjà, je comprenais. Comme il n'osait pas prononcer le mot, il en avait pris un autre à la place qui voulait dire la même chose, mais en plus gentil : « Israélite ».

---

1. Il était attiré par elle.

Les femmes avaient relevé la tête pour me plaindre avec leurs yeux et l'Auguste avait ajouté :

– Paraît qu'ils ont commencé à faire des rafles en ville, ça serait pas bien que ta famille ait des ennuis.

Il se passait à ce moment-là beaucoup de choses en moi, mais tout ce que j'avais trouvé à dire, c'était :

– Merde alors !

Ce « merde alors ! » il résumait à la fois mon trouble et ma surprise, et aussi toutes les angoisses que j'avais éprouvées durant tous ces temps où j'ignorais qu'ils savaient. C'était terrible d'apprendre comme ça, d'un seul coup, qu'on s'était tous menti et qu'on avait tous souffert ensemble pour rien, faute de ne pas se l'être dit. Il y avait eu des larmes dans les yeux de l'Yvonne et des phrases de compassion[1] dans sa bouche : « Doux Jésus, si c'est pas malheureux », « doux Jésus, comme le monde est tombé bien bas ».

J'ai enfourché le vélo neuf de la Lucienne qui venait de la manufacture de Saint-Étienne[2] et je suis descendu à Brioude en pleine nuit. Il y avait plein de monde dans la nouvelle maison que papa louait en face de la gare. C'étaient des gens que je connaissais pas et qui portaient des drôles de noms sur leurs drôles de visages. J'étais tombé en pleine réunion de leur comité de vigilance, parmi les Finkestein, les Rosenberg, les Rosemblum, les Friedmann, les Bloch et les Levy. Moi j'atter-

1. Pitié.
2. Fabrique d'armes et de cycles réputée dans la France entière et qui vendait aussi par correspondance.

rissais d'un monde où l'on s'appelait Portal, Tavernier, Mercadier, Maison-Neuve, Tissandier, où les vaches étaient des Marquises, les juments des Comtesses, les bœufs des Princes ou des Ducs. En me voyant, papa s'était demandé ce qui m'arrivait et comme j'hésitais à le lui confier devant tous ces étrangers, il m'a dit :

– Tu peux parler, Jacquot, ce sont des amis.

J'ai donc parlé à papa et à ses amis de l'officier allemand mais personne ne s'en est vraiment formalisé. Dans le salon de papa, il n'y avait que des hommes courageux, décidés à ne pas se laisser attraper comme des lapins. Bientôt, ils allaient monter dans les maquis mais en attendant ce fameux jour J dont m'avait parlé Claude, les juifs qui s'étaient réfugiés à Brioude s'organisaient. Dès la nuit tombée, ils montaient la garde à l'entrée de la ville, se relevant toutes les quatre heures comme l'Auguste et moi au moulin. Chacun d'eux avait pour mission, en cas d'alerte, d'avertir une famille, et ainsi de suite, ça faisait donc une sorte de grande chaîne fraternelle qui s'éparpillait aussitôt chez des voisins complaisants nommés Portal ou Tavernier, Maison-Neuve ou Tissandier.

Moi, je n'y comprenais vraiment plus rien. Papa m'avait fait promettre de ne pas dire que j'étais juif et voilà qu'à présent il était connu et fiché comme juif. Au fond, la guerre avait rendu papa lucide et courageux. Pendant que je me perdais, lui il se retrouvait, mais ça me plaisait bien tout de même de le voir prendre comme ça le taureau par les cornes et de l'écouter donner des ordres. C'était devenu un chef, papa, et une fois les gens partis de son grand salon sans meubles et plein de fumée de cigarettes faites avec n'importe quoi, il m'avait demandé de remonter gentiment à la ferme. Il avait dit, papa, que là-haut je ne risquais rien et qu'un de ces jours il allait venir me chercher pour de bon, et qu'on allait s'engager dans les rangs de la Résistance et démolir le plus d'Allemands possible. Avant de repartir, j'étais allé embrasser ma sœur Évelyne qui dormait. Elle était fragile comme un épi de blé, ma petite sœur, mais elle avait un cœur qui faisait pierre ponce, qui absorbait en lui tous les malheurs du monde. Elle souffrait pour un chien qu'on battait, pour les hommes affamés, pour une feuille morte, pour le silence qu'un bruit déchirait, pour Jésus crucifié, pour l'Allemand blessé, le résistant fusillé, mais elle souffrait aussi pour son frère aux cheveux rouges qu'on avait séparé d'elle. J'étais resté un long moment, joue contre joue et bras autour du cou, à savourer son amour qui entrait en moi de partout, et puis Marraine était venue me chercher parce que la petite devait continuer à faire sa nuit. Marraine aussi avait bien changé. Depuis qu'elle était la femme d'un chef qui risquait sa vie, elle s'était mise enfin à marcher dans ses souliers, oubliant ce qu'elle avait été, une riche veuve, une peau de vache. La guerre n'a pas son pareil pour changer les gens, la guerre c'est comme quand on est gravement malade. Du fond de son lit, du fond de la guerre, on voit la vie dans son ensemble.

Ils m'avaient raccompagné tous les deux jusqu'à mon vélo en parlant de Claude qu'on attendait pour les vacances de la Toussaint, et papa avait dit :

– Tâche de venir, ça nous fera plaisir.

J'étais remonté à la ferme moins seul qu'en y descendant à cause de tous ces gens que j'avais vus chez papa, à cause de toutes les batailles qu'on allait livrer. Tout feu tout flamme, j'avais fait irruption au moulin et trouvé l'Auguste endormi devant les concasseurs qui tournaient à vide. D'accord, il était au moins trois heures du matin et j'avais pris un sérieux retard en ville. N'empêche, c'était pas une raison pour s'endormir. Je m'étais mis à gueuler après lui comme un patron et l'Auguste qui n'en revenait pas de mon attitude s'était excusé comme un domestique qui craint pour son emploi. Je l'aimais encore plus, l'Auguste, depuis qu'il savait qui j'étais, depuis qu'il avait voulu protéger ma famille, mais cette nuit-là, je m'étais senti plus fort que lui. Moi, j'étais dans le coup et lui ne l'était pas. Son moulin tournait à vide, le mien tournait à plein, moi j'étais en guerre, lui ne l'était pas. Je l'avais renvoyé dans le lit de sa femme qu'il partageait à nouveau depuis que le bouc de la Roberte nous avait réunis et je m'étais activé dans le grain et la farine en me gaussant[1] de moi-même. Comment avais-je pu être stupide au point de redouter qu'on ne m'accepte pas aux chantiers de jeunesse, comment avais-je pu me laisser berner[2] si longtemps par ce satané péché mortel tendu au-dessus de ma tête comme un parapluie qui m'empêchait de voir que le soleil

1. En me moquant (terme littéraire).
2. Duper.

fait aussi partie du ciel. Oui, cette nuit-là, le bonheur était revenu en moi, mais ce bonheur tout neuf et trop forcé n'était pas arrivé seul. Il était accompagné d'un profond besoin de faire l'amour, d'une envie de jeter ma semence, de la disperser comme s'il s'était agi de fêter l'événement de tout mon corps. Malheur, bonheur, pour mon sexe c'était pareil. Il se manifestait de la même façon dans l'allégresse ou la détresse. Mon sexe, il aimait les heures de pointe, il se réveillait quand l'esprit était bousculé, quand les idées marchaient à cent à l'heure, et qu'elles soient claires ou noires, mes idées, peu lui importait pourvu qu'elles me transportent à toute allure.

J'avais résisté le plus longtemps possible contre cette envie qui me prenait comme les chaleurs des bêtes et puis je m'étais mis à me caresser avec acharnement en faisant défiler des tas d'images derrière mes yeux. Bébête et sa « Marquise » surgissant soudain, mon sexe avait quitté le moulin pour l'étable avec moi derrière qui suivait. La mienne, de vache, ça n'était pas une « Marquise » mais une « Duchesse », je ne savais pas si c'était plus ou moins dans la hiérarchie de la noblesse, tout ce que je savais, c'est que ça n'était pas bien de le faire. Pourtant, j'ai essayé comme ce pauvre Bébête haché depuis par une batteuse. Je suis monté sur un trépied qui servait à la traite, je me suis collé au cul de la Duchesse, j'ai tiré sa queue sur le côté et j'ai rentré la mienne. C'était terriblement chaud et grand et je suis parti en elle presque instantanément. Après, j'ai été pris d'un grand dégoût parce que je m'étais mis à penser que ma première femme était une vache. Oui, il y avait eu le dégoût et l'impression d'avoir tué l'amour, mais quelque chose de bien plus terrible s'était mis à germer dans mon esprit et, jour après jour, cette chose terrible faisait son chemin à l'intérieur de moi, jusqu'à chasser complètement le bonheur qui venait de s'y installer. Au début, ça n'avait été qu'une petite pensée, normale somme toute. Je m'étais dit, en le prenant à la légère : « Dis donc, mon gars, j'espère que t'as pas engrossé la Duchesse. » Je crois même avoir ri de cette pensée mais, quelque temps plus tard, la pensée s'était mise à me déborder : « Dis donc, mon gars, si la Duchesse est grosse, le veau il va te ressembler. » Alors, j'avais vu le veau sortir. C'était un Salers[1] comme sa mère, il avait bien quatre pattes, le veau, mais il avait aussi ma tête, avec mes yeux, mon nez, mes cheveux rouges et mes taches de rousseur.

C'était sûrement écrit quelque part dans le ciel que le bonheur et moi on ne pouvait pas rester longtemps ensemble, parce que l'angoisse d'avoir un veau pour fils m'empêchait à nouveau de vivre. En quelques jours, j'étais de nouveau l'enfant le plus malheureux de la terre. J'en avais perdu le sommeil, ruminant ma honte et mon remords devant le ventre de la Duchesse qui grossissait. Bien sûr qu'on l'avait emmenée au taureau et qu'elle avait fait le dos rond, mais qu'est-ce que ça prouvait. Moi, j'étais passé en elle avant lui et dans neuf mois, c'était mon veau qui allait naître, pas le sien. Et tout le monde au village apprendrait alors ce que j'avais osé faire, sans parler de papa et de ses

1. Race bovine dont la robe est uniformément roux-brun. Les vaches de Salers ont de grandes cornes. Elles portent le même nom qu'une variété de fromage du Cantal : celui d'un bourg médiéval très touristique.

amis et même de l'officier allemand qui aurait peut-être dans l'idée de déporter ce veau juif. Ah ! si seulement j'avais pu me confier à Bébête, lui demander s'il restait dans Marquise ou s'il se retirait, seulement, le Bébête, il avait empoisonné ma vie en emportant son secret sous la terre.

J'avais attendu la Toussaint et les vacances de Claude en me disant qu'on allait bien trouver une solution à nous deux, mais la Toussaint était venue sans mon frère. J'étais descendu à Brioude pour la journée, et papa m'avait lu une lettre de Claude où il disait, entre les lignes, qu'il préparait la résistance à Clermont, chez un copain du lycée, mais moi je croyais plutôt que Claude profitait des vacances pour continuer son amour avec Michèle. On était passé à table pour manger le ravitaillement que j'avais apporté dans les sacoches du vélo de la Lucienne, et comme j'étais resté sans appétit devant la nourriture, Marraine avait dit que je ne devais pas tourner rond. Ils m'avaient questionné, à cause de ma tête qui ne leur revenait pas, et je m'étais mis à inventer que l'officier du château avait confié au curé son intention de m'arrêter.

Papa avait ôté ses lunettes pour me regarder du fond de ses yeux bleus tout délavés, et puis il avait frappé du poing sur la table et crié :

– Tu mens.

Bien sûr que je mentais, mais j'aurais voulu le voir, moi, papa à ma place, avec un enfant en gestation dans le ventre d'une vache. J'ai dit :

– Non. Je t'assure.

Il m'a envoyé sa main dans la figure et j'ai esquivé le coup de justesse. On s'était levés de table, prêts à combattre, mais comme il avait remis ses lunettes j'ai eu peur de les casser. On s'est mesurés un instant devant la carte de Russie punaisée au mur de la salle à manger et puis papa, en déplaçant un drapeau rouge, a dit :

– Qu'est-ce que tu me racontes, ça fait quinze jours que ton Boche a été muté à la Kommandantur[1] du Puy.

C'est vrai qu'il n'y avait plus d'Allemands au château. Les bras m'en sont tombés et j'ai encaissé sans moufeter l'aller et retour de papa qui, mine de rien, s'était recoupé une rondelle du saucisson que je lui avais apporté. Il a enlevé la peau avec soin et a ajouté :

– Figure-toi que je suis prévenu chaque fois qu'un Allemand se déplace !

Merde, c'était vraiment un grand chef, papa, et je me sentais tout petit à côté de lui. Il a dit :

– Alors qu'est-ce que t'as encore fait comme connerie ?

Non, je ne pouvais pas le lui dire, j'ai jeté un regard d'excuse vers Évelyne et j'ai quitté la maison. J'ai entendu papa crier :

– Eh bien, puisque c'est comme ça, petit con, tu ne monteras pas au maquis avec nous !

J'étais remonté dans mon maquis à moi en calculant combien de temps il me restait à vivre avant que naisse mon veau. Chemin faisant j'avais décidé de me tuer afin d'échapper à la

1. Lieu qui sert de ralliement aux officiers allemands.

honte et aux sarcasmes[1]. N'empêche que je trouvais ça dommage de mourir pour une vache au lieu de mourir comme papa pour la liberté. Bien sûr que j'avais pensé tuer la Duchesse d'un coup de masse en plein front, comme on le faisait parfois clandestinement avec une génisse pour s'approvisionner en viande. Bien sûr, que j'avais pensé à l'empoisonner avec la mort-aux-rats dont on se servait au moulin pour se débarrasser des grosses bestioles qui nous mangeaient le capital. Bien sûr que j'avais pensé à tous les moyens de la tuer cette fille mère de vache, mais lorsque j'imaginais sa mort j'en avais aussitôt du remords et je ne me voyais pas survivre dans la peau d'un assassin. Il faut dire que je ne m'habituais pas non plus à l'idée de ma propre mort. Je trouvais injuste de disparaître aussi radicalement pour une chose au bout du compte incertaine. D'accord, il y avait une chance sur deux pour que le veau soit de moi. Je pouvais, peut-être, courir le risque d'attendre que la Duchesse soit à terme. Il y avait une chance sur deux de voir apparaître soit le fils du taureau soit le mien. Non, il n'était pas possible d'attendre, de m'en remettre au hasard. Il fallait que j'en finisse avec la souffrance, d'une manière ou d'une autre, parce que la souffrance, elle s'accrochait après ma poitrine comme les petites bouteilles d'eau chaude sur celle d'Auguste et en plus, ça n'était pas pour me guérir. À force d'y penser, de retourner toutes les solutions dans ma tête, j'avais tout de même trouvé un moyen de rester en vie ; elle allait garder son veau, et moi la conscience.

---

1. Moqueries méchantes.

Ça faisait déjà pas mal de temps que j'avais parlé à Auguste du désir de papa de m'emmener avec lui dans le maquis et l'on avait pensé, en discutant ensemble avec les femmes, qu'on aurait pu faire venir, pour me remplacer, un petit cousin de leur côté à elles qui était serrurier à Vichy. Oh ! on y avait juste pensé comme ça, pour parler, parce que moi, bien entendu, j'étais le meilleur des petits domestiques qu'ils auraient jamais. N'empêche que les femmes avaient écrit et que le cousin avait répondu qu'il serait bien content de venir. Moi, je n'avais pas du tout été peiné, au contraire, ça me faisait plaisir de savoir que la relève était assurée. J'aimais bien trop mon patron pour le laisser se dépatouiller tout seul entre le moulin et la ferme. Il aurait rechuté, l'Auguste, et refait le coup du pigeon dans sa chambre qui avait bien failli, elle aussi, devenir en moins de deux une chambre mortuaire. Alors, un beau soir qu'Auguste était au moulin et les femmes dans leur lit, j'ai pris ma décision, du papier et un crayon et je me suis mis à écrire ma lettre d'adieu. C'était difficile de trouver les mots, mais le plus dur, c'était pour assembler les lettres de façon qu'elles deviennent des mots. J'étais bien resté trois ans sans lire ni écrire et je me rendais compte que l'écriture, c'est pas comme de faire du vélo. Ça s'oublie.

À l'Auguste, je lui disais que je partais en pleine nuit pour éviter qu'on se voie en train de pleurer. J'ajoutais qu'il me devait deux mille francs et qu'en contrepartie j'emmenais la Duchesse avec moi, car on avait besoin de lait au maquis.

C'est comme ça que je suis parti de chez les Tavernier en

mentant et en traînant la Duchesse derrière moi. Bien sûr que non, je n'allais pas au maquis. Lequel, où ça, comment ? On m'aurait sans doute demandé le mot de passe, comme grand-père Léon quand il se réveillait en sursaut : « Halte-là, qui vive ! » Non, je ne montais pas au maquis et pas davantage au ciel. J'ai marché toute la nuit en aiguillonnant les fesses de la Duchesse tant que ça pouvait et on s'est arrêtés au petit matin dans un hameau, pas très loin d'Espalem[1]. J'ai poussé la Duchesse dans la cour d'une ferme et, tandis que les chiens réveillaient les environs, je m'étais mis à courir en direction des bois. Une sacrée aubaine pour le fermier que cette Salers venue on ne sait d'où, et pleine avec ça ! Une sacrée surprise aussi, dans quelque temps, quand elle allait vêler[2] le petit d'un homme. J'ai vu le fermier rentrer la Duchesse dans son étable et, pendant qu'il l'attachait à sa mangeoire, moi, je m'étais détaché d'elle. La Duchesse, c'était comme si je l'avais mise à l'Assistance publique. Maintenant, fallait tirer un trait.

J'ai marché toute la journée dans les bois et le long des vicinales[3] avec l'idée de me rendre jusqu'à Clermont-Ferrand pour y retrouver mon frère. Ça devait prendre dans les trois jours par la nationale mais, comme rien ne me pressait, je m'étais mis à vagabonder, savourant pour la première fois la rigueur de l'hiver, m'amusant des ruisseaux gelés et des congères, ces dunes de neige qu'il fallait contourner sous peine d'y laisser ses pieds et

1. Village de la Haute-Loire.
2. Mettre bas pour une vache, c'est-à-dire, avoir un veau.
3. Routes plus étroites et moins importantes que les départementales.

ses sabots. La liberté, c'était donc cela : aimer ce qu'on avait craint, avoir chaud quand il fait froid, marcher sans aller nulle part, avoir la tête et le sexe au repos. Ma parole, je n'en revenais pas de me sentir aussi simplement libre et tout ça à cause d'une vache.

À la tombée de la nuit, j'atteignis Lorlange, un bourg tout blanc sous la neige. J'entrai dans une épicerie. J'avais huit cents francs sur moi et j'ai demandé à manger. On m'a répondu :

– Vous avez des tickets ?

– Que non. Pourquoi des tickets ?

On m'a regardé comme si j'arrivais d'un autre monde et moi je me suis dit que je n'étais pas aussi libre que je croyais. C'est vrai, j'avais oublié qu'on était rationné. J'ai insisté, en parlant patois pour montrer que j'étais des leurs, et une dame qui achetait des lentilles[1] m'a proposé de venir les manger avec elle. Elle m'a emmené dans sa maison, la dame. Elle avait un garçon de mon âge et un autre fils, plus vieux, qui était coiffé très frisé avec une coque qui lui faisait comme une vague sur le front. On a mangé les lentilles en causant dans un petit appartement au-dessus de l'école, parce que la dame était institutrice et son fils aîné garçon coiffeur. Moi, j'ai dit que j'étais en route pour Clermont-Ferrand par le chemin de la montagne et que ça m'aurait bien plu de tomber sur un maquis avant de tomber sur mon frère. Le frisé et sa mère ont dit comme papa que la Résistance s'organisait mais que, pour les maquis, fallait

1. Plat typique du Puy-en-Velay. La lentille est une culture de la région.

attendre le printemps. J'ai couché chez eux, on m'a installé un matelas dans la salle de classe, juste devant le mirus[1] qui ronflait et, au lieu de dormir, je me suis mis à feuilleter un grand livre de géographie. Pour les images, pas de problème, mais quand j'ai essayé de lire ce qu'on disait dans l'atlas, ça m'a fait mal à l'amour-propre et je me suis consolé en me disant que la vie ne s'apprend pas dans les livres. Mais de la vie, qu'est-ce que je savais ? Rien, en vérité, sinon qu'il faut la garder à tout prix. Je me suis endormi sur cette certitude et le lendemain matin le fils aîné de l'institutrice m'a emmené à son salon de coiffure où je me suis laissé faire une indéfrisable[2] avec une belle coque sur le front, parce que c'était la mode chez les jeunes paysans d'ici d'être frisés comme des filles. Assurément, ça me changeait de ma coupe à la chien. Ça m'a dégagé le front en même temps que les idées.

Je suis reparti pour Clermont sous la neige, avec un bout de bâche sur la tête pour abriter ma mise en plis et des brodequins[3] à semelles compensées que le coiffeur vendait en sous-main. Le tout m'avait coûté dans les soixante-dix francs, y compris une vaporisation à la violette. La liberté, c'était donc cela : se faire friser et parfumer, s'arrêter quand on veut, dire bonjour et au revoir aux gens, se laisser porter par l'événement, se mettre à la mode des autres et puis repartir de son propre pas.

Il était tombé tellement de neige ce jour-là que j'avais été

1. Poêle à bois.
2. Qui ne peut être défrisé. Ancien terme pour « permanente ». Mais ici, il s'agit plutôt d'une mise en plis.
3. Chaussures hautes pour la marche qu'utilisaient les militaires.

obligé de rejoindre la nationale pour gagner Issoire[1] avant la nuit. Je m'étais arrêté en cours de route dans un café où l'on servait du vin chaud et j'avais pu enfin ôter ma bâche et montrer mon indéfrisable. Je m'étais dit que la serveuse allait la remarquer, me faire de l'œil ou quelque chose comme ça, mais la serveuse avait pris ma commande sans me prêter attention. C'était cela, sa liberté de serveuse : regarder ce qu'elle avait envie de voir. N'empêche que, moi, j'étais vexé. Je pensais : « Puisqu'elle ne me regarde pas, je vais pas lui laisser de pourboire. » Je me l'étais dit, et je n'ai pas osé le faire. Au contraire, je lui en ai laissé un tellement gros qu'un peu plus loin sur la route j'ai été rattrapé par une traction avant. Dans la voiture, il y avait trois types qui sont sortis en faisant claquer les portières. Ils portaient des bérets noirs comme celui de Bébête et un brassard sur leur canadienne[2]. Mais eux, ils n'étaient pas de l'Assistance publique.

– Milice, qu'ils m'ont dit. D'où tu viens, où tu vas ?

Eux, ils ont dit « Milice », moi j'ai dit : « Bonjour messieurs. » Chez les paysans, on apprend à être poli et cette politesse les a, je crois, désarmés. J'ai dit que je venais de Lorlange et que j'allais à Clermont-Ferrand, mais quand ils m'ont demandé mes papiers, j'ai soudain réalisé que je n'en avais pas et que, sans papiers, j'étais libre d'être n'importe qui. Évidemment que j'allais pas leur raconter que j'étais le fils d'un juif qui habite Brioude, ni le commis d'un paysan de Paulhac, ni le papa d'un veau qui pourrait bien me ressembler. Je me suis fait passer

1. Dans la Limagne, sous-préfecture du Puy-de-Dôme dont l'église romane est réputée pour la pureté de son style.
2. Veste de grosse toile marron doublée de peau de mouton et au col de fourrure.

pour le fils de l'institutrice. J'ai dit que j'étais apprenti coiffeur et, pour bien leur prouver que je ne mentais pas, j'ai dénoué la bâche qui me servait de ciré et montré mon indéfrisable. L'un des miliciens s'est mis à rire et un autre m'a questionné à propos des cinquante francs que j'avais laissés à la serveuse du café. J'ai cru qu'ils venaient m'engueuler parce que ça n'était pas assez. Pas du tout, ils voulaient savoir où je les avais volés.

Je ne comprenais pas pourquoi la fille les avait appelés. Elle aurait dû être contente avec cinquante francs, même qu'elle m'avait drôlement regardé et drôlement remercié aussi. J'ai dit que l'argent était à moi et j'ai retiré le mica de ma poche où l'on voyait tous mes billets en transparence et je l'ai agité, ce mica, devant leurs yeux et sous la neige qui tombait. Celui qui avait ri de mon indéfrisable a dit :

– Fais voir un peu ça de plus près.

Ils se sont mis tous les trois à compter ce que j'avais économisé au cours de l'année passée, et puis celui qui devait être le chef, et qui avait un menton en galoche, a mis le mica dans sa poche et dit :

– T'as de la chance qu'on t'arrête pas. Allez, file !

Ils sont remontés tous les trois dans leur voiture en faisant claquer les portières, et moi je suis resté sur le bord de la route avec mon indéfrisable toute foutue tellement elle était mouillée. Je suis resté là à regarder s'éloigner mes économies dans une traction avant et j'ai pensé que la liberté, il fallait peut-être bien la diriger comme un attelage à coups d'aiguillon dans les fesses.

J'étais arrivé à Issoire crevant de faim et de froid, sans liberté et sans argent, et je me demandais où j'allais pouvoir passer la nuit quand j'ai entendu des roulements de tambour. Sur une place, il y avait des roulottes et une tente et, devant la tente, un homme avec le nez écrasé et les oreilles en chou-fleur qui criait dans un haut-parleur qu'il était Rudy le Kid, ex-champion de France des poids légers et qu'il n'avait peur de personne. Le Kid, il était torse nu dans le froid et pendant qu'il gueulait dans son haut-parleur, un gros nègre lui laçait ses gants de boxe. Devant la tente, il y avait une vingtaine de gars intéressés mais timides qui écoutaient la voix du Kid tonner au rythme du tambour sur lequel frappait une fille en tutu rose, qui avait la chair de poule aux cuisses.

– Allez, les petits gars, combat en huit reprises de trois minutes. Vingt francs cash[1] à mon vainqueur.

Le Kid avait passé le haut-parleur au nègre et commencé à exécuter un jeu de jambes et de bras, à la fois pour nous exciter et se réchauffer. Pendant qu'il faisait sa démonstration, le nègre, qu'était aussi boxeur, invitait le public à entrer. Ça coûtait quatre francs pour les deux combats, et la fille au tambour s'était mise à vendre des tickets. Moi, planté au milieu des autres, j'avais été poussé vers elle, mais comme il me restait plus rien pour acheter mon ticket, j'ai pas osé faire de la peine et j'ai dit que j'étais là pour me battre. La fille, elle m'a regardé avec une certaine admiration. Ça ne pouvait pas être à cause de mon

1. Argent donné comptant, en une fois et en espèces.

indéfrisable, qui ne se voyait plus, ni à cause de mon pourboire, non elle me regardait pour moi-même, pour mon courage, et ses yeux bleus, ses jambes nues, son tutu rose me donnaient du cœur au ventre. Quand elle a eu fini de me détailler, la fille a crié :

– Eh ! le Kid, voilà ton challenger[1] !

Je ne savais pas ce qu'était un challenger, mais ça devait être quelque chose de surprenant, parce que toutes les têtes s'étaient tournées vers moi. Le Kid m'avait fait entrer sous la tente et on était arrivé directement sur le ring en même temps que les applaudissements. Devant tout le monde, il m'a demandé :

– Quel âge as-tu, petit ?

J'ai dit seize ans, parce que quatorze ans et demi, ça n'aurait pas fait sérieux, ni pour la boxe ni pour la fille. Il m'a fait monter sur une bascule et il a déclaré que j'accusais soixante kilos. C'était faux, je n'accusais personne, même pas la serveuse, même pas les miliciens.

– Pas besoin de te demander si tu as déjà combattu ?

J'ai dit que non, et il a répondu qu'il fallait un commencement à tout. Comme il avait déjà les mains dans ses gants, le nègre l'a aidé à enlever son pantalon. En dessous, il portait un caleçon violet avec des raies blanches qui brillaient. Moi je me suis mis torse nu, mais j'ai gardé mon pantalon, parce que je n'avais rien d'autre et que je ne voulais pas montrer mes poils rouges, même pour vingt francs. Le nègre m'a fait asseoir dans

---

1. Celui qui cherche à prendre le titre au champion (mot entré dans la langue française en 1912).

un coin du ring et m'a enfilé des gants. Il était gentil, le nègre, malgré ses zébrures plein la joue et son haleine qui sentait le rutabaga[1]. En me laçant les gants, il me disait :

– T'en fais pas. Le Kid fera durer. Si t'as mal, tu tombes et je te compte.

Je ne savais pas s'il parlait de compter les billets ou les spectateurs, mais en cours de combat j'ai compris qu'il s'agissait des étoiles et des trente-six chandelles. Quand il a eu terminé de me lacer les gants, il m'a poussé en avant :

– Vas-y maintenant, réchauffe-toi.

Je me suis levé et j'ai joué avec mes jambes, tout comme le Kid, seulement moi, quand je dansais, ça faisait du bruit à cause de mes brodequins à semelles compensées. Sous la tente, le public s'était mis à rire et à siffler, n'empêche qu'au premier coup de gong, lorsque le Kid s'est avancé sur moi, tout le public a crié d'une seule voix :

– Vas-y petit, descends-le !

D'entrée, je me suis aperçu que le Kid ne tapait pas. C'était un malin le Kid, il voulait faire durer pour chauffer la salle de manière à en prendre un autre après moi. Avec tous ses muscles et sa technique, le Kid il aurait pu me ratatiner en moins de deux. Ça ne me plaisait pas d'être pris pour une mauviette, alors j'ai foncé sur lui en passant sous sa garde et j'ai réussi à placer un coup à assommer un bœuf en plein sur sa pomme d'Adam[2]. Je

---

1. Plante au goût voisin du navet qui se donnait, en général, au bétail.
2. Partie saillante sur le devant du cou des hommes et qui correspond au cartilage du larynx.

l'ai vu pâlir, le Kid, et vaciller sur ses guiboles et j'ai aussi entendu la clameur du public et le coup de gong anticipé que la fille en tutu avait donné en catastrophe. Assis dans mon coin en attendant le second round, je m'étais fait engueuler par le Kid. Il criait que je n'avais pas le droit de m'accroupir comme ça sur un ring pour passer sous la garde de l'adversaire. « C'est pas une chiotte, qu'il disait, faut pas foutre la merde sur un ring ! »

Pendant qu'il gueulait, le nègre lui massait la gorge sans pour autant parvenir à le calmer. Quant au public, il était comme moi, déconcerté.

Dès l'entrée du second round, le Kid s'est précipité sur moi et m'a balancé un crochet dans le foie, un autre dans l'appendice et un troisième en pleine gueule. Je suis tombé sur les genoux en me raccrochant à une corde tandis que le nègre comptait les étoiles et les chandelles qui s'étaient allumées dans ma tête. J'entendais le calcul du nègre et aussi les encouragements du public :

– Relève-toi petit... bats-toi !

Avant de me relever, j'ai essayé de voir ce qu'en pensait la fille en tutu, espérant qu'elle allait donner un coup de gong.

Elle a fait le chiffre deux avec ses doigts et j'ai compris qu'il me restait encore deux minutes à tenir. Le Kid avait fait durer le plaisir jusqu'à la fin du round, si bien que j'avais pu récupérer en tournant autour de lui et en suivant les conseils d'un gars qui hurlait :

– Ta garde, petit, abrite-toi derrière tes gants.

Avec ma garde, j'ai réussi à faire tomber la sienne et on s'est retrouvés l'un contre l'autre, les bras emmêlés. Le nègre nous a séparés en criant :

« Break ! » Alors la fille en tutu a frappé sur le gong.

Au troisième round, j'ai recommencé à m'énerver, touchant plusieurs fois le Kid, ce qui avait mis le public en effervescence, même que quelqu'un a crié :

– Dix francs de plus pour toi si tu le descends !

Ça me faisait plein d'argent au bout des gants, mais comme le Kid ne voulait pas donner le sien, il a commencé à boxer comme un champion et ça a mal fini pour moi parce que je me suis retrouvé K.-O. et qu'on a été obligé de me transporter dans la roulotte pour me faire respirer des sels.

Je suis resté trois mois avec le Kid, le nègre et la fille à jouer les compères, trois mois à tourner dans les bleds, à monter et à démonter la tente, à me faire descendre par le Kid ou à le descendre selon ce qu'il décidait. On vivait tous les quatre dans la roulotte traînée par un gazogène tellement poussif qu'on faisait des tas de détours pour éviter les côtes. La fille s'appelait Irène, je l'avais prise pour la femme du Kid mais c'était celle du nègre, si bien que ça ne me donnait aucune chance parce qu'elle avait les Noirs dans la peau et que les Blancs ne lui disaient rien. Quand ils forniquaient ensemble à l'autre bout de la roulotte, elle ne criait pas : « Encore, encore » comme la Jeannette, mais : « Miam, miam », ou « Mama mia », car elle était d'origine italienne. Ça me rendait fou de l'entendre gémir sous les coups de reins du nègre et une nuit que je m'étais mis à me caresser, le Kid qui marchait à bouc et bique avait mêlé ses mains aux miennes. Comme le nègre était trop occupé pour crier « Break ! » et qu'on était dans le noir absolu, je m'étais laissé faire pour voir ce que la main d'un autre donnait. Mais après, le Kid avait essayé de me retourner pour monter sur moi et, comme je ne me laissais pas faire, il s'était mis à dire comme René Raymond, l'ami de papa :

– Tu verras, y a que le premier pas qui compte, ou bien : Quand tu y auras goûté, tu pourras plus t'en passer.

C'était lui le patron. La roulotte, la tente, le ring lui appartenaient et il croyait me tenir à sa merci[1]. N'empêche que j'avais résisté à sa tendresse et à ses menaces parce que je ne pouvais pas concevoir qu'un homme puisse rentrer dans un autre homme. Ça me paraissait irrespectueux, sacrilège et aussi terriblement sale. J'avais essayé d'expliquer ça au Kid, et il m'avait dit d'un air méprisant :

– Laisse tomber, t'en seras jamais un !

Je m'étais senti un peu vexé par la réflexion du Kid et j'avais répondu :

– Pas avec toi, en tout cas.

Il était très susceptible, le Kid. Il s'est redressé tout nu en plein milieu des « miam miam » d'Irène et il a gueulé :

---

1. Pouvoir me mettre sous sa dépendance.

– Quoi ! tu ne me trouves pas beau, je t'excite pas. Dis-le, allez, dis-le que je t'excite pas !

Il criait tellement que le nègre est sorti de l'Irène et moi de la roulotte.

Les jours suivants, le salaud de Kid me l'avait fait payer en me bourrant la gueule plus que prévu, même que le nègre entre deux rounds était venu dans mon coin pour me dire de lui décocher un coup bas. Il portait une coquille sous sa culotte violette à raies blanches, le Kid, mais ça ne m'a pas empêché de le sonner pour le compte. Il s'était tordu de douleur et le public de rire. Moi j'avais fait celui qui ne sait pas, je m'étais excusé et tout d'avoir frappé dans les parties et mes excuses lui ont fait du bien, puisque non seulement le Kid ne m'a pas renvoyé mais il a mis les pouces. C'est fou ce que les boxeurs et les pédérastes sont sensibles à la politesse.

Après s'être donné en démonstration à Issoire, à Coude, à Plauzat, Le Sauvetat, Vic-le-Comte, Manglieux, Sugere, Sauxillanges, à Varennes-sur-Usson et des tas de bleds situés entre tous ceux-là, on était redescendus sur Brassac-les-Mines et Sainte-Florine. Avec l'hiver qui se terminait, on se rapprochait inexorablement[1] de Brioude. À Brassac, le Kid s'était fait casser la gueule par un mineur polonais, et le gars avait remis ça une deuxième fois à Sainte-Florine et une troisième à Fougères. Pour en finir avec ce massacre, le Kid avait été obligé de négo-

1. Sans pouvoir y échapper.

cier avec le mineur et ça s'était même terminé très à l'amiable dans la roulotte, un samedi après le combat. C'était un type tellement costaud le mineur, et tellement plus apte que moi à « en devenir un », que le Kid lui avait signé un contrat pour en faire un vrai boxeur professionnel. Bien sûr qu'il ne voulait pas me mettre à la porte, le Kid, mais comme on vivait déjà à quatre dans la roulotte avec en plus le poêle, la cuisinière, les ustensiles, le bidet d'Irène et les bagages de tout le monde, on ne voyait pas très bien où caser le mineur.

On s'est quittés sans rancune juste avant Brioude, avec de grosses poignées de main et des petits coups plein les côtelettes. Je les aimais bien tous autant qu'ils étaient, seulement, moi, je ne voulais pas manquer mon rendez-vous du printemps avec la Résistance.

N'ayant donné aucune nouvelle de moi à papa durant tout ce temps-là, je n'osais pas l'affronter sans savoir dans quelles dispositions il était et j'étais allé directement à Luigne chez la sœur de René Raymond, qui travaillait dans la passementerie[1] et pour laquelle j'avais de l'amitié. C'est chez elle que papa nous avait mis, Claude et moi, lorsque Marraine était partie en laissant papa en plan et les pieds de porc panés au four du boulanger. Gilberte aimait beaucoup papa sans qu'il y ait eu de fricotages entre eux. Elle aimait également Marraine, Claude, Évelyne et moi, son frère, sa mère et tous les gens du village, car

1. Fabrique de rubans, de dentelles, de galons, etc.

Gilberte était une espèce de sainte avec un cœur qui n'arrivait pas à se refermer à cause d'un amour malheureux qui avait continué à grandir dans la cicatrice.

Quand elle m'a vu arriver dans son atelier, Gilberte a ouvert tout grands ses yeux et ses bras, et puis elle s'est mise à me toucher pour être sûre que j'étais bien vivant. Papa me croyait parti pour le S.T.O. On avait raconté que des miliciens m'avaient embarqué à bord d'une traction avant. Oui, paraît qu'il s'était fait un souci de tous les diables quand Auguste était descendu lui apprendre que j'avais quitté la ferme en emmenant une de ses vaches. Tout le monde s'était posé des questions à propos de cette vache, et Gilberte également aurait bien voulu savoir pourquoi la vache et surtout ce que j'avais pu en faire ? Je n'ai rien dit ni sur la vache ni sur la façon dont j'avais vécu, et j'ai demandé à Gilberte de téléphoner à l'usine d'antimoine où travaillait papa pour le prévenir que je n'étais pas au S.T.O. mais chez elle. J'ai laissé Gilberte encaisser la surprise de papa et, après j'ai baissé ma garde et pris le téléphone pour dire que j'arrivais à condition qu'on ne me questionne pas. J'ai tout de suite senti que la voix de papa était contente d'entendre la mienne, alors j'ai emprunté le vélo de Gilberte et, en dévalant la côte de Luigne, j'ai eu la sensation que mon enfance se mettait à fuir de moi en bouillonnant de partout comme l'eau qui s'échappe d'un radiateur.

À la maison, tout le monde était là à guetter mon arrivée derrière les carreaux qui donnaient sur la voie ferrée ; tout le monde, et surtout Claude, revenu pour quelques jours de

Clermont-Ferrand. Il y avait eu beaucoup d'embrassades et d'émotions, jusqu'à Marraine qui s'était fendue d'une bise déposée sur le coin de ma bouche. Ils étaient heureux de me voir, malheureux de ne pas savoir d'où je venais, ce que j'avais fait, et papa, qui se contrôlait avec peine, s'est mis à parler des grands-parents qu'ils avaient fait venir de la zone occupée avec leurs meubles et leurs housses. Anna et Léon habitaient maintenant dans une petite maison de Vieille-Brioude. La maison avait un bout de jardin pour occuper grand-père et aussi un poulailler et des clapiers[1] parce que grand-père, sans jardin et sans lapins, c'était comme grand-mère sans son magot, un homme fini, rien que du chagrin et de la pitié. Il a dit, papa, qu'on devait se serrer les coudes entre nous plus que jamais, parce qu'on allait bientôt monter au feu pour y risquer notre peau. Il a ajouté qu'on ne devait pas affronter la mort en laissant derrière soi une famille désunie, car la famille c'est comme la liberté, faut y croire pour la défendre.

C'est fou ce qu'il avait changé, papa ; quant à moi, apprenant que je faisais partie d'une famille unie, je me suis mis à parler et j'ai raconté le Kid et ma vie dans la roulotte avec Irène et le nègre. J'ai mimé mes combats de boxe, montré mes bleus et mes muscles, dit tout ce que j'avais fait durant ces trois mois où l'on me croyait au S.T.O. et j'ai senti, en parlant de moi, comme ça, simplement, au fil du récit, que j'étais en train de gagner aux points sur papa. Oui, il me regardait maintenant

1. Cabanes à lapins.

d'un autre regard, et pas seulement avec ses yeux. Oh ! je ne dis pas qu'il était K.-O. de sentiments, mais pour sûr qu'il était touché et bien touché. J'ai pensé que j'aurais dû prendre la parole bien avant ce jour, la prendre comme on prend les armes pour tuer ou se faire tuer. Sûr que j'aurais dû lui faire exploser en plein dessus lorsque j'y étais en plein dedans ma vie chez les Bongrand avec la mère folle à lier qui attachait son mari au pied de la cuisinière, avec l'Églantine qui dégueulait sa vie par le haut et ses enfants par le bas. Pour sûr que si je lui avais parlé, à papa, il ne m'aurait pas replacé ailleurs. Je n'aurais pas eu la mort du René sur la conscience, ni cet affreux péché mortel constamment présent en moi, ni cette image du veau de la Duchesse avec ma tête et mes taches de rousseur. Évidemment que j'aurais dû lui parler depuis longtemps, mais il avait tellement à faire avec sa vie que ça ne lui laissait pas le temps d'imaginer la mienne.

De ma vie à la campagne, personne ne pouvait se faire une idée exacte, et ma mère moins que tout autre. Elle avait essayé de savoir où j'étais et pourquoi j'y étais. Elle avait écrit à papa, et même envoyé de l'argent pour me permettre de prendre des cours du soir. Elle croyait, ma mère, qu'il était possible de se cultiver en cultivant ou d'être à la fois à l'école et au moulin. Elle le croyait parce que papa, durant toutes ces années, le lui avait laissé croire, disant que l'instituteur de Paulhac s'occupait de moi le soir après sa classe, mais avec l'argent de ma mère, papa s'était acheté des cigarettes et toute ma culture était partie en fumée. Alors, voyant que la guerre ne se terminait pas et que le Jacquot n'écrivait jamais, elle avait envoyé une lettre de vingt pages à Claude et le double à papa pour le mettre au courant de ce qu'elle faisait pour nous. Dans sa lettre, maman disait qu'elle déménageait souvent, de manière à échapper aux dénonciations, car lorsqu'on était dénoncé les Allemands arrivaient et vous prenaient. Elle ne portait pas l'étoile jaune, mais son nez valait trois étoiles à lui seul, tellement il était recourbé. Paraît qu'à Paris les gens dans la rue vous regardaient d'abord le nez et qu'ils vous dénonçaient ensuite quand vous n'aviez pas le nez adéquat[1]. Elle disait, ma mère, qu'elle s'était procuré une fausse carte d'identité, comme quoi elle était née à Alger de père arabe et de mère française, mais que ça ne trompait personne, même qu'un type de la Gestapo lui avait mesuré le nez dans tous les sens avec un appareil, pour décréter en définitive qu'elle avait un vrai nez de juive et une fausse naissance arabe. Ma mère s'était arrangée à l'amiable avec le type de la Gestapo qui aimait mieux prendre de l'argent qu'arrêter les gens. Elle écrivait très bien, ma mère, et Claude et moi on arrivait à imaginer sa vie à Paris bien mieux qu'elle ne pouvait imaginer la nôtre. Dans sa lettre, elle racontait ses malheurs avec les Allemands, mais elle parlait aussi de son bonheur avec un homme. Elle disait que son bonheur aurait été parfait si la guerre ne nous avait pas séparés. Oubliait-elle, maman, qu'il y avait eu un avant-guerre sans Allemands quand elle se battait contre papa sur tous les fronts, un avant-guerre qui nous avait

1. Qui convient.

tout de même pris notre mère. Elle racontait qu'elle avait connu l'homme de sa vie dans un café, pendant l'exode. Elle était en train de lire le livre d'un écrivain connu quand cet homme avait surgi d'entre les pages pour lui en déclamer des passages. Subjuguée, qu'elle avait été, maman, par la mémoire et l'intelligence de l'homme. Il lui avait offert un apéritif en pleine débâcle, et tous deux s'étaient mis à parler de poésie tandis que la ville entière foutait le camp. Il se prénommait Mony, l'homme de maman. C'était un Yougoslave venu en France pour y étudier la littérature, et il connaissait beaucoup d'écrivains. Ses amis, qu'elle disait, maman, s'appelaient Cocteau, Tzara, Max Jacob, Aragon, Eluard, rien que des noms qui ne me disaient rien, mais Claude, lui, avait lu un poème d'Eluard qu'on se passait sous le manteau au lycée Blaise-Pascal, et où il était question du mot « liberté » qu'on écrivait partout, sur les murs et les pupitres, dans les prisons et sur les vagues. Bref, maman, qui s'était mise à nager dans le bonheur et l'érudition[1], avait quitté Barbès pour Montparnasse, et comme elle ne pouvait pas vivre éternellement avec le souvenir de Julio ou de Moretti, elle avait emménagé avec Mony. Elle disait dans sa lettre qu'elle n'avait pas osé parler tout de suite de ses enfants à Mony, de peur qu'il la trouve trop encombrée des autres. Malgré tout, au bout d'un mois, elle lui avait avoué Évelyne, un peu plus tard Claude, et puis moi encore après. Ma mère avait juré sur la tête de Mony que le compte y était, et Mony avait

1. Culture très large en même temps qu'approfondie.

juré sur la tête de ma mère de lui rendre ses enfants. Tout ça était arrivé en pleine débâcle, mais maman disait qu'elle s'était sentie ancrée solidement à la vie grâce à la promesse de Mony. Après la débâcle, il y avait eu l'Occupation, les vaches maigres[1], la débrouillardise, les dénonciations, les persécutions, les déménagements. Une nuit chez l'un, un jour chez l'autre, à trimbaler son grand nez qu'Hitler avait mis à prix. Dans sa lettre, maman disait que le plus difficile c'était d'arriver à gagner sa vie tout en se cachant. Elle rendait hommage au génie et au courage de Mony qui s'était mis à travailler pour nous tous dans le courtage[2] de livres et de tableaux. Maman disait que Mony n'avait pas le nez recourbé mais plutôt épaté, et qu'il commerçait sous des noms d'emprunt, parce que le sien était très connu en Yougoslavie, même que ses parents, des banquiers de Belgrade, avaient été déportés au début de l'année précédente.

Elle en racontait tellement, ma mère, sur son existence difficile, que papa s'était senti gêné d'avoir dépensé l'argent que l'homme de maman avait gagné pour nous en travaillant dans la clandestinité. Claude et moi, on ne pouvait pas blâmer papa, car travailler dans l'antimoine c'est encore plus dur que de travailler dans la clandestinité, sans compter que pour joindre les deux bouts, papa réparait aussi des meubles, restaurait des tableaux, faisait de la plomberie et de l'électricité, et trente-six métiers pour essayer de s'en sortir.

1. Périodes de restrictions.
2. Commerce payé à la commission.

Dans le grand salon enfumé dont les fenêtres donnaient sur la voie ferrée, papa, ce soir-là, s'était mis à pleurer. Il sanglotait derrière ses lunettes en me caressant la tête et, moi, avec ma glotte qui tremblait, je luttais de toutes mes forces pour garder les yeux secs. On avait laissé le père pleurer un instant sans le déranger et puis Claude avait ramassé les feuillets de la lettre épars sur la table.

BIEN LIRE

CHAPITRE 7

- **P. 165 : Combien de temps s'écoule-t-il entre ce chapitre et le précédent ?**
- **Quelle est la fréquence des visites des Allemands chez les Tavernier ?**
- **P. 166 : Quel est l'acte, avec ses conséquences, qui va chasser le bonheur du cœur de Jacques ? Qui l'a influencé ?**
- **P. 177 : Qui serait le prochain domestique de ferme si Jacques s'en allait ?**
- **Depuis combien de temps n'a-t-il pas lu ni écrit ?**
- **P. 181 : Pourquoi est-il arrêté par la Milice quand il sort du café où il boit du vin chaud ?**
- **P. 187 : Combien de temps reste-t-il avec le Kid ?**
- **P. 197 : Après lecture de la lettre de sa mère, quelle est la réaction de son père ?**

8

Un petit matin qu'il faisait encore nuit noire, on a dit au revoir à Marraine et à Évelyne. Papa avait glissé un gros revolver dans sa ceinture pour intimider l'émotion et empêcher qu'elle ne le déborde. Papa n'avait pas pleuré, ça n'était ni un père ni un mari qui partait, mais un chef. Au même instant, dans d'autres maisons, des hommes armés qui sentaient encore le café embrassaient leurs femmes et leurs enfants.

C'était le matin du jour J. Il était quatre heures, et de tous les coins de la ville endormie des hommes convergeaient vers la route de Vieille-Brioude. C'est là qu'on avait rendez-vous avec des camions qui devaient nous transporter dans les maquis de la Margeride[1]. Ces hommes, ils s'appelaient Levy ou Portal, Finkestein ou Tavernier ; c'étaient tous des amis à de Gaulle et à papa. Comme nous, ils avaient des revolvers dans leurs ceintures et la trouille au ventre, mais comme nous ils avaient entendu l'appel et ils y répondaient.

Pour prendre la mesure de ses fils, papa nous a fait passer devant l'hôtel Central réquisitionné par la Feldgendarmerie. De chaque côté de l'hôtel, il y avait un blockhaus et, dans le blockhaus, une ou plusieurs sentinelles qui passaient leur temps à percer la nuit avec des projecteurs dès qu'elles apercevaient une ombre. Quand le faisceau[2] s'est posé sur nous, papa s'est

1. Massif montagneux entre l'Allier et le Lot.
2. Rayon lumineux.

arrêté et a crié : « Cheminot ! » Le faisceau nous a lâchés et on est repartis. Papa avait dit que c'était facile de ruser avec les Allemands. Moi j'ai demandé pourquoi « cheminot » et non pas « charcutier » ou « menuisier », mais Claude a intercepté ma question avant que papa ne se fâche. Il m'a répondu que les cheminots faisaient marcher les trains et qu'en conséquence les Allemands toléraient leurs déplacements. Claude expliquait toujours les choses clairement et sérieusement, aussi lorsque je lui avais raconté mes craintes au sujet du veau de la Duchesse, il m'avait fait comprendre que les spermatozoïdes humains ne se développaient pas en milieu animal. Il était descendu de ses études pour se mettre à mon niveau, disant que de juter dans une vache c'était comme de planter une pomme de terre dans du ciment et que ça ne pouvait pas germer.

Plus on se rapprochait du lieu de rendez-vous, plus on rencontrait de gens levés avant le jour, pressés qu'ils étaient de sortir de leur nuit. C'était cela, l'armée des ombres, des silhouettes silencieuses, épaisses et chaleureuses avec du bleu-blanc-rouge dans la tête et autour du bras. C'était cela, l'armée secrète, des gens comme papa et moi, pas aguerris[1] et pas méchants pour un sou, mais qui voulaient en découdre[2] parce qu'on nous avait volé notre guerre.

Soudain, à la sortie de la ville, surgit une ombre qui ne faisait pas partie de notre armée. Le matin se décolle à peine de la

1. Pas immunisés contre le mal.
2. Se battre.

nuit, mais on le voit bien, ce petit bonhomme en capote et béret. Il se tient au milieu de la route, les jambes écartées comme s'il avait eu un cheval sous lui. Le petit bonhomme, il est seul contre tous, un inconscient, un milicien. Abrité derrière son revolver, il crie :

– Qui c'est ? Où vous allez ?

Devançant papa, je réponds :

– Cheminot !

Je reçois une gifle en plein sur la bouche et, dans le même temps, j'entends papa crier :

– Résistance !

Et voilà qu'il se jette dans le fossé et nous avec. De l'autre côté, le petit bonhomme en fait autant. Alors papa nous donne son premier ordre de chef.

– Décrochez, je vais vous couvrir.

Il se met à tirer droit devant lui, tandis que Claude et moi on rampe dans le fossé comme grand-père Léon à Verdun. Il y a eu un échange de coups de feu genre « je te donne la mort mais je garde la vie », et puis d'autres ombres se sont découpées dans le petit matin ; elles rampaient, les ombres, et elles tiraient à ras de terre en plein dans le soleil levant, parce que le milicien était couché là, dans un fossé, juste devant le soleil qui s'était levé pour le voir mourir.

Nous, on n'avait pas eu de blessés, à part moi qui saignais de la bouche. On s'est tous mis à courir vers les camions qui nous attendaient le long de la route. Papa avait dit qu'il fallait filer avant que les Allemands arrivent avec leurs blindés et leurs panzerfaust[1]. Il n'était pas content, le chef; on s'était battu, à cent contre un, mais dans le mauvais sens, on avait gâché des munitions et de l'énergie, manque de couilles et de sang-froid. Il criait, papa, dans la fumée de gazogène, qu'on aurait pas dû venir à son secours, qu'il était assez grand pour se débrouiller tout seul, que c'était pas un baptême du feu mais un massacre.

Il avait raison, le chef. On s'était mal tenus, n'empêche que, trois mois plus tard, dans les forêts de la Margeride, on a livré le combat à un contre cent, et cette fois-ci dans le bon sens.

J'étais avec Claude dans le premier des soixante camions ; on avait laissé depuis longtemps Vieille-Brioude et l'on grimpait maintenant une route en lacet mais mon frère et moi on chantait encore des marches exaltantes, pas le *Chant des partisans*, bien sûr, il était trop nouveau, pas assez vécu. Ce que je préférais, moi, c'était un refrain de légionnaire, *De Gabès à Tataouine*, qui disait des trucs beaux et forts, genre « On aura pour croix une baïonnette ». Moi, ça me plaisait d'avoir pour croix une baïonnette, mais au bout de la Sten[2], une mitraillette de juif anglais, il n'y avait qu'un trou rouillé pour laisser passer les balles qui partaient parfois toutes seules quand on posait la crosse à terre.

Papa était devant nous, il conduisait une traction avant, peinte en bleu-blanc-rouge avec une croix de Lorraine[3] sur la portière, et il y avait des types allongés sur les ailes qui scru-

---

1. Chars d'assaut de l'armée allemande.
2. Pistolet-mitrailleur anglais, arme légère à tir automatique.
3. Croix à deux branches inégales.

taient les cimes et les ravins. On savait qu'il n'y avait pas d'Allemands dans le coin, n'empêche que tout le monde s'attendait à être attaqué et qu'on chantait pour se donner du courage. À un moment donné, Claude s'était mis à entonner l'*Internationale*[1], et ça avait jeté un froid dans le camion, parce que la majorité des réfractaires qui s'y trouvaient craignaient autant les Russes que les Allemands. Moi je n'y comprenais rien, mais il y avait eu une discussion très dure et très serrée à propos des F.F.I.[2] et des F.T.P.[3] D'après Claude, sans l'avance de l'armée russe, que toutes les familles françaises suivaient en plantant des petits drapeaux rouges sur les cartes de géographie, la montée au maquis n'aurait pu avoir lieu. C'est comme ça que j'ai appris que Claude était membre des Jeunesses communistes, un chef comme papa, mais pas du même bord, même que sa tête avait été mise à prix à Clermont-Ferrand. On lui reprochait d'avoir organisé la Résistance à l'intérieur du lycée Blaise-Pascal. Il avait dix-sept ans, mon grand frère, et je trouvais qu'il se défendait drôlement bien en paroles. Moi, j'avais déjà entendu parler des gaullistes, jamais des communistes et, pour appuyer mon frère, j'ai dit que moi aussi j'en étais un. À vrai dire, je ne savais plus au juste qui j'étais, et où j'allais, mais j'étais près de mon frère et ça me suffisait. À la ferme, on m'appelait « le gars Jacques », « le commis », « le domestique » ; ici, voilà que d'un seul coup je devins « le communiste ».

1. Hymne des communistes.
2. Forces Françaises de l'Intérieur.
3. Francs-Tireurs et Partisans.

Non, je ne savais vraiment pas qui j'étais, et encore moins où j'en étais. Je parlais patois, un dialecte qui va au plus pressé. J'avais les mains calleuses[1], énormes battoirs pleins de verrues, les pieds déformés par le bois des sabots, monstrueux panards plantés de cors et d'œils-de-perdrix[2]. J'avais des muscles à revendre, un sexe tout irrité parce que trop tripoté et des yeux presque bêtes à force de regarder dans le vide des autres. Dans ce camion ils étaient tous eux-mêmes, ils ressemblaient à leur mère, à leur père, à leurs habitudes. Moi qu'est-ce que j'étais ? Domestique ou communiste ? F.F.I. ou F.T.P. ? Fils de mon père ou de l'Auguste ? Frère de mon frère ou du René ? Agriculteur ou boxeur ? Pour Pétain ou pour de Gaulle ? Pendant des années, j'avais chanté à tue-tête « Maréchal, nous voilà » dans les pacages et la farine. Je trouvais ça bien, moi, le travail, la famille et la patrie, c'était tout ce que je n'avais pas, tout ce que je voulais avoir. Oui, je l'avais admiré le vieux moustachu. N'avait-il pas, comme disait l'abbé Gane, sauvé par deux fois la France, à Verdun et à Montoire ? Et qu'est-ce que je faisais, moi, dans ce camion avec des gaullistes, un frère communiste et une mitraillette anglaise dans les mains ? Il disait, l'abbé, qu'à Dunkerque « les Français avaient offert leur poitrine et les Anglais leurs machines », et moi, maintenant, j'étais là avec ma poitrine française et ma machine anglaise à vouloir casser du Boche comme grand-père Léon quand il était à Verdun sous les ordres du Maréchal. Peut-être que je n'arrivais pas à suivre l'his-

1. Pleines de cals, c'est-à-dire, de peaux durcies et accumulées.
2. Cors situés entre les orteils.

toire parce que je ne connaissais pas mon histoire. J'avais caché ma race, mon seul trésor, durant toutes ces années chez des fermiers et j'avais grandi en compagnie du mensonge. C'est le mensonge qui m'avait musclé, déformé les pieds, les mains et l'esprit. Le mensonge, il avait fait de moi un gosse perdu, dépouillé de toute vérité, et maintenant, dans ce camion, entre tous ces gaullistes et ce frérot communiste, je me sentais proprement dépiauté, comme les lapins de mon grand-père. Je me disais, en les entendant discuter de la liberté, qu'il me fallait à tout prix remonter la pente, reprendre du poil de la bête, réapprendre à lire et à écrire. Oui, en écoutant mon frère parler, je me disais que pour retourner les hommes il vaut mieux savoir tenir une conversation que la charrue. Moi, à cause d'une marraine d'amour on m'avait jeté comme une mauvaise graine, sur la terre d'Auvergne, et j'avais poussé tout seul, chardon sans épines, hérisson sans pics, au milieu d'un tas de cactus qui faisaient mal quand ça frottait. On m'avait loué, vendu, échangé contre des saucissons. Fini pour moi « amour toujours, tendresse caresse ». J'avais eu des froids horribles, des gels éternels. Mais, ce jour-là, auprès de mon frère communiste, dans ce camion qui nous montait au front des grandes forêts, avec papa dans sa traction et les Allemands à l'horizon, j'avais commencé à me réveiller. Oh ! je n'étais certes pas le beau au bois dormant ; ça n'est pas un coup de baguette qui m'avait changé, mais un coup d'amour, un terrible coup d'admiration pour ce frérot de Claude qui discutait à l'aise de toutes les choses.

Avec Claude, on s'était mis à parler de la mère, pas de la mère Bongrand, mais de la nôtre, de Pauline, qui vivait à Paris sous Mony et l'Occupation. En traversant Brioude, la nuit passée, juste avant que papa attaque le milicien, j'avais pensé que c'était mieux de tirer un trait sur elle, mais à présent que je me réveillais, j'éprouvais la nécessité d'en faire le tour, une envie de me promener en elle[1], un peu comme si ma mère était ma campagne, ma terre. Oui, j'avais envie de toucher ses branches et ses feuilles, de fouler son herbe. Je me disais que, pour sortir de l'inconnu, il fallait d'abord sortir de sa mère, alors j'ai fait marcher les souvenirs tandis que roulaient les camions.

C'était avant la guerre, entre « Paris-Nouveautés » et la ferme des Bongrand, pendant l'été je crois. Je devais avoir dans les dix ans. Oui, ça devait être l'été parce qu'il faisait chaud et que papa m'avait monté à Massiac[2] toutes vitres ouvertes. Massiac c'est dans le Cantal, à 45 kilomètres de Brioude et à 570 de la rue Myrha où maman vivait à l'hôtel. Elle s'ennuyait de nous, alors elle avait écrit au père pour qu'il organise une entrevue. C'est lui qui avait choisi Massiac, un terrain neutre avec changement de train à Clermont-Ferrand. D'abord, il avait monté Claude et Évelyne et attendu que la visite soit terminée pour les ramener à la maison. Mon tour étant venu, il m'avait laissé devant l'hôtel Terminus, place de la gare, et il était reparti parce que ça

1. Image pour un improbable retour dans le ventre maternel et un désir de refaire connaissance avec sa mère qu'il a si peu connue.
2. Ville du Cantal située à la lisière du Puy-de-Dôme.

arrangeait Marraine qui avait besoin de respirer quelques jours sans moi.

Ma mère était allongée presque nue sur son lit. J'avais pourtant frappé avant de pousser la porte de la chambre et je n'en revenais pas qu'elle ait dit : « Entrez. » J'aurais pu être le garçon d'étage ou n'importe qui, et la voir ainsi presque nue, presque endormie. Elle a ouvert ses bras, maman, et elle m'a dit d'approcher. Je me suis approché et elle a refermé ses bras sur moi qui aurait pu être le garçon d'étage ou n'importe qui. Elle était très blanche et très propre, elle avait deux très gros nichons qui sentaient l'eau de Cologne, avec deux gros tétons marron, moins gros et moins marron que la tache d'envie qui lui décorait le cou. Moi, j'avais fourré ma tête contre sa poitrine un peu gêné, un peu troublé, étranglé par ses bras qui avaient déjà serré papa, Julio et Moretti et plein d'autres hommes et j'avais entendu battre son cœur dans mon oreille. Son cœur c'était mieux que la mer, mon oreille mieux qu'un coquillage. J'étais resté longtemps contre elle, m'enivrant de son odeur, de sa chaleur, et puis, sous mon oreille, son cœur s'était mis à battre plus fort et sa poitrine à se soulever. Ça faisait plein de vagues, tant et tant de remous et de tempêtes dans la poitrine de ma mère que l'eau a fini par couler de ses yeux sur moi. Elle pleurait, ma mère, elle pleurait, elle m'appelait « son petit Jacquot », « son grand chéri ». Elle me demandait pardon et pitié et je ne sais quoi, de la comprendre, de l'aimer, de penser toujours à elle. Elle disait qu'elle souffrait de ne pas nous avoir auprès d'elle, que sa vie était un enfer, un néant et que mieux valait la mort que cette existence-là. La mort, moi je ne savais pas encore ce que c'était, mais j'ai dit que c'était bête de mourir car on ne pourrait plus jamais se revoir. Elle s'était levée pour aller jusqu'au lavabo se tamponner les yeux d'eau fraîche. Elle était en combinaison noire et sous le noir, dans la lumière, je voyais ses fesses toutes blanches. Elle ne portait pas de culotte, ma mère, elle était bien trop belle pour se cacher. Pendant qu'elle se tamponnait les yeux, elle s'était mise à me raconter son dégoût pour mon père. Moi, je ne disais rien, je l'écoutais, je savais que ça lui faisait du bien de parler en rafraîchissant ses yeux gonflés. Je revoyais papa la traîner par les cheveux de pièce en pièce ou la menaçant d'un revolver, et même tirant à bout portant sur l'oreiller, ou bien visant des tableaux, des objets. Rien ne l'arrêtait, le père, ni les cris de sa femme ni ceux de ses enfants. Peut-être savait-il ce qu'il faisait, peut-être qu'il n'était pas si enragé que ça. Après tout, il tirait partout sauf sur ma mère. Une fois, pourtant, il a retourné l'arme contre lui et s'est fichu une balle dans l'épaule. Il y avait eu du sang plein son pyjama et il était tombé à la renverse sur le lit les bras en croix. On s'était tous précipités vers lui et on l'avait entendu murmurer : « Je suis mort, je suis mort. » Ça me semblait extraordinaire qu'un mort puisse parler, mais pendant que je regardais mon père mort et ma mère à genoux comme écrasée par la fatalité[1], Claude était déjà au téléphone et réclamait une ambulance. Papa avait dit au docteur qu'il nettoyait son revolver et que le coup était parti

1. Destin qui est nécessairement désastreux.

tout seul. J'avais regretté que papa se soit raté. Ça m'aurait bien plu d'être orphelin, d'être consolé par les voisins, les amis, les passants. La tendresse, à cette époque, je l'aurais prise n'importe où et n'importe comment, tellement j'en avais besoin.

Dans cette chambre d'hôtel de Massiac, j'écoutais ma mère parler de sa vie avant qu'elle nous mette au monde. Bien sûr qu'elle avait songé à le quitter, son mari, mais les familles n'auraient pas laissé faire. Les familles, elles avaient organisé les fiançailles, le mariage et même le voyage de noces. Et puis comment et quoi leur expliquer ? Quelle preuve pouvait-elle apporter ? Quelle cicatrice pouvait-elle montrer ? Oui, j'écoutais ma mère qui se parlait toute seule devant la glace du lavabo de l'hôtel Terminus, et je me voyais avec ma femme, nus et sereins, attablés en face d'un grand plat de spaghetti bien chauds, qu'on mangeait avec la même fourchette. Oh maman ! pensais-je, comme le bonheur est simple. Mangeons des nouilles et taisons-nous ! Mais maman ne se taisait pas, elle était venue pour parler à ses enfants, se justifier et puis aussi les regarder, les toucher, les interroger. Maman, elle voulait absolument que je sois malheureux, Claude le lui avait peut-être dit, oui sûrement Claude et Évelyne, que ça n'allait pas entre Marraine et moi. Le frère et la sœur, ils avaient raconté tout ce que je ne voulais pas lui dire et j'avais eu un mal fou durant ces deux jours de mère à les contredire. J'avais dû faire le pitre, amuser maman avec des réflexions drôles, mettre de la gaieté dans ma voix, de l'insouciance dans ma tête. Ça n'avait pas été facile, parce que maman était aussi intelligente que malheureuse, mais je crois avoir réussi à la duper. On était allés faire une promenade en forêt, elle avec ses talons hauts, et son grand sac à main plein de mystère, moi avec mes cheveux rouges et mes culottes courtes, trop courtes. C'étaient celles que Claude portait deux ans auparavant, pareil pour les souliers et les pulls et les slips. J'étais habillé de Claude depuis ma naissance. Ça ne me gênait pas vraiment, mais j'aurais bien aimé avoir quelque chose de neuf de temps à autre. Donc, on avait été en forêt de Massiac avec maman et, comme elle recommençait à me poser des questions sur les brimades[1] de Marraine et les torgnoles de papa, je m'étais mis à faire le train, zigzaguant entre les arbres sans oublier les coups de sifflet de la loco et les tchoutchoutchoutchou des roues sur les rails. Des heures, elle avait duré, ma comédie du train. J'en avais plein les jambes, mais maintenant maman savait que je n'étais pas un enfant malheureux. N'empêche que le soir même, au restaurant de l'hôtel Terminus, j'avais fait la gaffe. On était attablés tous les deux. Elle, habillée d'une robe imprimée légère comme l'air de la forêt, très belle et très brune avec son grand nez qui en imposait au garçon, moi toujours en culottes courtes, trop courtes. On tenait chacun un menu et j'en avais l'eau à la bouche de toutes ces bonnes choses qu'on mangeait parfois à la maison, enfin que papa et Marraine mangeaient. Elle était là, ma mère, à me dire : « Allez, choisis, mon Jacquot chéri », et quand elle disait une phrase aussi longue, ça prenait bien trois minutes à cause de son bégaiement. Je n'arri-

1. Humiliations.

vais pas à choisir entre les « ou » ceci et les « ou » cela. Il y avait toujours un « ou » entre chaque plat, et j'avais trop faim pour lire et trop envie de tout. Elle m'énervait avec son « choisis », « choisis », alors brusquement j'ai dit : « Est-ce que je peux tout prendre ? »

Elle m'a regardé, ma mère. Elle était venue de loin pour me voir, eh bien, cette fois, elle me découvrait.

J'avais mal à l'estomac à force de baver sur le menu, des vraies crampes, de la vraie bile. Je regardais ma mère qui me regardait. Elle a dit : « J'aurais peut-être pas assez d'argent pour tout. » Elle avait dit ça devant le garçon qui attendait debout en nous regardant, et j'ai eu honte d'être le fils d'une pauvre. J'ai dit très vite que la moitié des « ou » me suffirait. D'habitude, quand un enfant a de l'appétit, ça fait plaisir à la maman, mais ma mère à moi elle en avait gros sur le cœur de voir son gosse affamé. Quand les artichauts sont arrivés sur la table, elle s'est de nouveau mise à pleurer. Les artichauts pourtant n'étaient pas seuls, ils venaient avec les « ou » des concombres et les « ou » des radis, seulement les artichauts, à ma mère, ça lui rappelait le jour où elle était partie pour toujours.

On avait passé la nuit ensemble, dans le même lit. J'osais pas me déshabiller devant elle, à cause de mes poils qui poussaient eux aussi tout rouges, mais la mère, elle s'en foutait de ma pudeur. J'étais son fils et je ne devais pas faire une histoire de ma nudité. Elle m'a ôté elle-même ma chemisette, mes culottes courtes et mon slip. Elle m'examinait avec son grand nez, maman, et ses yeux très noirs et moi j'étais là, devant elle, fils étranger en chaussettes et en sandales avec mon air d'émigré et ma quéquette de juif parfaitement catholique. Elle a posé une main à plat sur ma tête et de l'autre, elle m'a fait tourner lentement de façon à ne rien perdre de moi. J'avais le cœur tout chaviré d'être ainsi nu sous le grand nez de ma maman qui flairait mes défauts. Elle m'a fait tourner comme ça deux ou trois fois sur moi-même, et elle avait pris ma quéquette entre ses doigts, essayant en vain de la décalotter. Elle avait dit : « Toi, mon garçon, tu auras des ennuis plus tard. Faudrait te faire circoncire. » Elle avait raison ma mère, ma quéquette me piquait, elle me démangeait sous la peau. Elle m'avait emmené près du lavabo et montré comment faire pour la nettoyer. Oui, elle s'y connaissait drôlement en quéquette, ma mère. Pendant qu'elle savonnait, je m'étais mis à bander dans ses doigts et j'avais demandé pardon. C'était la deuxième fois qu'une femme me lavait ; la première, c'était à Vaucresson, juste après que maman nous avait quittés, et je m'étais mis à gonfler dans la main de la voisine qui nous douchait, Claude et moi. La voisine avait ri en me donnant une tape sur les fesses, mais ma mère préféra m'expliquer. Elle disait que c'était un phénomène naturel, que je ne devais pas avoir honte, être plutôt fier d'avoir une quéquette qui marchait aussi bien. Elle m'avait demandé s'il m'arrivait de me la toucher en pensant à des choses, et j'ai répondu fièrement que ça m'était arrivé très souvent à Melun et aussi rue de Rome en pensant à Marraine. Elle avait froncé les sourcils, maman, et dit qu'il ne fallait pas le faire trop souvent parce que ça n'était pas bon pour le cœur. Moi, je ne voyais pas très bien le rapport entre ma quéquette et mon cœur, mais j'avais promis de ne plus le faire.

Une fois ma quéquette lavée et redevenue normale, elle avait continué à m'examiner en disant que j'avais l'omoplate de papa. Elle n'aimait pas cet os proéminent sous l'épaule et elle me le reprochait avec une telle insistance que j'ai fini par lui lancer que c'était pas moi qui avais couché avec papa. Elle s'était mise au lit en colère et moi, pelotonné dans un coin presque à cheval sur le vide, je me disais que je n'aurais pas dû venir la voir parce que maintenant ma tête était pleine de choses nouvelles qui me troublaient et que j'avais l'estomac dérangé par tous les « ou » du menu, et aussi par l'omoplate de papa et par tout ce qu'il lui avait fait subir durant la nuit de noces. J'étais en train de me dire tout ça, quand j'ai senti les bras de maman qui m'agrippaient, qui m'attiraient vers elle. Alors, je me suis laissé aller comme un bébé qui aurait froid, et maman m'a bercé dans le lit qui craquait, et l'on s'est endormis tous les deux, elle avec son sein contre l'omoplate de papa, moi avec sa main dans la mienne, nos doigts mêlés, agrippés comme si on savait déjà que la guerre allait éclater et nous séparer pour très longtemps.

On venait de traverser Chanteuges, et l'on avait vu les gendarmes au garde-à-vous devant leur gendarmerie. Ils sentaient le vent, les gendarmes, le vent et les emmerdes. Maintenant, les camions suivaient la traction de papa qui s'engageait sur la route de Pebrac. Dans une heure, on allait arriver à Chamblard. C'est là que les chefs de papa, des gros pontes[1] de l'Armée secrète, nous attendaient. Soudain, alors que l'on était dans un lacet très raide, une rafale venue du ciel avait cloué la colonne. Panique à bord. Boches ou milicos ? C'est le sauve-qui-peut, le chacun pour soi. On dégringole des camions et on commence à tirailler à l'aveuglette dans les fourrés et la rivière, dans les nuages et le ciel. Papa, coincé dans sa bagnole, tire à travers le pare-brise et les gars qui étaient couchés sur les ailes le sont maintenant dans les fossés. Claude et moi, on se dit que le père va se faire flinguer, mais voilà que d'en haut, de derrière un rocher, apparaît le drapeau des F.F.I. et, sous le drapeau qui flotte au vent, trois gars qui descendent vers nous en se marrant. Ils se tiennent les côtes de rire avec leurs fusils-mitrailleurs et, tandis qu'ils s'approchent, tous les nôtres qui étaient descendus des camions sortent de leur planque en même temps que papa de sa traction. C'était les corps francs de Judex qui avaient décidé de nous faire une blague. Un baptême du feu, quoi ! Le père, il était partagé entre la colère et l'admiration. L'un des corps francs avait dit : « On voulait voir si vous aviez des couilles au cul. » Pour voir, ils avaient vu. C'était pas la peine de répondre. Parmi les trois maquisards qui venaient de stopper notre marche triomphale, il y avait un ancien de la L.V.F.[2] pris au combat par Judex. Au lieu de le tuer, il en avait

---

1. Personnes importantes.
2. Sigle du mouvement des volontaires français contre le bolchevisme, créé en 1941. Il combattit sur le front soviétique avec l'armée allemande à laquelle il s'était intégré.

fait un tueur. C'était un intrépide[1], une tête brûlée et en regardant papa, il s'était mis à dire que le courage n'était pas la qualité première des juifs. Des juifs, il y en avait peut-être une trentaine dans notre convoi, mais aucun d'eux n'avait moufeté. C'était pas le courage qui leur manquait, mais la surprise qui les laissait sans voix. Ces juifs, ils montaient au maquis pour se battre contre les antisémites et qu'est-ce qu'ils rencontraient sur leur route : un ancien de la L.V.F. qui avait bouffé du Russe et qui continuait, malgré sa reconversion, à taper sur les juifs. Oui, il y avait de quoi être surpris par les méthodes de certains chefs et Claude buvait du petit-lait[2] au milieu de nos frères d'armes gaullistes. Il disait, Claude, qu'un tel micmac ne se serait jamais produit chez les F.T.P. et qu'à la première occasion, il allait quitter le maquis du père.

Par la suite Claude avait eu plein de conversations avec papa. L'important, pour le père, c'était de mener le combat contre les Allemands et contre son penchant qui était aussi le nôtre : une vraie peur de mourir et la même peur de tuer. Papa, il disait qu'il nous fallait remonter le cours des siècles et prouver au monde qu'on était des hommes comme tout le monde. Claude, il était d'accord avec papa sur le fond et sur le présent, mais il pensait qu'il fallait combattre les Allemands pas seulement avec des bazookas ou des grenades mais aussi avec une option politique. À dix-sept ans mon frère aîné voulait préparer l'avenir de la France, et cet avenir il le voyait communiste. Le père évitait

1. Courageux, qui ne craint pas le danger.
2. Prenait un grand plaisir.

de trop contrarier Claude. Peut-être pensait-il que son fils avait raison. Il lui disait de ne pas s'agiter, de laisser faire le temps, qu'il fallait que mûrissent les idées. Sans le savoir, papa parlait comme un Chinois mais, ce qu'on savait, Claude et moi, c'est qu'il tenait à nous garder près de lui pour qu'on soit là, tous les trois à se protéger mutuellement, tous les trois à survivre ou à mourir ensemble, et cette idée-là elle était drôlement ancrée dans sa tête.

Moi, au fur et à mesure que je m'éveillais – et c'était rudement difficile de sortir de mes ténèbres –, je ressentais confusément qu'il me faudrait un jour ou l'autre m'éloigner à la fois de mon père et de mon frère. J'avais trop longtemps vécu seul pour subir des influences ou recevoir des ordres. Au moulin, c'était moi, les derniers temps, qui commandait Auguste et, s'il n'y avait pas eu l'histoire de la vache, je serais devenu sans aucun doute un très grand meunier. Au maquis, je devais non seulement obéir à papa et aux différents supérieurs qui décidaient de la stratégie, mais encore à Claude qui m'imposait, pas méchamment mais continuellement, son droit d'aînesse[1]. Oui, plus j'avançais dans la liberté, plus je me sentais diminué, et c'est pourquoi, l'idée de me séparer d'eux pour livrer mon combat seul contre tous faisait son chemin en moi.

Le groupe de maquisards que commandait papa était cantonné au château de Chamblard, pas très loin du mont

1. Droit de l'aîné sur les autres enfants à hériter.

Mouchet. Nous, on devait être dans les cent cinquante, mais tout autour du château et partout dans les montagnes et les forêts, il y avait d'autres unités, avec lesquelles on gardait la liaison. Paraît qu'on était près de deux mille et il ne se passait pas de jour sans qu'un commando[1] ne fasse un coup de main contre les installations ferroviaires, les ponts – qu'on appelait « les ouvrages d'art » –, les gendarmeries, les Chantiers de Jeunesse ou les sièges de la milice. Quand le commando avait fait son coup en plaine, il se repliait en vitesse avec ses blessés et ses histoires à raconter. Toutes ces actions, auxquelles le groupe de papa n'avait pas encore pris part sous prétexte qu'on était pas encore assez entraînés, énervaient considérablement les Allemands qui ramenaient des troupes d'Afrique en prévision d'un débarquement en Normandie. Nous, on prenait nos ordres à Londres et les Allemands à Berlin, mais chaque camp avait son spécialiste radio qui décodait les messages de l'autre, si bien que Londres et Berlin en étaient arrivés à envoyer de faux ordres et que tout ça prêtait vachement à confusion. Heureusement que papa nous réunissait très souvent, disant qu'il fallait se tenir prêts moralement et physiquement, parce qu'on allait faire mouvement de masse sur l'ennemi d'un jour à l'autre.

L'ennemi, dans la compagnie de papa, on ne l'avait pas encore vu, mais on en parlait tellement que j'avais l'impression qu'il était derrière chaque tronc d'arbre. Une nuit que j'étais de

---

1. Plusieurs combattants chargés d'exécuter une opération rapidement.

garde avec mon fusil canadien pendant que les autres dormaient ou jouaient à la belote, j'avais cru voir l'horizon bouger. Mon horizon, c'était un carré de blé entouré de bosquets, eux-mêmes entourés de barbelés qui devaient, en principe, et en piquant, retarder l'avance de l'assaillant. On n'avait pas piégé les barbelés pour éviter que les copains des autres maquis ne se fassent ratatiner par nos grenades, et c'est pourquoi le guetteur devait donner l'alerte en tirant trois coups en l'air. Moi je voyais que ça bougeait là-bas, en plein dans le champ de blé, mais je ne me résignais pas à tirer parce que le mouvement n'avançait pas et que j'avais peur d'être pris pour un idiot, peur de réveiller l'arrière à cause d'une hallucination. C'était peut-être des Allemands qui n'osaient pas s'approcher ou bien des gars de chez nous qui attendaient le jour pour s'y retrouver, ou bien un sanglier, une chèvre ou je ne sais quel animal qui s'empiffrait de tiges vertes. C'était peut-être aussi que j'avais peur de déclencher la guerre à moi tout seul ou tout simplement peur de tirer et de me faire tuer. Alors, dans cette nuit de demi-lune où la fraîche continuait à tomber et les branches à craquer et ma poitrine à retenir sa respiration, je m'étais mis à me traiter de lâche, et j'avais osé avancer en rampant sous les barbelés et sous les blés. J'étais maintenant à quelques mètres d'eux et je les entendais. Ah ! les salauds, ils s'en donnaient du bon temps dans les blés ! J'entendis leurs voix jeunes et leurs baisers d'amour et les « han » et les « eh » et leurs cris quand ils s'enfonçaient l'un dans l'autre et la panique de la fille quand le type se retirait pour mieux la percer de nouveau. Je les voyais, lui avec son brassard à croix de Lorraine et ses fesses toutes blanches sous la demi-lune, elle avec ses cuisses par-dessus ses épaules à lui et son brassard à croix rouge sur sa manche d'infirmière. J'ai écouté tant que j'ai pu et j'ai fait demi-tour sur leur bonheur avec mon fusil et ma joie et mon sexe que j'écrasais en rampant. Lui, je n'avais pas pu le reconnaître ; mais elle, ce corps médical qui fauchait le plaisir comme une Massey Harris[1], c'était Josette la piqueuse, Josette l'infirmière, Josette la trousse d'urgence.

J'étais revenu à mon poste et, là-bas, l'horizon bougeait toujours. Alors, dans cette nuit de demi-lune où la fraîcheur continuait à tomber et les branches à craquer et la Josette à faucher, j'ai respiré leur vie et leur amour à plein nez et j'ai ouvert ma braguette de maquisard et je me suis caressé longtemps, longtemps, en pensant à la Josette, là-bas, qui faisait mouvement dans les blés.

Derrière moi, quelqu'un s'était mis à tousser et j'avais sursauté, laissant le plaisir en panne sur le bord de ma main. C'était Pradier, un métalo d'Issoire, qui venait me relever. Pradier il avait toussé pour m'avertir de sa présence mais maintenant, il faisait le malin :

– Tu te tapes sur la colonne ou quoi ?

C'était la première fois que j'entendais cette expression, et j'étais parti sans répondre, et sans lui dire que ça bougeait là-bas dans les blés.

1. Marque de machines agricoles.

Un peu plus tard, on avait entendu les coups de feu de Pradier et toute la compagnie, au signal de la sentinelle, s'était ruée à l'attaque. La Josette, qui était déjà les jambes en l'air, avait levé les bras et tous les attaquants s'étaient mis à rire de soulagement. Comme c'était défendu de s'aventurer la nuit hors du périmètre autorisé, papa avait blâmé les amoureux et passé un drôle de savon à Pradier qui aurait pu alerter, en supposant qu'elle soit dans le secteur, toute l'armée allemande, pour une simple histoire de cul.

Le lendemain, j'ai su que Pradier s'était vengé, parce que tous les gars de la compagnie m'avaient surnommé « Colonna », c'est-à-dire celui qui se tape sur la colonne. Tout le monde avait ri de moi, et même Claude et papa ; mais, pour me consoler, Claude avait dit que « Colonna » c'était aussi le nom d'une grande famille italienne qui avait mis au monde des papes, des cardinaux et des militaires. Il était gentil, Claude ; n'empêche que, moi, je n'étais pas italien, mais juste un petit juif rouquin qui se tapait sur la colonne, tout ça parce que je n'avais pas osé tirer sur l'horizon qui bougeait. Nos chefs, eux, ils s'appelaient Judex, Cobra, Tarzan ou Œil de Lynx. C'étaient des noms qui leur venaient de Londres ; le mien me venait du sexe. Ça leur arrivait peut-être bien, à nos chefs, de se « taper sur la colonne », mais personne n'était là pour cafarder.

Les gars de la compagnie s'étaient massés dans la cour du château. Certains se parlaient, s'examinaient de l'intérieur, tandis que les obus de mortier claquaient du côté du mont Mouchet. Certains, au contraire, soignaient leur extérieur. Ils se faisaient raser ou couper les cheveux par des coiffeurs improvisés, d'autres se lavaient les pieds ou les fesses dans un abreuvoir de pierre. L'eau coulait fraîche et pure et tous autant qu'on était, on pensait à nos copains engagés depuis la matinée dans la bataille du mont Mouchet. L'ordre était venu d'Angleterre en même temps que le débarquement, alors nos gars s'étaient portés au-devant d'une division allemande en route pour le lointain front et ces Allemands qu'on avait empêché d'aller tout droit, ils s'étaient mis à tourner en rond et autour de nous.

Notre groupe faisait partie de la réserve. Suspendu à sa radio de campagne, papa suivait le déroulement des opérations et tous, ceux qui s'examinaient de l'intérieur et ceux qui s'arrangeaient de l'extérieur, on savait que notre sort dépendait des premières lignes.

À sa radio, papa était de plus en plus pâle et, déjà, dans la cour du château, les blessés arrivaient par dizaines ; ils avaient marché en boitant, en trébuchant, en perdant leur sang et leurs armes. C'étaient des vrais blessés, presque des morts, avec leur mouchoir pourpre noué autour du front, avec leur chemise collée aux plaies comme l'humeur aux paupières. Il n'y avait pas de médecin au château, ni d'antenne chirurgicale, pas de plasma[1] ni de sérum, juste Josette l'infirmière, avec son corps médical

1. Sang.

excitant qui passait de l'un à l'autre en désinfectant pour la forme. Papa avait donné l'ordre aux blessés de décrocher vers l'arrière. Pour eux, l'arrière ça voulait dire la maison, trois ou quatre jours de marche forcée jusqu'au village, jusqu'à la ville. L'arrière, ça voulait dire arriver clandestinement chez soi et s'y terrer jusqu'à la guérison. Avec Claude, on les regardait, ces blessés héroïques, on remplissait leur gourde d'eau ou de gnôle, c'était selon leur volonté, d'autres fabriquaient des attelles[1], des brancards, et on allait tous de plus en plus vite à remplir, à fabriquer, parce qu'il en arrivait de plus en plus avec la fusillade qui se rapprochait et que tous autant qu'on était, les intérieurs, les extérieurs, étions promis à d'héroïques blessures. Les Allemands, on ne les voyait pas encore, mais on les devinait qui se rapprochaient du château. Alors, tout à coup, papa avait laissé tomber sa radio de campagne et il avait crié en nous regardant, Claude et moi et tous les autres qui étaient sous ses ordres et sous le coup de l'émotion : « En avant, les enfants, on attaque ! » Il n'y avait pas eu de clameur comme au cinéma, et l'on était pas partis en courant derrière le chef. Non, on y avait été simplement, parce que, tout simplement, il fallait y aller. Il n'y avait plus de gaulliste, ni de communiste, ni de Colonna, plus de dissension, plus de vexation. Ça y était, on était des combattants.

On s'était mis à plat ventre à la lisière de la forêt avec papa

---

1. Planches de bois qui servent à maintenir rigide un membre fracturé.

au milieu de nous, son Claude à gauche, son Colonna à droite, et tous les autres déployés en éventail pour faire un feu nourri. Les Allemands, ce coup-là, on les voyait, dans leur uniforme vert-de-gris qui couraient sur nous tout joyeux, comme si on était là pour leur offrir un cadeau. J'entendais la voix de papa qui disait d'attendre encore un peu pour tirer et je me disais que c'était pas possible de mourir sans avoir fait l'amour. J'avais le doigt sur la détente et aussi la trouille au ventre que mon étoile se mette à filer, mais soudain les Allemands ont entendu ma prière. Arrivés à trois ou quatre cents mètres de nous, pris de pitié pour ce petit juif qui n'avait pas encore baisé, voilà qu'ils changent de cap et de stratégie et qu'ils se ruent sur le château qu'on venait de quitter. On s'est regardés, papa et Claude et tous les autres en éventail. On n'en revenait pas d'être toujours en vie, à plat ventre sur la terre, alors papa a soupiré en disant que, nous autres, les maquisards, on n'était pas faits pour se battre en ligne à un contre cent. Il a dit, papa, qu'on était faits pour le harcèlement, pas pour la tranchée, et comme on pensait comme lui tous autant qu'on était, on a été bien contents de décrocher.

Moi j'avais décroché pendant le décrochage. Je m'étais arrêté pour poser ma culotte dans une grange incendiée qui fumait encore, et j'avais poussé au son du canon en regardant s'éloigner Claude et papa et ceux de la compagnie qui se dispersaient. Cette grange, avec son toit écroulé, elle me rappelait la nuit que nous avions passée, le René et moi, à discuter de l'âme et des étoiles. Le René, à cette heure, il était sous terre, à moitié dévoré par les vers et la combustion. J'ai chassé cette idée et tandis que je remettais mon pantalon, j'ai vu là-bas, au loin, mon frère qui se retournait. Il était tout seul sur fond de sapins et les mains en porte-voix il appelait : « Jacquot ! Jacquot ! » J'ai traversé le pré en courant. Je me trouvais con comme une balle perdue. Je me disais que mon étoile pouvait bien se mettre à filer à cause de toutes les vraies balles qui sifflaient autour de moi, et puis j'ai pris mon frère par le bras et on s'est planqués sous les grands arbres centenaires. Au-dessus de nous planait un « mouchard » à croix gammée[1] et cette présence de mort laissait peu de temps pour la discussion. J'ai dit à Claude que je ne voulais plus les suivre, papa et lui, et que j'allais partir de mon côté à la recherche d'un autre maquis. Il m'avait regardé avec ses grands yeux bleus, ce frère communiste, et puis il avait commencé à me raisonner, mais comme tout, dans cette forêt, était déraisonnable, rien de ce qu'il me disait n'avait d'importance. C'était comme si j'avais déraillé de lui et je n'arrivais plus à m'y rattacher. J'aurais voulu lui expliquer, à Claude, que je me sentais coincé entre le père et lui, que je ne supportais plus qu'on me donne des ordres, des conseils, des surnoms. Je voulais lui expliquer, à Claude, en marchant sous les arbres centenaires abandonnés de leurs oiseaux, que j'avais besoin d'être seul pour comprendre ce que je voyais. Lui expliquer, à mon frère, que ça cognait de partout dans ma tête qui n'arrivait pas à assimiler.

1. Croix des S.S. dont chaque branche a la forme d'un gamma majuscule.

Moi, je savais que la tête des hommes, c'était comme l'estomac des vaches, que les idées nouvelles, c'était comme la luzerne fraîche et que ça faisait gonfler jusqu'à l'éclatement. Oui, je voulais lui dire tout ça, à mon frère, pendant que le mouchard tournait au-dessus des arbres centenaires, mais je ne trouvais pas les mots, ni le ton ni la gentillesse. Devant son air intelligent, j'avais pris mon air buté. Je regardais par en dessous en le prenant de haut. Un vrai péquenot, quoi ! Tout ce que je savais faire, c'était ressentir. Oui, pour sûr que je ressentais. Il y avait du chagrin plein la forêt, du chagrin plein les branches des arbres centenaires et, entre mon frère et moi, une gêne aussi épaisse qu'un sang caillé. Du chagrin, une gêne, et un amour réel. Oui, je peux dire que ce jour-là j'ai décroché de mon frère par amour. Ah ! pour sûr que je le ressentais ce chagrin centenaire, cette gêne de sang caillé, cet amour de toujours, cet orgueil d'amoureux !

Au début de nos retrouvailles, j'avais été le gagnant, l'épateur. J'étais celui qui venait de loin, qui arrivait avec ses sabots et ses gros battoirs, avec ses histoires du fond des âges qui faisaient frémir mon frère aîné parce que, lui aussi, on avait essayé de le placer, oh ! pas longtemps, juste des vacances, dans un village de montagne, chez des gens qui s'appelaient Depoux. Claude, il avait eu peur des boucs et des taureaux, peur des Depoux et de leurs silences. Cela faisait vingt ans qu'ils ne se parlaient plus. Ils se passaient des bouts de papier sur lesquels ils écrivaient : « Passe-moi le sel », ou alors : « Merde, t'es pas encore crevé. » Claude, il avait eu si peur de cette sauvagerie, des cochons et de la cochonnerie, des chiens et de la chiennerie, qu'il s'était mis à crier au secours jusqu'à ce que papa revienne le chercher. Il n'était resté qu'une ou deux semaines à la ferme ; moi, des années, et c'est pour ça qu'il m'aimait. J'avais tenu le coup et forcé son admiration. Mais maintenant, Claude, il me connaissait par cœur, il s'était habitué à moi, et il était redevenu le frère aîné qui jugeait. Peut-être même qu'il me trouvait bête. Je ne pouvais pas supporter cette idée et c'est pourquoi, ce jour-là, dans la forêt où rôdaient les Allemands, où râlaient nos blessés, je l'avais planté là, laissé seul avec papa et les autres qui se repliaient. J'ai su plus tard qu'il était parti, de son côté à lui, rejoindre ses amis F.T.P. du lycée dans un maquis du Cantal. Ils avaient coincé un convoi allemand qui s'engageait dans le tunnel de Saint-Jacques-des-Blas. Mais derrière ce convoi paumé dans le noir, il en venait un autre en pleine lumière ; alors, la bataille avait fait rage tout l'après-midi sur les contreforts escarpés et mon frère avait vu mourir ses meilleurs copains, à ses pieds, dans ses bras.

BIEN LIRE

CHAPITRE 8

- **P. 204 : Quelle est la meilleure méthode, selon le narrateur, pour « retourner les hommes », les faire changer d'avis ?**
- **P. 202 à 204 : Jacques fait un retour sur sa dure vie. Quel est l'acte magique qu'a accompli son frère sur lui ?**
- **P. 205 : Quel âge a l'enfant quand il revoit sa mère ?**
- **P. 208 : Pourquoi la mère du narrateur n'a-t-elle pas pu divorcer ?**
- **P. 223 : Pourquoi ne peut-il pas expliquer à son frère qu'il ne veut plus les suivre ?**

9

Rien ne m'arrêtait, ni le « mouchard » qui tournait toujours, ni les blessés qui demandaient à boire, ni les S.S. qui dressaient des embuscades pour récupérer les fuyards. Je marchais, hagard et fou, et en marchant j'apprenais à être libre, à être moi. J'avançais léger à travers les forêts et les représailles, avec mon fusil canadien sur l'épaule et ma musette au bout du canon qui faisait baluchon. Je ne connaissais pas la région ni l'orientation, peut-être même que je tournais en rond, mais l'important c'était d'attendre la nuit parce que, la nuit, il y a des étoiles et que les étoiles, quand elles ne filent pas, ça sert à se diriger.

J'étais déjà loin de la fusillade et des villages incendiés. Le mouchard était parti et il y avait de nouveau des oiseaux sur les branches et aussi, juste devant moi, un jeune gars adossé contre un arbre et qui cassait la croûte. C'est comme ça que j'ai rencontré Bisson. C'était un autre moi-même qui avait décroché du mont Mouchet et qui cherchait à se recaser dans un autre maquis. Il était exactement comme moi, roux avec des taches de rousseur et un fusil canadien, sauf que lui n'était pas juif, mais c'était pire encore, parce qu'il avait vécu à l'Assistance publique. On a marché longtemps tous les deux, au moins cinq ou six jours, nous arrêtant pour manger dans les fermes, et quand on ne voulait rien nous donner, on menaçait de nos fusils les femmes et les enfants. Bien sûr qu'on n'était pas sérieux, mais nous étions les seuls à le savoir. Comme ça devenait dangereux de se balader avec des fusils et qu'on n'était pas vraiment décidés à retourner au maquis mais plutôt enclins à[1] se payer un peu de bon temps, on a enterré les fusils et fait du stop sur une nationale. On était là à attendre que passe un gazo ou même un attelage, quand on a vu arriver un convoi allemand. Bisson, gonflé, avait levé le pouce et le camion s'était arrêté pour nous prendre. Assis entre les Allemands qui avaient l'air fatigué, on s'était nous aussi laissé envelopper par le sommeil, si bien que dans la soirée on nous avait réveillés et débarqués dans une grande ville. C'est comme ça qu'avec mon copain Bisson on s'était retrouvés à Clermont-Ferrand. Ça nous avait tellement bien reposés de faire ce voyage en camion allemand que Bisson s'était mis dans la tête de m'emmener au bordel. Lui, il avait déjà fait l'amour avec sa patronne, une fermière dont le mari était prisonnier. Il savait que j'étais puceau et ça l'amusait de me faire, comme il disait, « dégorger l'escargot ». Il connaissait plein d'expressions bizarres, Bisson, tout un tas de phrases terriblement directes qui semblaient avoir poussé dans la terre parmi les légumes. Il disait qu'avec les putes on pouvait « leur mettre le poireau dans l'oignon » ou « se faire brouter la tige », et même « lécher leur abricot ». Moi, les putes, je les craignais encore plus que les Allemands, et pour rien au monde je n'aurais voyagé avec elles dans un camion. J'ai essayé de tempérer[2] Bisson, disant qu'on

---

1. Disposés à.
2. Calmer.

pouvait attendre un peu, juste le temps que je m'y fasse, que je m'y prépare. Il avait éclaté de rire, mon copain des grandes forêts et, après avoir bien ri et bien juré, il avait commencé à m'expliquer que la queue de l'homme c'est un peu comme un cheval qui sent l'écurie, et qu'il faut la laisser trouver le chemin toute seule. Il avait dit aussi qu'un puceau ça fait con et que les putes n'aiment pas les cons.

« Les putes n'aiment pas les cons », cette phrase me trottait dans la tête tandis que je traînais derrière Bisson qui se dirigeait au flair vers le quartier des bordels. Mais, l'amour, il était dit quelque part que je n'allais pas encore le faire.

Il y avait deux types qui nous suivaient depuis un moment, qui nous suivaient et qui nous dépassaient, qui nous regardaient en insistant tellement que Bisson s'était arrêté pour demander s'ils voulaient notre photo ou quoi ? Les deux types, ils nous ont encadrés, ils ont sorti leurs revolvers et dit : « Milice, papiers ! » Des papiers, on n'en avait ni l'un ni l'autre, mais ce qu'on avait en commun, lui et moi, mis à part nos cheveux rouges et notre enfance, c'était nos pull-overs kaki[1], de l'armée anglaise, parachutés le mois dernier dans la Margeride.

C'est comme ça qu'au lieu d'aller au bordel me faire dépuceler, je me suis retrouvé roué de coups au siège de la Milice, place de Jaude[2], à Clermont-Ferrand, pas très loin du lycée Blaise-

1. Couleur vert-brun des vêtements militaires.
2. Place principale de Clermont-Ferrand.

Pascal[1] où mon frère Claude était devenu communiste en étudiant.

On nous a battus, interrogés, menacés de mort, parce que sous la manche du pull-over anglais, ils avaient découvert nos brassards tricolores à croix de Lorraine. On a dit la vérité, parce que ça ne servait plus à rien de la cacher. Oui, on avait décroché après l'attaque du mont Mouchet et puis on en avait eu assez, alors on s'était dit que d'aller au bordel c'était peut-être moins dangereux que de monter dans un autre maquis.

Après l'interrogatoire, ils nous ont descendus au sous-sol dans un grand cachot où se trouvaient plein d'autres gens, des coupables et des innocents, hommes et femmes, aryens et juifs. On était une quarantaine, là-dedans, mais c'était nous les plus jeunes, excepté une fille qui s'appelait Sarah, très blonde et très douce, un peu rousse elle aussi, un peu rousse et très juive, avec un nez courbe et majestueux qui ressemblait à celui de ma mère. Sarah et moi, on s'est aimés tout de suite, sans rien faire, sans parler. On aurait dit qu'on se connaissait depuis toujours. C'est cela, l'amour, être à l'aise et aux anges rien qu'en se regardant. Je suis resté environ quinze jours en prison avec Sarah et Bisson qui voulait me la souffler et puis, un soir, des coiffeurs sont descendus et nous ont rasé la tête. Ils ne disaient rien les coiffeurs, ils coupaient, ils rasaient, et moi je pensais qu'on allait nous guillotiner et, une fois de plus, j'ai été pris d'une peur horrible de

1. Le lycée se trouvait à l'époque non loin de la place de Jaude. Ce bâtiment sert maintenant de conservatoire régional.

mourir sans avoir fait l'amour. Bien sûr que j'aurais pu demander à Sarah qu'elle me le laisse faire avec elle, seulement il y avait tous les autres qui nous auraient regardés. Le lendemain matin, les miliciens ont rassemblé les hommes dans la cour. J'avais dit au revoir à Sarah en l'embrassant sur la bouche, oh ! juste du bout des lèvres, pas avec la langue et en plus sans appuyer. On était aussi malheureux l'un que l'autre d'être séparés pour l'éternité, mais je lui avais tout de même dit qu'un jour on se reverrait, et elle avait souri en me regardant monter l'escalier. On nous avait rassemblés dans la cour pour nous dire que, dorénavant, l'armée allemande nous prenait en charge. Il paraît qu'on était tous volontaires pour le S.T.O. et c'est pourquoi on nous envoyait extraire du sel dans une mine de Silésie. Moi, je ne savais pas qu'il y avait du sel dans la terre, je ne savais pas non plus où se trouvait la Silésie[1]. Certains parlaient de l'Allemagne, d'autres de la Pologne, et même un type près de moi s'était mis à gueuler que, de toute façon, de la Silésie on n'en reviendrait pas vivant. Bisson lui avait répondu que de travailler dans le sel ça conservait, mais le type l'avait plaint.

On est allé à pied de la place de Jaude à la gare, encadrés par l'armée allemande, en chantant *la Marseillaise.* Les passants, les gens aux fenêtres regardaient avec pitié cette armée de chauves, mais ce qu'ils ne voyaient pas, tous ces gens, c'était la mèche des cheveux de Sarah au fond de ma poche, sur laquelle j'avais refermé mes doigts.

1. Région de Pologne qui s'étend aussi en Tchécoslovaquie.

On n'était pas davantage malheureux dans le wagon que dans la cave. C'était même plus propre, au début du moins et quand on roulait, on respirait de l'air frais. Seulement, il nous arrivait de rester des heures entières à l'arrêt en pleine campagne par suite d'un sabotage de la voie ferrée et là, on était tellement malheureux d'être enfermés qu'on râlait contre les résistants. C'était peut-être papa ou Claude qui avait saboté la voie, mais nous, on crevait dans la chaleur et les mauvaises odeurs. Au début, tout le monde s'était retenu et puis quelqu'un avait commencé, alors tout le monde s'était mis à se soulager. C'est à cause de l'odeur qu'on a décidé, Bisson et moi, de s'évader à la première occasion. Mais, des occasions, il n'y en avait pas. Quand le sabotage nécessitait une trop longue réparation, les Allemands entrouvraient parfois les portes du wagon, alors on voyait la campagne et je m'imaginais tout nu avec Sarah dans une de ces petites fermes à toit rouge en train de manger des pâtes très chaudes.

De sabotage en sabotage, le train avait fini par perdre l'est. Au lieu d'avancer franchement sur Paris, il bifurquait sans cesse et il se traînait maintenant vers Saint-Étienne d'où il devait rejoindre Dijon par Lyon.

À Lyon, coup de théâtre[1]. Voici que les Allemands nous sortent des wagons et nous parquent dans la cour de la gare. Ils étaient mauvais, les Allemands, et ils nous rendaient respon-

1. Expression employée aussi dans la vie courante pour parler d'un rebondissement de situation imprévu.

sables des sabotages. Ils disaient que les gardes-voies étaient tous des traîtres à la solde[1] des terroristes. Dans la matinée, des dames de la Croix-Rouge étaient venues s'occuper de nous. Elles nous avaient apporté des biscuits, des fruits et de l'eau bien fraîche. Elles étaient gentilles et aimables mais se refusaient à prévenir les familles. Les gars insistaient, suppliaient, ils répétaient comme une prière l'adresse de leur mère, de leur femme. C'était une idée fixe et ils se seraient fait tuer pour que, chez eux, on les sache en vie. Les dames de la Croix-Rouge nous disaient qu'elles n'avaient pas le droit, qu'elles étaient là pour nous donner à boire et à manger et que, de toute façon, le courrier n'arrivait plus. Mais elles nous avaient tout de même dit qu'on allait rester encore un jour ou deux dans la cour, le temps qu'on répare la voie ferrée.

Dans cette cour, Bisson et moi on rôdait, on tournait et, mine de rien, innocents avec nos grands yeux et nos crânes de bagnards, on examinait, on gambergeait. Il nous avait fallu au moins une heure pour approcher de la grille tellement on s'y était pris en douceur et en hypocrites. Derrière la grille, c'était la vie, une grande place traversée par des tramways et des tas de gens qui allaient et venaient sur leurs semelles compensées. Derrière la grille, il y avait deux soldats allemands et, derrière les soldats plantés sur le trottoir, un kiosque où l'on vendait des journaux et des illustrés. D'où j'étais, je pouvais voir *Jim la Jungle* et *Fantômas.* Derrière le kiosque, il y avait une pissotière

1. Payé et dirigé par.

toute ronde[1] avec des hommes qui entraient, qui sortaient. On voyait les souliers, les bas de pantalons et ça n'arrêtait pas de défiler. C'était cela, la vie, tous ces hommes qui entraient pour pisser avec un air malheureux et qui en ressortaient avec un air heureux.

Derrière la pissotière, il y avait donc la grande place traversée par les tramways remplis de pauvres et aussi des vélos-taxis pleins de faux riches, et puis des camions, des tractions et même un corbillard qui passait au loin avec des fleurs superbes offertes à un mort qui ne les voyait pas.

On était là, tous les deux, derrière cette grille, comme des oiseaux frileux, une tête à faire pitié, un air découragé. Plusieurs fois, les soldats nous avaient éloignés d'un geste du bras et, chaque fois, on était revenus en douceur près de la grille. Oui, on ressemblait tous les deux à des oiseaux frileux avec une tête à faire pitié mais, Bisson et moi, on était le contraire de notre apparence. On était deux petits gars tout feu tout flamme, les seuls ici à n'avoir pas froid aux yeux.

Soudain, voilà que nos sentinelles ont le sourire. Visages épanouis sous le casque des Barbares, ils regardent s'approcher une S.S. bronzée. Elle ne marche pas, la fille, elle plane. Aigle royal en tailleur cintré, chien policier en laisse, revolver au côté, la voici qui s'arrête. Elle charme, montre un ordre de mission, parlemente. La grille s'entrouvre, elle entre. Visages épanouis

1. Autrefois, les urinoirs ou vespasiennes étaient des constructions rondes ou ovales sans portes et dont les parois ne descendaient pas jusqu'au sol.

sous le casque des Barbares, ils sont là béats à suivre le mouvement planant des fesses. Alors l'oiseau frileux devient une boule de nerfs, on se précipite, entre l'aigle et les Barbares. On bouscule, on fait tomber. Derrière la grille, il y a le kiosque avec *Jim la Jungle* et, derrière le kiosque, la pissotière avec des types qui se la secouent. On continue à bousculer, à faire tomber, on est tout feu tout flamme, tout nerfs, invulnérables[1], tout gonflés de jeunesse. On ressort de l'autre côté de la pissotière en même temps que le tac-tac-tac des mitraillettes. Il y a un type qui crie, qui se tient la jambe. On court, on zigzague, on se faufile entre les piétons, les vélos-taxis et les tac-tac-tac qui sèment la panique. Moi, je tiens les cheveux de Sarah dans ma main et je fonce avec Bisson sur mes talons, je vais plus vite que l'aigle, plus vite que le chien lâché à nos trousses. Oui, je vais vite et bien, invulnérable, tout gonflé de jeunesse au milieu de toute cette panique, et je serre très fort les cheveux de Sarah et je pense que Claude serait fier de moi s'il me voyait, boule de nerfs et boule rasée, m'enfuir devant la Silésie. Le chien, il arrive sur Bisson mais c'est Bisson qui saute sur le chien. Il est tout surpris, le berger allemand, qu'un homme le prenne à la gorge. Tous les deux ils roulent à terre, ça va très vite, c'est très précis. Bisson lui attrape une patte de devant, et crac, il la casse sur son genou comme on le fait avec une branche trop longue pour rentrer dans la cheminée. Le chien gueule, il tourne en rond et

1. Qui ne peuvent être ni atteints ni touchés.

nous on fonce derrière un tram qui vient juste de sortir de la panique.

Le receveur avait agité sa clochette et le conducteur s'était mis à foncer en brûlant les arrêts. On nous avait procuré des bérets pour cacher nos crânes rasés et, avec le béret qu'on venait de lui offrir, Bisson avait fait la quête parmi les passagers. Moi, j'étais sans jambes et sans voix ; il paraît que c'était le contrecoup, alors quelqu'un m'avait tapoté les joues et l'oiseau frileux s'était remis à battre des ailes.

BIEN LIRE

CHAPITRE 9

- **P. 226 : Quel est le nom du nouveau compagnon du narrateur ?**
- **P. 227 : Quelle est la ville dans laquelle les Allemands les ont déposés ?**
- **De qui Jacques craint la fréquentation plus encore que celle des Allemands ?**
- **P. 228 : Pourquoi les deux gosses sont-ils suspects et interrogés ?**
- **P. 229 : Comment se nomme la petite fille dont Jacques est amoureux ?**
- **P. 231 : Où se retrouvent les deux compères après leur passage à Clermont-Ferrand ?**

10

On avait quitté Lyon en évitant les barrages. Maintenant, c'était la nuit et on descendait le Rhône dans une barque volée. Il nous fallait trouver un maquis ou des faux papiers, et c'est pourquoi on descendait vers l'Ardèche[1] en se laissant porter par le courant. Dans la journée, on se planquait dans les hautes herbes, les carrières ou les cabanes de maraîchers. On se gavait de tomates et de salades et on commençait aussi à s'engueuler à cause de la fatigue et de la situation. Une nuit, on s'était fait tirer dessus par les Tartares[2] de l'armée Vlassov[3]. Pris dans le faisceau d'un projecteur, on avait été obligés de se jeter à l'eau et, comme je ne savais pas nager, je m'étais mis à couler tout au fond, loin et raide, aspiré par le remous. J'avais vu défiler mon existence à toute vitesse et je m'étais vu mourir sans avoir fait l'amour, alors je me suis battu et débattu contre le sort à coups de bras et de jambes et j'ai refait surface pas très loin de Bisson, tout ébahi d'être encore en vie.

Les Tartares nous attendaient sur la rive. On ne devait pas avoir l'air très méchant en sortant du fleuve, parce que le détachement s'était mis à s'esclaffer. On avait perdu nos bérets et on avait comme eux la boule à zéro. Les Tartares se marraient dou-

1. Département du Sud-Est de la France appartenant à la région Rhône-Alpes et dont le chef-lieu est Privas. L'Ardèche est traversé du sud au nord par la rivière du même nom encaissée entre des roches escarpées avant qu'elle se jette dans le Rhône.
2. Peuples nomades, tribus mongoles de l'Asie centrale.
3. Andreï Vlassov est un général soviétique. Quand il fut capturé en 1942, il se rangea du côté des Allemands. À la fin de la guerre, les Soviétiques le reprirent et l'exécutèrent.

cement et ils nous tapaient sur les fesses en criant « nous gentils », « nous camarades ». Ils nous tapaient vraiment sur les fesses d'une drôle de façon, c'était même plus qu'amical. Ils étaient cinq, les Tartares, armés de fusils plus grands qu'eux, et sur la crosse on pouvait voir une étoile rouge. C'étaient des fusils de communistes rapportés de Russie, et les Tartares avaient beau me peloter les fesses au lieu de me fusiller, je n'en menais pas large. Je savais qu'ils avaient brûlé les yeux de Michel Strogoff et qu'ils faisaient cuire leur steak sous leurs selles, mais jamais je n'aurais imaginé qu'ils pouvaient manger de l'homme comme René Raymond et le Kid. Ils nous disaient des tas de choses en russe, en plissant leurs petits yeux cruels[1], et moi j'avais beau serrer les fesses et les dents, je me disais que j'allais y passer et j'en avais la nausée, d'autant qu'ils sentaient la graisse rance[2]. Bisson s'était mis à jurer et à se débattre, criant qu'il ne voulait pas « se faire percer l'oignon » et il me demandait de cogner en même temps que lui sur cette bande de sauvages. Alors, on s'est mis à frapper les Tartares à coups de pied et de poing et les Tartares ont cessé de nous caresser.

Ils nous ont traînés sur le pont et jetés près d'une guérite. On était à moitié assommés avec des dents en moins et les yeux pochés et, venant de la guérite, on entendait les cris atroces d'une femme qui se faisait percer par d'autres Tartares. Oui,

1. Les Tartares sont des Mongols aux pommettes saillantes et aux yeux bridés.
2. Qui a vieilli et dont l'odeur est nauséabonde.

pour sûr qu'on y aurait droit, et Bisson, qui saignait de la bouche, disait qu'après nous l'avoir fait, ils nous jetteraient dans le Rhône. On était là à s'encourager, à se dire qu'il fallait sauter dans le vide et qu'on ne pouvait pas se laisser prendre comme des femmes, mais l'un comme l'autre, on avait aussi peur du vide que des Tartares. La fille avait fini par se taire et, de la guérite, était sorti le chef des Tartares, en caleçon et en bottes. Il portait quatre montres-bracelets autour du même bras et pendant qu'il s'était mis à pisser, d'autres Tartares sont rentrés à leur tour percer la fille et les cris ont recommencé à nous déchirer les oreilles.

Les cris, ils devaient se répercuter en écho de l'autre côté du pont, là-bas, en Ardèche, et c'est pourquoi les sauveurs de la fille sont venus nous attaquer. Il y eut d'abord une explosion, qui a secoué le pont, et puis le tac-tac-tac des Sten et la riposte des Tartares. Pris entre deux feux, on s'est réfugiés sous une poutrelle et on a rampé comme ça jusqu'au bout et détalé dans la nuit.

Le lendemain, on s'est arrêtés dans un village pour raconter notre histoire au maire.

On était les évadés de Lyon, les réfractaires[1] de la Silésie, mais pas les petits amis des Tartares. Le maire nous a procuré de faux papiers. Je m'appelais Bassier, Jacques Bassier, et j'étais cultivateur. Bassier ça sonnait moins bien que Colonna, c'était moins beau que Lanzmann, mais c'était régional et pas dangereux.

1. Qui refusent de se soumettre.

Avec nos noms d'emprunt, on a continué à descendre la France, un peu en train, un peu en stop, beaucoup à pied. Moi je pensais toujours à faire l'amour, Bisson à faire la guerre et comme je n'étais pas contre la guerre et qu'il n'était pas contre l'amour, on a continué à descendre ensemble vers le Midi parce que, dans le Midi, on savait que les filles étaient chaudes et la guerre proche. Tout le monde parlait d'un débarquement imminent[1], et le long des grandes routes, c'était plein d'Allemands qui montaient ou qui descendaient. On les voyait, torse nu dans leurs camions. Ils étaient de plus en plus jeunes et de plus en plus vieux, à croire que les entre deux âges étaient déjà tous morts.

1. Qui doit se produire dans les plus brefs délais.

BIEN LIRE

CHAPITRE 10

- **P. 237 : Quelle est la caractéristique des fusils des Tartares ?**
- **Quelles sont les craintes de l'enfant face aux Tartares ?**
- **P. 238 : Le narrateur parle souvent de ses peurs ; quelle est celle qui le tenaille dans ce chapitre en dehors des Tartares ?**
- **Quel est le nouveau nom de Jacques après cette aventure ?**

11

Le cabanon où l'on s'était réfugiés en attendant les ordres d'un agent de liaison surplombait la route qui va de Miramas à Istres[1]. De temps à autre, il passait un convoi allemand, voitures déglinguées à bout de moteur et de pneus, soldats usés, déçus, en loques[2], brisés par les bombardements alliés. Cela faisait deux jours que les Américains pilonnaient le secteur, préparant leur débarquement et nous, dans ce cabanon surchauffé au milieu des vignes récemment sulfatées, on tirait notre flemme. Vers les cinq heures du matin, l'agent de liaison[3] avec lequel on avait établi le contact était venu nous chercher. Ils étaient déjà onze devant le cabanon à nous attendre. C'étaient pour la plupart des types du Midi, des gars qui parlaient beaucoup et surtout pour s'engueuler. Ils étaient bien plus vieux que nous, tous bruns et bronzés avec l'accent et des cartouchières autour de la taille et des épaules. On s'était mis en marche dans le petit matin provençal et on écoutait les gars parler, les oiseaux et les cigales chanter. On était là, tous bien vivants, en colonne par deux à se faufiler entre les oliveraies et les vignobles, moi avec les cheveux de Sarah dans ma poche, eux avec la photo des femmes et des gosses. C'était beau, enivrant et viril, mais en bas de la colline, les Allemands nous attendaient, et ceux-là, d'Allemands, ils n'étaient pas fatigués ni vaincus. Ça s'est mis à

1. Miramas et Istres sont deux communes des Bouches-du-Rhône, au nord de l'étang de Berre.
2. En vêtements déchirés, en haillons.
3. Homme appartenant à la Résistance, servant de relais entre plusieurs maquis.

tirer sans sommation[1] et le type qui était près de moi s'est écroulé. En tombant, il a dit : « Merde alors ! »

Des Allemands, il y en avait partout, devant, derrière, autour. Comme ça ne servait à rien de se battre et qu'on ne pouvait pas « décrocher », le chef de groupe a levé les bras et on a fait comme lui. Nous, on se rendait, mais ils ont commencé à nous taper dessus à coups de crosse parce qu'ils avaient été frustrés de leur bagarre, et j'ai reçu un coup sur la tête tellement violent que je me suis évanoui. C'est comme ça que j'ai commencé à bégayer en revenant à moi, à cause d'un coup de crosse allemande. En un rien de temps, j'étais devenu comme ma mère, infirme des mots, mais ça valait mieux que d'être mort comme le type qui avait dit « merde » en tombant ou comme notre agent de liaison qui avait hurlé pendant qu'une rafale le partageait en deux. Après nous avoir bien battus, ils nous ont emmenés à quelques kilomètres de là, dans un champ où des artilleurs s'activaient autour d'une batterie de D.C.A. Les artilleurs, ils avaient du coton plein les oreilles et une rage terrible sur le visage parce qu'ils tiraient sur des forteresses volantes qui semblaient se moquer d'eux. Le champ était couvert de détritus et de douilles[2] d'obus et, pendant que leurs copains tiraient sur les forteresses, ceux qui nous avaient attaqués nous faisaient mettre à genoux en file indienne[3] le long d'un fossé qui leur servait à se protéger des éclats de bombes.

---

1. Sans en avoir reçu l'ordre.
2. Cylindres de carton qui contiennent la charge de la cartouche.
3. Les uns derrière les autres.

Un instant auparavant, on était treize vivants à se faufiler dans les vignes en écoutant le chant des oiseaux et des cigales, maintenant on n'était plus que onze agenouillés comme en prière à écouter le chant des obus et le ronronnement des forteresses et moi, dans ce fracas assourdissant, j'essayais de parler à Bisson et, s'il ne comprenait rien du tout, ce n'était pas tellement à cause du bruit mais à cause des mots qui restaient coincés en moi. Les autres, nos copains d'un instant, ils ne disaient rien, ils suivaient d'un œil envieux les forteresses qui s'éloignaient. Dans le silence revenu, un officier s'était mis à nous donner des ordres. Il voulait absolument qu'on se déshabille et rapidement. « Schnell ! Schnell ![1] » Je ne comprenais pas pourquoi il tenait tellement à nous mettre à poil. C'était pas un Tartare lui, mais un Blanc aux yeux gris avec des lèvres serrées et un parabellum[2] devant lui. L'officier, il ne devait pas aimer les habits français, parce qu'il les poussait du pied dans le fossé. J'ai dit au revoir aux cheveux de Sarah qui étaient restés dans ma poche, mais ses cheveux, à Sarah, je les ai retrouvés après la guerre et toujours au même endroit. On était tout nus, agenouillés au bord du fossé avec nos papiers d'identité à la main et l'officier regardait par en dessous mes poils roux et ça le faisait sourire. Près de l'officier, il y avait un vieux soldat tout bouffi[3] avec un crayon vert et un calepin qui notait les noms et les adresses pour prévenir les familles. Je m'appelais Bassier et

1. « Vite ! » en allemand.
2. Pistolet automatique qui s'utilisait autrefois dans l'armée allemande.
3. Gros, enflé.

j'étais cultivateur à Rochebrune et, pendant que le vieux notait ma fausse identité, j'ai été pris d'une effroyable peur à l'idée que j'allais disparaître avec un nom qui n'était pas le mien. Je me suis mis à penser à Claude, à papa, à Évelyne, à ma mère, et je les ai vus après la guerre tous ensemble à m'attendre ; oui, je les voyais et je les entendais dire que j'étais un salaud de ne pas donner de mes nouvelles. J'avais peur et j'étais nu, grelottant de froid en plein mois d'août et lorsque l'officier a déchiré ma carte d'identité en me demandant pourquoi j'avais le crâne rasé, j'ai essayé de répondre, mais comme ça ne venait pas, j'ai entendu Bisson dire qu'on avait attrapé des poux.

L'officier s'était détourné d'un air dégoûté, il s'en prenait maintenant au chef de groupe qui s'appelait Vidal. Le chef, il était agenouillé comme un coureur prêt à partir au coup de revolver. Il ne voulait pas répondre, Vidal, pourtant lui n'était pas bègue. L'officier l'avait frappé en pleine bouche avec son parabellum et ses lèvres s'étaient mises à saigner et le sang à couler sur la poitrine et les cuisses. Il était tout zébré de rouge, notre chef de groupe, et il s'essuyait les cuisses du revers de la main. Oui, il était agenouillé comme un coureur prêt à partir, alors il s'est élancé dans son maillot de peau tout zébré de rouge vers la route et nous, on a vu le parabellum sursauter dans la main de l'officier et notre chef de groupe bouler comme un lapin et retomber dans le fossé.

On n'était plus que dix à attendre agenouillés que notre tour arrive et il y avait eu un grand bruit dans le ciel et on avait aperçu plein de forteresses volantes qui commençaient à lâcher leurs bombes un peu partout et, pendant que les artilleurs se remettaient du coton dans les oreilles, je me disais que ça serait vraiment pas bien d'être tué par des Américains en étant juif et résistant et prisonnier des Allemands. Peut-être qu'ils me voyaient de là-haut, les aviateurs, tout nu et tout peureux avec ma quéquette toute rapetissée et qui n'avait toujours pas servi. Les artilleurs, ils tiraient avec une rage terrible et soudain, plus fort que les bombes qui tombaient du ciel et que les obus qui y montaient, on a entendu leur clameur et on a vu une forteresse se mettre en vrille avec sa fumée noire qui traînait derrière elle. Ils étaient si contents d'avoir descendu l'avion qu'ils ne nous ont pas tués tout de suite. Les artilleurs se sont mis à trinquer front contre front et à s'embrasser comme quand un joueur de football vient de marquer un but. Nous, on faisait partie de l'équipe adverse, alors on restait silencieux, un peu tristes pour les aviateurs, un peu tristes pour le chef de groupe, très tristes pour nous-mêmes.

On est restés toute la journée à poil, agenouillés le long du fossé et sur le tard, tout étonnés d'être encore vivants, on nous avait fait monter dans un camion qui était venu spécialement pour nous chercher, et comme le camion était venu accompagné d'une automitrailleuse, elle suivait toute prête à mitrailler. On avait drôlement mal aux genoux et aux reins et à l'endroit où ils nous avaient frappés mais l'important c'était de tenir debout et d'être secoué, de sentir qu'on avait mal et de ressentir encore des émotions. On s'était arrêtés plusieurs fois pour se mettre à l'abri sous les oliviers, au passage des forteresses, et nous avions écouté chanter les cigales en regardant tomber les bombes et l'on s'était serrés, prisonniers et bourreaux, les uns contre les autres, et l'on avait été éclaboussés par la même terre. Entre chaque alerte, on se disait, Bisson et moi, qu'il fallait essayer de s'échapper. On ne savait pas où on nous emmenait ni pourquoi mais, tous autant qu'on était, on pensait à la torture. La nuit était tombée très vite et l'on roulait à l'aveuglette tous phares éteints et, dans les villages, les fenêtres étaient tendues de noir. C'était le black-out[1], mais là-bas, vers Marseille, le ciel et la mer rougeoyaient. On était à quelques heures du débarquement et de la guerre à outrance[2], mais ça n'empêchait pas une partie de l'armée allemande de nous traîner le long des routes. Oui, c'était peut-être pour nous torturer, ou bien alors pour nous échanger, peut-être même pour nous manger. On n'en savait vraiment rien, mais on avait la chance infinie de pouvoir se poser des questions. Le chef de groupe, lui, il était resté là-bas tout seul. Il était froid et raide dans son fossé, il ne se posait plus de questions, plus rien, mais nous, quelle chance on avait d'être là, debout, appuyés contre la cabine du chauffeur, massés, compacts, corps enchevêtrés. On sentait l'ail et la pisse, une odeur de vie, un parfum sublime[3].

À l'école de la rue Legendre, le chouchou de la maîtresse s'appelait Linet, c'était le fils d'un boulanger que sa maman parfumait tous les matins à l'eau de Cologne. Il m'arrivait de

1. Ici, suspension de tout.
2. Exagérément. Ici, totale.
3. Extraordinaire.

me pencher sur son épaule pour le respirer comme un de ces « Sentbon » qu'on nous distribuait en guise de bon point. Je détestais Linet, mais j'aimais son odeur. Moi j'ignorais que sa mère le parfumait, comme ça, chaque matin. Je me disais que c'était un privilège de naissance, un cadeau de Dieu, et Linet qui ne m'aimait pas mais qui aimait m'épater, m'avait raconté que son père avant de monter sur sa mère pour le faire, lui, le petit Linet, il avait mis du parfum dans un compte-gouttes et introduit le compte-gouttes dans le bateau de sa maman. Le parfum tombé tout au fond de la maman de Linet s'était mélangé à la graine du papa de Linet et c'est comme ça et pour ça que l'enfant Linet était devenu une espèce de bon point.

On était debout, corps enchevêtrés avec notre sublime odeur, et à l'autre bout de la plate-forme, appuyés à la ridelle[1], il y avait nos deux gardiens, l'un tout jeune, l'autre tout vieux. On aurait dit le fils et le père, ils parlaient tout bas en tirant sur la même cigarette et, quand ils aspiraient, on voyait leurs visages rougir comme le ciel là-bas du côté de Marseille. Devant, avec le chauffeur, ils étaient trois qui chantonnaient – oh ! rien à voir avec *De Gabès à Tataouine* –, c'était une mélopée[2], un truc triste qui donnait le vague à l'âme et je m'étais mis, moi aussi, à fredonner cet air-là. Ça me rappelait quand j'étais chez les Tavernier et que j'imitais l'Auguste et le René répondant aux femmes qui priaient pour le salut de notre

1. Structure de bois ou de métal qui, placée de chaque côté du plateau du camion, sert à maintenir sa charge.
2. Chant monotone et triste.

âme. Chanter allemand, pour un juif, ça n'était pas plus grave que de prier catholique et pourtant je m'étais fait engueuler par Bisson. Je n'avais pas répondu, de peur qu'il se moque de moi. Bégayer devant quelqu'un c'est comme de trébucher, ça met le type qui vous écoute en joie. Moi, je voulais bien que Bisson soit heureux mais pas sur mon dos !

Tandis que je bégayais pour moi tout seul, on avait fini par arriver dans une ville qui s'appelait Salon-de-Provence[1]. Il n'y avait personne dans les rues à cause du couvre-feu, mais derrière les volets fermés et les rideaux tirés, je les imaginais tous ces « Linet » dans leur lit sur leur femme et je les voyais tous ces enfants de Linet dans leur lit avec leur ours en peluche. Oui je les voyais les amoureux, les jeunes mariés, tous ces Linet bien peignés et bien propres se donner leurs derniers baisers d'Occupation. Demain les Alliés allaient arriver avec la liberté plein les jeeps, avec du chewing-gum et des cigarettes, des rations K et du Coca.

On était tous là, branchés sur la vie des autres et puis un type dans le camion s'est mis à sangloter et, au même instant, j'ai entendu le rire d'une fille et un air de swing[2] qui s'échappait d'une fenêtre et je me suis imaginé la fille qui dansait, qui tournait, qui embrassait, alors pour couvrir celui qui sanglotait et prévenir la fille qui dansait, Bisson et moi on s'est mis à entonner *la Marseillaise* et les autres, nos frères du Midi, ils avaient repris avec nous : « Allons enfants de la patrie, le jour de gloire est arrivé ». C'était beau et grandiose, tellement beau, ce chant

1. Ville des Bouches-du-Rhône entre Aix-en-Provence et Arles.
2. Danse qui se pratique sur un tempo inspiré du rythme jazz de La Nouvelle-Orléans.

dans la nuit que les soldats n'avaient pas osé l'interrompre. En chantant, on était arrivés devant la Feldgendarmerie et il y avait eu un grand remue-ménage de torches électriques, plein d'allées et venues sur le perron du bâtiment, alors on s'était tus, et nos gardiens s'étaient mis au garde-à-vous devant un officier à cheveux blancs qui paraissait très fatigué. L'officier, il s'y était repris à plusieurs fois avant de réussir à escalader la ridelle et il nous avait examinés durant un siècle. On savait que notre avenir était dans le regard de l'officier et c'est pourquoi on avait tous mis de l'espoir plein nos yeux. Alors l'officier a parlé. Oh ! pas longtemps, il était pressé et fatigué. Il avait dit : « Vous terroristes, vous fusillés. » Un soldat l'avait aidé à descendre de la ridelle et le camion s'était remis en marche presque aussitôt. On avait repris le même chemin avec les mêmes gardiens, on roulait très lentement, une petite allure de corbillard, mais derrière nous, ça n'était pas les familles qui suivaient, mais l'automitrailleuse. L'un des nôtres, qui comprenait l'allemand, avait dit qu'on nous emmenait à la sortie de la ville et qu'on serait enterrés dans un champ. La nouvelle était tombée sur nous, brutale, sans appel. Dans un instant, on allait rejoindre le chef de groupe. C'était peut-être ça l'obéissance, la discipline. Oui, on était là tout nus, on avait froid, on ne chantait pas, on ne vivait plus, on était résignés. On avait repris le même chemin et, au même endroit, la même fille continuait à rire et cette fille qui riait, qui swinguait, je me suis mis à la désirer si fort que mon sexe s'est raidi. Oui, je bandais au milieu de mes frères du Midi et devant mes bourreaux, pour une fille qui riait. Je bandais comme à Paulhac en recevant l'hostie des mains de l'abbé, mais là-bas c'était péché mortel, ici fureur de vivre. J'ai agrippé Bisson par le bras et je lui ai montré que je bandais et j'ai dit sans bégayer que j'allais m'échapper parce que c'était pas juste de mourir sans avoir fait l'amour. Il savait que je disais vrai mon copain d'Auvergne. Oui, on ressemblait tous les deux à des oiseaux frileux avec une tête à faire pitié, mais lui comme moi, maintenant qu'on avait pris la décision, mort pour mort, de tenter l'impossible, on était, tout comme à Lyon, le contraire de notre apparence : des petits gars tout feu tout flamme, tout nerfs et les seuls tout gonflés de jeunesse. Les seuls ici à n'avoir pas froid aux yeux.

On s'est rués sur nos gardiens et on est tombés du camion en même temps qu'eux et aussi avec les autres, qui avaient suivi, et on s'est retrouvés, Bisson et moi sous la mêlée des corps et l'on a vu l'automitrailleuse passer sur un type, entendu des os craquer, et la fusillade éclater. Alors, on s'est mis à courir dans la ville, pourchassés par nos copains qui suivaient et les soldats qui tiraient. À bout de souffle, on s'est jetés sous une traction et on a vu passer plein de jambes nues et plein de bottes et vu des copains s'écrouler et les soldats qui s'acharnaient sur eux. Ça tirait, ça criait, et derrière les rideaux, les volets, toutes les lumières de la ville s'étaient éteintes, comme si les habitants eux aussi venaient de mourir.

On a entendu le bruit des corps qu'on balançait sur la plateforme du camion et vu celui-ci qui s'éloignait. On est sortis de dessous la traction qui perdait son huile chaude et on a frappé à la première porte venue et attendu pour rien. Ah ! oui, on en a fait des portes cette nuit-là ! Une seule s'est ouverte et derrière elle il y avait un instituteur qui nous a dit d'entrer.

Le surlendemain, la ville était libérée. Alors, j'ai suivi Bisson au bordel, mais lorsqu'on y est arrivés, on a vu les filles qui se faisaient tondre par des résistants. Bisson a juré et moi j'ai éclaté de rire.

BIEN LIRE

CHAPITRE 11

- **P. 240 : Qui est venu récupérer les deux garçons ?**
- **Où se cachaient les Allemands qui ont tiré sur la colonne d'hommes ?**
- **P. 241 : Quelle est la cause du bégaiement de Jacques ?**
- **P. 243 : Quel est le nom du chef de leur groupe ?**
- **Combien reste-t-il d'hommes après que leur chef de groupe est descendu ?**
- **P. 243-244 : Quel est l'événement qui leur a sauvé la vie alors que les Allemands étaient prêts à tirer sur eux ?**
- **P. 250 : Quelle est la seule porte qui s'est ouverte pour les accueillir au moment de leur fuite ?**

Voilà. Aujourd'hui mes cheveux ne sont plus rouges, mais gris. Papa est mort et Marraine et Léon et Anna et Évelyne et les Bongrand et les Tavernier.

Je n'ai jamais revu ni Bisson ni Sarah.

Ce soir, je dîne avec Claude[1] *chez ma mère.*

1. Claude Lanzmann est réalisateur du film *Shoah* et directeur de la revue *Les Temps modernes*.

BIEN LIRE

POSTFACE :

• Sauriez-vous resituer tous les personnages des Bongrand et des Tavernier ?

Après-texte

POUR COMPRENDRE

GROUPEMENT DE TEXTES

INTERVIEW EXCLUSIVE

INFORMATION/DOCUMENTATION

Lire

1 Dès la première phrase de cette préface, l'auteur place le roman sous un double éclairage, entre le risque de mourir et sa rage de vivre. Retrouvez dans la suite de ce texte une phrase qui accentue encore ce contraste.

2 Le narrateur se présente. Dans quel ordre préférentiel expose-t-il ses caractéristiques ?

3 Citez les personnages qui jalonnent son récit. Il y a ceux qui l'ont fait souffrir et les autres. Pouvez-vous en citer un parmi ceux qui l'ont fait souffrir ? Justifiez votre réponse par une phrase relevée dans la préface.

4 L'auteur déclare : « lui comme moi, on n'a jamais pu se passer l'un de l'autre » (l. 49-50). Qui est cet autre ?

5 Au milieu de tous les tourments rencontrés au cours de sa vie, l'auteur énonce ce qui lui a permis de se reconstruire. Quel est ce remède ?

6 Après avoir lu la rubrique « À savoir » de cette étape (page suivante), pouvez-vous nommer l'auteur de la préface et donner tous les renseignements qu'elle distille ? Un texte court qui ne fait plus partie du roman (p. 251) est aussi en italique. Quels renseignements en tirez-vous sur l'action ou sur les personnages ? Comment nomme-t-on ces textes situés après un récit romanesque ?

Écrire

7 Quelle différence le narrateur établit-il entre famille et familier ? En un court texte, résumez ces différences. N'omettez pas la condition indispensable dont parle l'auteur pour que l'on puisse parler de famille.

8 Imaginez le texte que vous rédigeriez en préface à votre autobiographie.

9 La postface de ce roman (p. 251) est aussi en italique. Rédigez-en une autre, plus étoffée, qui présente une autre suite au récit de l'auteur.

Chercher

10 Qui est l'auteur de *Poil de Carotte* ? Lisez le résumé de ce roman : quelle relation peut-on établir avec cette préface ?

11 Cherchez dans une encyclopédie la différence entre juif, judaïsme, israélite et israélien.

12 Pour évoquer les fantasmes sexuels qui ont été pour lui un soutien dans sa lutte pour l'existence, l'auteur parle de « fleurs du mal ». Or, *Les Fleurs du mal* est le titre d'un recueil de poèmes. Qui en est l'auteur ?

13 Ces fleurs du mal sont « bu[e]s et cent fois bu[e]s jusqu'au calice » (l. 70). Que signifie l'expression « boire jusqu'au calice » ? De quelle autre expression est-elle démarquée ?

À SAVOIR

PRÉFACE ET POSTFACE

Une « préface » est un texte qui précède une œuvre. Elle peut être écrite par l'auteur, mais aussi par l'éditeur, ou par un critique qui souhaite présenter l'ouvrage pour une étude bien spécifique. Elle éclaire le lecteur, qui y trouve des renseignements sur l'esthétique de l'ouvrage lui-même, sur l'époque, le contexte littéraire ou le genre dans lequel s'inscrit l'œuvre. Certaines préfaces de roman deviennent plus connues que le roman lui-même. Ainsi la préface de *Pierre et Jean* de Maupassant, ou celle de *Mademoiselle de Maupin* de Gautier.

Au Moyen Âge, la préface des romans comportait très souvent un hommage au roi pour le remercier de ses subsides. Encore récemment, pour éviter la censure, les auteurs prenaient la précaution de dire dans leur préface que les actions et les personnages étaient d'un autre temps ou d'un autre lieu.

Aujourd'hui, les préfaces n'ont plus tout à fait cette fonction. De multiples indications y sont données : comment l'histoire fut connue de l'auteur (un manuscrit dans une malle ou dans une armoire comme dans *La Vie de Marianne* de Marivaux, par exemple), quelles circonstances permirent le récit (comme dans *Les Contes de la bécasse* de Maupassant ou l'*Heptaméron* de Marguerite de Navarre). Vraies ou fausses, les indications de ces préfaces servent d'antichambre pour faciliter l'entrée dans l'imaginaire. Au-delà des éclaircissements sur la fiction, la préface peut donner au lecteur une orientation de lecture, dévoiler légèrement le message qu'il entend révéler. Ici, dans *Le Têtard*, les circonstances qui précèdent et justifient la rédaction du roman accompagnent la leçon qu'il a tirée de son existence : ne vous y trompez pas, lecteur, si je n'avais pas eu cette énergie vitale, je ne serais pas là à vous écrire.

Certains romanciers prolongent leur récit par un texte nommé « postface » qui renseigne le lecteur sur l'avenir des personnages – ce qui perpétue l'illusion du réel.

LA VIE DE JACQUES AVANT LA SÉPARATION

Lire

1 L. 11-12 : L'enfant compte les cheveux de sa mère sur la moquette. Quelle conclusion en tire-t-il sur les femmes qui ne s'entendent pas avec leur mari ? Quel effet produit cette vision d'enfant sous la plume d'un homme ? Pourquoi le narrateur adulte retient-il ce détail ? Est-ce de la cruauté, de l'humour, de l'ironie, de la pudeur ou de l'humour par pudeur ?

2 L. 22 : « Je maigrissais en me durcissant ». Pourquoi, selon lui, se durcit-il ?

3 Pour présenter sa famille, le narrateur raconte ce qui se dit chez lui. Pour brosser son propre portrait, il emploie ces affirmations : « Moi, j'étais "vicieux" comme mon père, et "salope" comme ma mère » (l. 97-98). Qui parle ?

4 Chez les grands-parents paternels à Groutel, les housses et les tabliers qui se superposent sont la seule opulence. Relisez le passage et dites quel trait de caractère révèle cette habitude.

5 P. 26-27 : Le narrateur interrompt son récit. Quelle est la raison de cette interruption nommée « digression » ?

6 L. 296 à 298 : « Mes instants de bonheur tout au long de mon existence furent innombrables et d'une intensité qui m'a souvent coupé le souffle. » Quel est le temps : celui de l'écriture ou celui du récit du narrateur enfant ?

Écrire

7 P. 14 : L'enfant remarque que la peinture de son père n'a aucun rapport avec son tempérament. Dans ce passage, quel portrait pouvez-vous déjà dresser du père du narrateur ? (Vous le compléterez au fil du roman.)

8 P. 19 : Relisez la scène où le père Lanzmann apprend à son fils à lire l'heure. Vous êtes un ami et vous trouvez que cette méthode d'apprentissage est nocive. Vous voulez le convaincre qu'il a tort. Donnez-lui des arguments pour qu'il arrête de s'acharner à apprendre à l'enfant ce qu'il ne comprend pas. (Trouvez au moins trois arguments.) Auparavant, tentez d'analyser la raison pour laquelle l'enfant ne comprend pas.

9 Ce roman ne suit pas toujours un temps linéaire (voir la rubrique « À savoir », page suivante). Le récit fait référence à trois temps. Replacez les expressions ci-dessous dans le temps auquel elles renvoient : 1) temps de l'écriture, 2) temps de l'enfance, 3) temps où il apprend la décapitation de M. Weidmann.

j'aurais voulu avoir un père comme lui – quelques années plus tard – j'eus très mal d'avoir osé aimer un assassin – il me semble.

Chercher

10 Pour savoir d'où vient la famille de l'auteur, cherchez dans une encyclopédie puis repérez sur une carte : Minsk – Riga – Odessa. Dans quel pays se situaient ces villes à l'époque ? Et aujourd'hui ?

À SAVOIR

LES DÉPLACEMENTS DANS LE TEMPS

Pour établir la narration d'une histoire, un romancier ou un cinéaste peut respecter autant que possible le déroulement du temps ; il respecte, alors, une *linéarité* (le temps se déroule comme une ligne continue). Il peut aussi naviguer dans le temps : faire des retours en arrière ou des incursions dans le futur. Les retours en arrière (*flash-back* au cinéma) sont parfois signalés par des marqueurs temporels : des adverbes de temps « hier, autrefois ... », ou des verbes conjugués à un temps antérieur : « j'eus très mal *d'avoir osé* aimer... » (p. 21) Des expressions plus précises viennent aussi signaler ce changement de moment dans le récit (« quelques années plus tard », p. 21). Outre ces retours en arrière ou ces incursions dans le futur, le narrateur coupe le fil du récit en passant sous silence toute une période. Ce procédé se nomme *ellipse*. La narration peut être interrompue par une liste des différents événements qui viennent de se produire. Cette énumération de faits est appelée *résumé* ou *sommaire*. Parfois, le récit est interrompu pour des réflexions qui éloignent apparemment de l'histoire, mais qui renseignent néanmoins sur l'action ou les personnages : ce sont des *digressions*.

Il est possible de se retrouver dans le présent de l'écriture – celui du narrateur au moment où il écrit. Ainsi dans des remarques sur les événements qu'il est en train de narrer ou des apostrophes au lecteur comme le faisait fréquemment Stendhal dans *La Chartreuse de Parme*, « à mon lecteur ». Dans ce cas-là, le narrateur emploie le présent. Ici, nous avons une réflexion de Jacques Lanzmann, adulte, lorsqu'il raconte à son lecteur qu'il a échappé au traitement abortif : « Franchement, je ne le regrette pas » (p. 25).

Lire

1 P. 32-33 : Quels qualificatifs dépeignent la grand-mère Anna ?

2 P. 34-35 : Au début de ce texte, quelle difficulté de l'autobiographie est soulignée par le narrateur ?

3 Retrouvez dans le début de cette partie un passage qui contient une incursion dans le futur. Relevez la date de cette époque : quel est alors l'âge du narrateur ? Qu'apprend-on de son existence à ce moment-là ?

4 Quel est le point commun entre rouquin et juif ? Justifiez votre réponse par le texte. Quelles en sont les conséquences ?

5 L. 466-467 : « Papa se retournait [...] toujours à l'envers ». Le narrateur émet un jugement sur son père. C'est une remarque ironique. Est-ce l'enfant ou l'adulte qui le pense ? Que peut-on en conclure sur le processus de l'autobiographie ?

6 L. 548-554 : Le narrateur évoque pour la première fois sa séparation avec son frère et sa sœur. Quel sentiment peut-on déceler dans ces phrases ?

7 L. 458 : « Mettre de l'eau dans son vin » est une pratique du grand-père Léon. Que signifie cette expression ?

8 L. 597-598 : « Incisant la peau de grand-mère sur laquelle il tirait ». Comment comprenez-vous la phrase ? Dites en quoi consiste sa technique (deux procédés).

9 P. 31-44 : Dans cet extrait, quels personnages ont le souci de son éducation ? Après relecture de ce passage et à la suite de votre réponse, que pouvez-vous présager de l'avenir de cet enfant ?

10 l. 635-636 : « Peu importait qu'on l'*écoutât* ou non ». Justifiez l'emploi du subjonctif imparfait dans l'expression.

11 Dans ce passage, quel moment du récit correspond vraiment au présent de son écriture ? Citez les phrases concernées. (Attention, elles ne se suivent pas). À qui l'auteur s'adresse-t-il ?

Écrire

12 Quelle est la principale activité scolaire dont se souvient le narrateur ? Exposez en quelques lignes les raisons de cette activité.

13 Son père est parti en vacances avec sa nouvelle femme, et à l'annonce de la nouvelle, la grand-mère Anna exprime sa rancœur. Pourquoi, selon vous, est-elle en colère ? Énoncez aussi précisément que possible les différentes raisons.

Chercher

14 Combien de branches comporte un candélabre ? Quel est le symbole du candélabre chez les Juifs ?

15 La grand-mère Anna possède des « titres ». Que signifie le mot « titre » dans ce contexte ?

16 Connaissez-vous des autobiographies ou un journal intime ? Citez-les et précisez leur auteur.

À SAVOIR

L'AUTOBIOGRAPHIE

Le terme « autobiographie » ne fait son apparition officiellement dans les dictionnaires qu'au milieu du XIXe siècle. Si le terme est assez récent, c'est que le phénomène est nouveau, car lié à la notion de recherche du *moi* inconnue jusqu'alors.

Définir l'autobiographie peut paraître simple si l'on considère qu'il s'agit pour un auteur de raconter les événements de sa vie. Pourtant, il n'est pas aisé de cerner les limites de ce genre littéraire. En effet, il est possible de raconter sa vie dans ses mémoires, un journal intime ou des correspondances – voire dans une autofiction, récit romancé de sa vie, parfois sous une autre identité (ainsi *L'Enfant* de Jules Vallès).

Un lecteur de mémoires, de journal intime ou d'autobiographie cherche souvent à découvrir celui qui se cache derrière la fiction d'ouvrages romanesques. Par ailleurs, certains romans se prétendent « mémoire » ou « journal » : ainsi le roman de Marguerite Yourcenar intitulé *Mémoires d'Hadrien* ou le prétendu *Journal d'un curé de campagne* de Georges Bernanos – qui ne racontent en rien la vie desdits auteurs. D'autre part, on voit, à l'inverse, des autobiographies qui se cachent derrière un titre trompeur comme la *Vie d'Henry Brulard* écrit par Stendhal, qui y narre un moment de sa vie.

Alors à qui et à quoi peut-on se fier ? Philippe Lejeune dans un ouvrage intitulé *Le Pacte autobiographique* expose sa thèse qui consiste à se référer à l'engagement de l'auteur lui-même dans son œuvre : ainsi Rousseau annonçant au début de ses *Confessions* : « Je veux montrer à mes semblables un homme dans toute la vérité de la nature [...] et cet homme ce sera moi ». Nous sommes alors amenés à ne croire qu'à la vérité des faits qui constituent le récit. Quoi qu'il en soit, la seule vérité qui compte est la vision de la réalité que l'auteur nous livre – puisque c'est la sienne.

Lire

1 Quel est le premier contact entre le narrateur et le proviseur de son collège ?

2 Comment se sont faites les éducations sexuelles des deux camarades de pension ?

3 Quelle aurait été, selon le narrateur, la seule condition pour qu'il devienne « le plus gentil des petits garçons » (l. 875-876) ?

4 Jacques peut revoir sa mère s'il n'est pas puni. Pouvez-vous dire quels sentiments il éprouve pour elle d'après le portrait qu'il en fait tout au long de ce passage ?

5 L. 1106-1107 : Après avoir été rossé par des élèves plus grands, le narrateur déclare : « Ce jour-là, pour la première fois, je pris vraiment conscience d'être juif ». Retrouvez dans le passage qui précède une phrase qui annonce celle-ci.

6 Quelles sont les raisons qui font que le narrateur jette les balles du pistolet d'André dans les toilettes ? Vous semblent-elles toutes d'égale importance ? Reclassez-les par importance croissante.

7 Relisez la rubrique « À savoir » de l'étape 2 (p. 257) et expliquez le procédé employé par le narrateur dans le passage suivant : « Le petit youpin se mit à table [...] comment ils nous avaient menacés de mort » (l. 1165 à 1174). Retrouvez à la fin du passage une phrase qui utilise le même procédé.

Écrire

8 Résumez le passage compris entre les pages 44 et 46.

9 Indiquez les différentes parties de ce passage (pp. 46-61) et donnez un titre à chacune d'elles.

10 En pension, des grands s'acharnent contre les deux enfants du fait de leur origine. Après que le narrateur a bu une rasade d'urine, il déclare : « C'était dégueulasse au goût comme au moral » (l. 1062-1063). Expliquez cette formule.

Chercher

11 Que signifient, en allemand et en français, les initiales S. S. ?

12 Le camarade de pension, André Stachemeyer, raconte une histoire d'un peintre en bâtiment (l. 849). Il s'agit d'Adolf Hitler. Cherchez ce que fit ce personnage avant d'entamer sa carrière politique.

13 Que furent les « Brigades internationales » ?

14 Qui étaient les Croix-de-feu du colonel La Rocque ?

À SAVOIR

LES DIFFÉRENTS DISCOURS RAPPORTÉS

Les paroles des personnages peuvent être rapportées par le narrateur de trois manières : *discours direct*, *indirect* et *indirect libre*. Elles peuvent aussi être résumées.

• Quand les paroles sont transcrites comme le personnage aurait pu les dire, le *discours* est *direct*. Le temps des verbes est au présent ou au futur, les pronoms personnels sont ceux de la 1re et de la 2e personne, et les repères de lieu et de temps sont ceux du discours, c'est-à-dire, « ici », « maintenant », « aujourd'hui », « hier ». Les paroles sont annoncées par un verbe déclaratif et le discours est rapporté entre guillemets. Ex. : « Tiens, Jacques, bois un coup ! » (p. 55, l. 1056).

Elles peuvent également être citées directement sans être annoncées. Cette pratique est opérée quand il n'y a aucune ambiguïté sur la personne qui parle, ni sur celle à qui est adressé le discours.

• Quand les paroles des personnages sont rapportées sans que la narration soit interrompue, le *discours* est *indirect*. Il est inséré dans le récit par une subordonnée introduite par « que » et l'on respecte la concordance des temps. (Quand les verbes de la principale sont aux temps du passé, par exemple, ceux de la subordonnée sont aussi au passé.) Dans certains cas, les mots introducteurs de la subordonnée sont des conjonctions de subordination : « si », « quand », « où », « comment », « pourquoi ». Les pronoms restent à la 3e personne et les marqueurs de temps et de lieu sont ceux du récit, c'est-à-dire, « la veille » au lieu de « hier ».

Ex. : « [...] racontant au directeur la correction *que* les grands du lycée nous avaient infligée [...] et *pourquoi* et *comment* ils nous avaient menacés de mort » (p. 60, l. 1771-1774).

• Les paroles rapportées sont insérées dans le récit sans présence de subordination, mais la concordance des temps est respectée. C'est le *discours indirect libre*. Dans le cas d'une narration à la première personne, le discours se fond avec la narration.

• Au lieu de rapporter le contenu du discours, le narrateur peut résumer les paroles du personnage. Ici, il s'agit de ses propres paroles. Ex. : « Et j'en racontai d'autres, nos cartables lacérés, nos cahiers et nos livres brûlés... » (p. 60, l. 1177-1178).

L'AVEU ET LA MORT DE RENÉ

Lire

1 P. 129 : Quelle remarque annonce le drame qui a lieu dans ce passage ?

2 P. 126 : Le narrateur rapporte les paroles de René en scandant son discours de « Il disait, le René... ». Quel effet produit cette répétition ? Est-ce maladroit ? lourd ? poétique ? Justifiez votre réponse.

3 P. 127, l. 311-314 : « Et, mine de rien [...] que je suis juif ». Dans le paragraphe de l'aveu, trouvez un contraste et expliquez pourquoi il rend la scène encore plus touchante.

4 Au moment de l'aveu, quelle image René renvoie-t-il à l'enfant qui se sent coupable ? Jacques a-t-il l'habitude d'être traité ainsi ? Quelle remarque du narrateur manifeste sa réaction aux paroles de René ? Quel sentiment traduit-elle ?

5 Quel aspect contrasté l'enfant retient-il du personnage d'Auguste ? Quels sentiments éprouve-t-il pour lui ? Justifiez votre réponse par une référence précise au texte.

6 Au moment de la confession, quand le curé lui demande de réciter trois « Pater Noster », expliquez en quoi sa réponse peut être drôle. Pourquoi, en revanche, le curé est-il furieux ?

7 Pp. 141-143, l. 162-205 : Dans le passage qui concerne la découverte du corps de René par le narrateur, quel est le ton employé pour traduire l'événement ? Justifiez votre réponse en citant le texte (mot, procédé, ponctuation...).

8 P. 144 : Relevez la phrase qui sert de transition entre sa joie d'être en vie et la peine de la mort de René. Par quels mots exprime-t-il la mort ? Pourquoi ?

9 La mort de René engendre deux conséquences. Lesquelles ?

Écrire

10 Résumez le chapitre 3 en mettant en évidence les événements majeurs.

11 À votre avis, si vous aviez à adapter au cinéma cette scène de l'aveu, quel style de musique adopteriez-vous pour suggérer la tonalité du moment (rythmée – triste – romantique – religieuse – entraînante) ? Expliquez la raison de votre choix dans une brève analyse.

12 En un paragraphe structuré, faites le portrait moral de René et donnez sa philosophie de la vie.

13 P. 130, l. 388 : « J'essayais de mettre mes pas dans les siens », dit Jacques en parlant de l'Auguste qu'il a pris comme modèle. Imaginez que vous avez vous-même pris quelqu'un comme modèle. Faites-en un portrait moral en insistant sur les qualités que vous voudriez imiter.

14 Relevez un attelage (ou *zeugma*) dans le paragraphe qui clôt la scène avec le curé chez les Tavernier. À votre tour, écrivez un petit texte dans lequel vous utiliserez à deux reprises cette figure de style (voir la rubrique « À savoir », ci-dessous).

Chercher

15 Que pouvez-vous dire sur les « chantiers de jeunesse » ? Quel gouvernement les a institués ?

16 Qui était le Maréchal Pétain ?

17 Qu'entend-on par « la drôle de guerre » ?

À SAVOIR

TONALITÉ À L'ÉCRIT

Les mêmes thèmes sont souvent repris dans la littérature. Donc ce qui peut différencier deux romans, par exemple, évoquant le même sujet, c'est la forme, le ton adopté pour en parler. Les différents tons ou « tonalités » d'un texte sont autant de moyens de toucher le lecteur. Selon que l'on parle d'un sujet grave avec humour ou au contraire avec un ton pathétique, le message est reçu différemment. Ici, le narrateur s'adressant à René lui demande « si le fait d'avaler l'hostie sans être baptisé est un péché mortel » (p. 128, l. 331). Voulant donner plus de force à sa question, le locuteur, Jacques, reprend le même sens mais change la formule. « Avaler l'hostie » devient « avaler le corps de Jésus » (p. 128, l. 334) et « sans être baptisé », « un Juif » (p. 128, l. 335). Par ce changement de mots, le ton prend un tour plus dramatique parce que « le corps de Jésus » n'est plus aussi abstrait que le mot « hostie » et que le mot « Juif » sonne très fort aux oreilles de René.

Le ton ou « tonalité » d'un texte peut être pathétique ou émouvant, lyrique ou poétique, élégiaque ou plaintif, enjoué ou humoristique. Ici, l'humour règne même pour aborder des sujets sérieux. Nous en retiendrons seulement deux exemples : le jeu avec les mots (« l'abbé Gane » se métamorphose en « bécane », p. 131, l. 418), et l'attelage (ou *zeugma*), association curieuse de termes *concrets* et *abstraits* qui complètent un même verbe : « C'était une paralytique sans jambes et sans ressources » (p. 138, l. 77-78).

Néanmoins, pour traduire une émotion, les mots parfois ne suffisent pas, et l'on a recours à une ponctuation forte : point d'interrogation, points de suspension, ou point d'exclamation.

Lire

1 Pendant que Jacques parle de sa mère avec son frère Claude, un souvenir lui revient en mémoire. Délimitez ce passage et résumez-le. Le ton est souvent pathétique. Que fait l'enfant pour s'évader mentalement et, d'autre part, pour tranquilliser sa mère ?

2 P. 203, l. 146-147 : « Je n'arrivais pas à suivre l'histoire parce que je ne connaissais pas mon histoire ». Expliquez cette déclaration du narrateur en vous appuyant sur le texte (« Moi je n'y comprenais rien [...] discutait à l'aise de toutes ces choses » ; p. 202, l. 104-172).

3 Cette période de la Résistance est l'occasion pour Jacques d'une remise en question de sa vie. Que comprend-il et quelle décision résulte de cette prise de conscience ? Relevez les passages qui s'apparentent, par cet aspect, au roman picaresque (voir la rubrique « À savoir », page suivante).

4 Pp. 214-215, l. 416-434 : « Par la suite Claude avait eu plein de conversations avec papa [...] ancrée dans sa tête ». Relisez le passage, et précisez quel est le véritable but que se donne son père.

5 Qu'est-ce qui aide le narrateur à tenir durant tout le roman, et plus particulièrement pendant les derniers chapitres, et qui est répété en leitmotiv ?

6 Le style du narrateur est riche en images. Parmi les deux suivantes (« Josette *la trousse d'urgence* » ; p. 218, l. 510, et « Papa avait glissé un gros revolver dans sa ceinture pour *intimider l'émotion* » ; p. 198, l. 2-3), laquelle est une personnification, laquelle est une métaphore ?

7 La narration que Jacques Lanzmann fait de la bataille du mont Mouchet alterne les points de vue objectifs, où il expose les faits, et les visions personnelles. Quelle est la cause qui, selon lui, fait dévier les Allemands qui « couraient [...] tout joyeux, comme si on était là pour leur faire un cadeau » (p. 222, l. 603-604). Quel est le ton employé pour traiter de ce sujet dramatique ?

Écrire

8 Pp. 215-216, l. 449-472 : « Le groupe de maquisards [...] d'un jour à l'autre ». Dans ce passage, le narrateur expose les activités des Résistants. Énumérez-les en notant les conséquences de ces actions.

9 Jacques ne veut plus suivre son frère ni son père. Il ne trouve pas les mots pour le dire mais dans une longue prétérition (le fait de prétendre qu'on ne peut pas dire tout en le disant), le narrateur met en évidence avec force toutes les raisons de sa décision. Vous êtes le narrateur et, dans une lettre qui serait envoyée longtemps après, vous pouvez enfin vous expliquer. Dans votre plaidoyer, appuyez-vous sur ce qui est contenu dans le passage suivant : « C'était comme si j'avais déraillé de lui [...] dans ses bras » (pp. 223-225, l. 643-695).

10 Faites un résumé des chapitres 9, 10 et 11.

Chercher

11 Qu'est-ce que la Milice ?

12 Pourquoi la Croix de Lorraine a-t-elle été choisie, et par qui ?

13 Que signifient les sigles F.F.I., F.T.P. et S.T.O. ?

14 Le mont Mouchet est devenu célèbre grâce aux Résistants. Pourquoi ?

15 Qu'est-ce que la ration K ?

À SAVOIR

LE ROMAN PICARESQUE

Le roman picaresque est né dans la seconde moitié du XVIe siècle, en Espagne, d'une réaction contre la mode des « bergeries » et des romans héroïques, pleins de beaux sentiments et d'actions invraisemblables. Il leur a opposé le réalisme le plus cru. Les références du genre sont le *Lazarillo de Tormès* (1554), d'un auteur anonyme, et le *Guzmán de Alfarache* de Mateo Alemán (1599-1604). Dans le *Lazarillo*, un jeune garçon se place auprès de maîtres qui seront tous plus ou moins brutaux et auprès desquels il apprend la vie. Ces récits, sans intrigues, sont des itinéraires de vies, des romans d'initiation. Généralement autobiographique, le roman picaresque a pour protagoniste un aventurier (*pícaro*), sans famille, sans fortune, sans illusions et sans scrupule. Sa vie est racontée avec réalisme et humour le plus souvent. À l'origine, le genre picaresque présente une lecture du monde du bas (la terre, la matérialité, les fonctions organiques) vers le haut (le Ciel et Dieu). Au fil du temps, le genre perd son sens spirituel et ne garde que l'aspect du récit moral (ainsi au XVIIIe siècle le *Gil Blas de Santillane* du Français Lesage). Le héros picaresque, tout en apprenant à connaître le monde, se découvre lui-même à travers ses péripéties, ses échecs, ses enfers et ses succès.

L'ENFANT DANS LA GUERRE

Si la guerre est une réalité vieille comme le monde, l'intérêt que l'adulte porte à la place de l'enfant dans la guerre est plus récent. Il faut d'ailleurs attendre la fin du XIXe siècle pour que l'enfant soit vu non plus comme un adulte en miniature, mais comme un être à part entière qui possède sa propre psychologie. Le nombre d'œuvres, romans ou films qui ont mis en scène des enfants « en guerre » est impressionnant.

Pour un adulte, l'enfant aux prises avec la cruauté de la guerre représente le comble de l'horreur. Malgré tout, les romans centrés sur l'enfance dans la guerre sont souvent empreints de force vive qui révèle chez ces enfants un potentiel caché qui ne se serait peut-être jamais manifesté.

On peut aussi souligner que le contraste qui existe entre l'horreur de la guerre et l'innocence attachée à l'enfance crée une émotion d'autant plus poignante que le narrateur est l'enfant lui-même.

Anne Frank (1929-1945)

Journal (1942-1944)

Anne Frank est née à Francfort-sur-le-Main, en Allemagne, en 1929, et arrive en Hollande à quatre ans. À partir de mai 1940, les lois antijuives restreignent peu à peu la liberté de circulation et de travail des Juifs. Anne énumère tout ce qui leur est interdit dans une longue liste qui débute son journal et présage de l'avenir : une vie cachée, une vie volée. C'est ainsi que, cloîtrée dans un logement de fortune, l'annexe des bureaux de l'entreprise de son père, Anne fait part de sa vie, de ses pensées à une amie imaginaire, Kitty. Chacune de ses lettres est rédigée dans un journal, cadeau reçu pour son anniversaire. Elle avait treize ans lorsqu'elle rédigea ce *Journal* – avant de mourir en déportation à Bergen-Belsen.

VENDREDI 9 OCTOBRE 1942

Chère Kitty,

Aujourd'hui, je n'ai que des nouvelles sinistres et déprimantes à te donner. Nos nombreux amis juifs sont emmenés par groupes entiers. La Gestapo ne prend vraiment pas de gants avec ces gens, on les transporte à Westerbork, le grand camp pour juifs en Drenthe, dans des wagons à bestiaux.

Miep nous a parlé de quelqu'un qui s'est échappé de Westerbork. Westerbork doit être épouvantable. On ne donne presque rien à manger aux gens, et encore moins à boire, car ils n'ont de l'eau qu'une heure par jour et un W.-C. et un lavabo pour plusieurs milliers de personnes. Ils dorment tous ensemble, hommes, femmes et enfants ; les femmes et les enfants ont souvent la tête rasée. Il est presque impossible de fuir, les gens du camp sont tous marqués par leurs têtes rasées et pour beaucoup aussi par leur physique juif.

S'il se passe déjà des choses aussi affreuses en Hollande, qu'est-ce qui les attend dans les régions lointaines et barbares où on les envoie ? Nous supposons que la plupart se font massacrer. La radio anglaise parle d'asphyxie par les gaz ; c'est peut-être la méthode d'élimination la plus rapide.

Je suis complètement bouleversée. Miep raconte toutes ces horreurs de façon si poignante, elle est elle-même très agitée. L'autre jour, par exemple, une vieille femme juive paralysée était assise devant sa porte, elle attendait la Gestapo qui était allée chercher une voiture pour la transporter. La pauvre vieille était terrifiée par le bruit des tirs qui visaient les avions anglais et les éclairs aveuglants des projecteurs. Pourtant Miep n'a pas osé la faire entrer, personne ne l'aurait fait. Ces messieurs les Allemands ne sont pas avares de punitions.

Bep n'est pas très gaie non plus, son fiancé doit partir en Allemagne. Chaque fois que des avions survolent nos maisons, elle tremble que leur cargaison de bombes, qui va souvent jusqu'à un million de kilos, ne tombe sur la tête de Bertus. Des plaisanteries du genre : il n'en recevra sans doute pas un million et une bombe suffit, me paraissent un peu déplacées. Bertus est loin d'être le seul à partir, tous les jours des trains s'en vont, bondés de jeunes gens. Lorsqu'ils s'arrêtent à une gare sur le trajet, ils essaient parfois de se glisser hors du train et de se cacher ; un petit nombre d'entre eux y réussit peut-être. Je n'ai pas fini ma complainte. As-tu déjà entendu parler d'otages ? C'est leur dernière trouvaille en fait de punition pour les saboteurs. C'est la chose la plus atroce qu'on puisse imaginer. Des citoyens innocents et haut placés sont emprisonnés en attendant leur exécution. Si quelqu'un commet un acte de sabotage et que le coupable n'est pas retrouvé, la Gestapo aligne tout bonnement quatre ou cinq de ces otages contre un mur. Souvent, on annonce la mort de ces gens dans le journal. À la suite d'un « accident fatal », c'est ainsi qu'ils qualifient ce crime. Un peuple reluisant, ces Allemands, et dire que j'en fais partie ! Et puis non, il y a longtemps que Hitler a fait de nous des apatrides, et d'ailleurs il n'y a pas de plus grande hostilité au monde qu'entre Allemands et juifs.

Bien à toi,

Anne

Journal d'Anne Frank, trad. I. Roselin-Bobulesco et Ph. Noble, Calmann-Lévy, 1992-2001.

Joseph Joffo (né en 1931)

Un sac de billes (1971)

Le père du narrateur, coiffeur à Paris, rue de Clignancourt, reçoit un jour la visite d'un S.S.
Le père Joffo raconte tous les soirs son exode et celui de sa famille à ses deux fils, Joseph et Maurice. Or, un soir c'est de sa propre histoire qu'il s'agit : il vivait en Russie avec sa famille et a dû s'exiler à cause du tsar. Pourquoi, justement ce soir-là, choisit-il de leur parler ainsi ?

– Vous savez pourquoi je vous raconte tout ça ?

Je le savais mais j'hésitai à le dire.

– Oui, dit Maurice, c'est parce que nous aussi on va partir.

Il prit une grande inspiration.

– Oui, les garçons, vous allez partir, aujourd'hui, c'est votre tour.

Ses bras remuèrent en un geste de tendresse maîtrisée.

– Vous savez pourquoi : vous ne pouvez plus revenir à la maison tous les jours dans cet état, je sais que vous vous défendez bien et que vous n'avez pas peur mais il faut savoir une chose, lorsqu'on n'est pas le plus fort, lorsqu'on est deux contre dix, vingt ou cent, le courage, c'est de laisser son orgueil de côté et de foutre le camp. Et puis, il y a plus grave.

Je sentais une boule monter dans ma gorge mais je savais que je ne pleurerais pas, la veille peut-être encore mes larmes auraient coulé mais à présent, c'était différent.

– Vous avez vu que les Allemands sont de plus en plus durs avec nous. Il y a eu le recensement, l'avis sur la boutique, les descentes dans le magasin, aujourd'hui l'étoile jaune, demain nous serons arrêtés. Alors il faut fuir.

Je sursautai.

– Mais toi, toi et maman ?

Je distinguai un geste d'apaisement.

– Henri et Albert sont en zone libre. Vous partez ce soir. Votre mère et moi réglons quelques affaires et nous partirons à notre tour.

Il eut un rire léger et se pencha pour poser une main sur chacune de nos épaules.

– Ne vous en faites pas, les Russes ne m'ont pas eu à sept ans, ce n'est pas les nazis qui m'épingleront à cinquante berges.

Je me détendis. Au fond, on se séparait mais il était évident que nous nous retrouverions après la guerre qui ne durerait pas toujours.

– À présent, dit mon père, vous allez bien vous rappeler ce que je vais vous dire. Vous partez ce soir, vous prendrez le métro jusqu'à la gare d'Austerlitz et là vous achèterez un billet pour Dax. Et là, il faudra passer la ligne. Bien sûr, vous n'aurez pas de papiers pour passer, il faudra vous débrouiller. Tout près de Dax, vous irez dans un village qui s'appelle Hagetmau, là il y a des gens qui font passer la ligne. Une fois de l'autre côté, vous êtes sauvés. Vous êtes en France libre. Vos frères sont à Menton, je vous montrerai sur la carte tout à l'heure où ça se trouve, c'est tout près de la frontière italienne. Vous les retrouverez.

La voix de Maurice s'élève.

– Mais pour prendre le train ?

– N'aie pas peur. Je vais vous donner des sous, vous ferez attention de ne pas les perdre ni de vous les faire voler. Vous aurez chacun cinq mille francs.

Cinq mille francs !

Même les soirs de grands cambriolages je n'ai jamais eu plus de dix francs en poche ! Quelle fortune !

Papa n'a pas fini, au ton qu'il prend je sais que c'est le plus important qui va venir.

– Enfin, dit-il, il faut que vous sachiez une chose. Vous êtes juifs mais ne l'avouez jamais. Vous entendez : JAMAIS.

Nos deux têtes acquiescent ensemble.

– À votre meilleur ami vous ne le direz pas, vous ne le chuchoterez même pas à voix basse, vous nierez toujours. Vous m'entendez bien : toujours. Joseph, viens ici.

Je me lève et m'approche, je ne le vois plus du tout à présent.

– Tu es juif, Joseph ?

– Non.

Sa main a claqué sur ma joue. Une détonation sèche. Il ne m'avait jamais touché jusqu'ici.

– Ne mens pas, tu es juif, Joseph ?

– Non.

J'avais crié sans m'en rendre compte, un cri définitif, assuré.

Mon père s'est relevé.

– Eh bien voilà, dit-il, je crois que je vous ai tout dit. La situation est claire à présent.

J. Joffo, *Un sac de billes*, éditions J.-C. Lattès, 1973.

DAKIA (née en 1980)

Dakia, fille d'Alger (1997)

Dakia est une enfant sérieuse. Fille d'une enseignante et d'un fonctionnaire d'une entreprise d'État, elle mène une vie paisible et sereine dans une famille unie. Les siens sont tout pour elle, et sa sœur est sa meilleure amie. Peu à peu les événements sanglants s'immiscent et transforment leur vie en cauchemar. Dakia a quatorze ans à peine quand elle doit s'exiler – seule.

Mercredi 29 juin 1994

À 11 heures, ce jour-là, maman, papa, Chafia et moi sommes sur la place du 1er-Mai, lieu de rendez-vous de la grande manifestation.

L'ordre de départ n'est pas encore lancé. Je suis près de Khalida et de Djamila, une autre amie de maman qui, elle, est non loin de moi. Ma mère, en tant que membre du comité d'organisation de la manifestation, doit s'assurer, avec quelques camarades, du bon déroulement de la grande marche.

Nous sommes si nombreux aujourd'hui, et le soleil brûlant tape si fort sur nos têtes, que nous parvenons à peine à respirer. Mais je crois que personne n'y fait attention.

Enfin, le cortège d'hommes et de femmes démarre de la place du 1er-Mai pour se diriger vers la place Addis-Abeba, quand, soudain, j'entends une déflagration, puis une seconde explosion…

L'horreur va alors dévoiler son visage rouge sang.

La panique s'empare des manifestants. Au milieu d'une épaisse fumée et de coups de feu tirés de la rue d'en face, je me retrouve seule, atrocement seule.

Je suis terrifiée.

Deux bombes viennent d'éclater non loin de la colonne de manifestants.

Quelques minutes plus tard, je ressens une douleur dans le dos et une autre à la cuisse. Je suis blessée… À ce moment-là, j'entends ma mère qui crie mon prénom.

Maman se précipite et me couche à plat ventre afin d'éviter les balles.

Étendue par terre, j'ai alors vu le bitume rouge du sang des manifestants blessés, j'ai entendu leurs hurlements…

C'est l'effroi, la monstrueuse horreur.

Ma mère profite de quelques secondes d'accalmie qui ont suivi la fusillade pour me relever. Puis elle interpelle Djamila :

– Peux-tu accompagner Dakia et la mettre à l'abri chez des amis ? Ils habitent tout près d'ici, Dakia t'indiquera le chemin.

Je réalise alors la terrible inquiétude de maman. Où sont Chafia, papa et Khalida ? Elle ne les voit pas...

Pour ne pas l'inquiéter davantage, je ne lui parle pas de mes blessures. Je préfère que maman se mette à la recherche de mon père, de Chafia et de Khalida.

Dakia, *Dakia fille d'Alger*, Flammarion.

Ahmadou KOUROUMA (né en 1927)
Allah n'est pas obligé (2000)

Mirahima, huit ans, débute son récit par l'exposition de la malédiction familiale. Son père disparu trop jeune, « sans avoir la barbe blanche des sages », et sa mère sur qui, dit-on, un sort avait été jeté, morte des suites d'une gangrène. Après avoir été pris en charge successivement par grand-mère, oncle et tante, le petit garçon est envoyé au Liberia où la guerre l'attend. Pour lui, le *kalach* (pour « kalachnikov », le fusil d'assaut d'origine russe fréquent dans les guerres d'Afrique et d'ailleurs) est tout d'abord un jeu : « les tralala de la mitraillette » – mais d'autres enfants-soldats le ramènent vite à une autre réalité.

Pendant ce temps, dans le car, nous étions tous comme des dingues. Ça hurlait les noms de tous les mânes, de tous les génies protecteurs de la terre et du ciel. Ça faisait un boucan de tonnerre. Et tout ça parce que le mec qui était devant, mec qui faisait le faro avec le kalach, a tiré sur l'enfant-soldat.

Yacouba avait bien vu ça tout de suite au moment de l'embarquement. Il avait diagnostiqué que le mec derrière la moto se portait pas bien. C'est lui qui le premier a tiré. Il avait cru que c'étaient des petits bandits, des vulgaires coupeurs de route. Il a tiré et les conséquences étaient là, bien là.

Nous avons vu apparaître un enfant-soldat. Un small-soldier, c'était pas plus haut que le stick d'un officier. Un enfant-soldat en tenue de parachutiste beaucoup trop grande. C'était une fille. Ça sortait d'un pas hésitant. (C'est comme ça on dit quand le pas est peureux, mal assuré.) Et puis ça a regardé le travail accompli par la mitraille, examiné comme si un mec pouvait se relever alors que tout le monde était mort et même le sang était fatigué de couler. Il s'est arrêté et puis ça a sifflé et resifflé fort. Et de partout ont débouché des enfants-soldats, tous habillés pareil que le premier, tous faisant le faro avec le kalach.

Ça nous a encerclés d'abord et puis ça a crié : « Descendez des cars les mains en l'air », et nous avons commencé à descendre les mains en l'air.

Les enfants-soldats étaient en colère, rouges de colère. (On doit pas dire pour des nègres rouges de colère. Les nègres ne deviennent jamais rouges : ils se renfrognent.) Donc les small-soldiers s'étaient renfrognés ; ils pleuraient de rage. Ils pleuraient leur camarade qui était mort.

Ahmadou Kourouma, *Allah n'est pas obligé*, éditions du Seuil, 2000.

Pour la collection « Classiques & Contemporains », *Jacques Lanzmann a accepté de répondre aux questions de Marie Lescure, professeur de Lettres et auteur du présent appareil pédagogique.*

Marie Lescure : Votre roman *Le Têtard* a toutes les apparences du roman autobiographique. Est-ce votre enfance et votre adolescence qui sont racontées dans cette œuvre ? Quelle est la part de la fiction et celle de la réalité ?

Jacques Lanzmann : Le roman est effectivement autobiographique. Il est ce qu'a été mon enfance, mon adolescence. Il est ma vérité.

M. L. : On raconte que vous avez des talents d'artiste-peintre. Est-ce vrai ? Si oui, continuez-vous à les exploiter ?

J. L. : J'ai peint durant six ans. J'avais effectivement du talent. J'ai abandonné en 1955 à Santiago du Chili après un tremblement de terre. Je n'ai, depuis, jamais retouché à un pinceau.

M. L. : De toutes les activités que nous vous connaissons : journaliste, parolier, scénariste, quelle est celle qui vous a apporté le plus de satisfaction ?

J. L. : Vous oubliez la principale : c'est le romancier, l'écrivain que je préfère en moi. Et il me le rend bien. Le romancier est seul face à lui-même. Enfin, pas tout à fait, il est « peuplé » par les personnages qu'il met au monde.

M. L. : Parmi les journaux auxquels vous avez collaboré, quels sont ceux qui vous ont le plus marqué et pourquoi ?

J. L. : Marqué, c'est beaucoup dire. Disons que j'en ai marqué plusieurs. D'abord *Lui* que j'ai créé avec Daniel Fillipachi. Puis *VSD* avec Siegel. J'achète chaque semaine *L'Express*, *L'Observateur*, *Courrier international*.

M. L. : Votre notoriété est aussi attachée à l'originalité des textes que vous avez composés, notamment pour Jacques Dutronc. Comment êtes-vous devenu parolier ? La légende raconte que c'est grâce à une fille que vous auriez attendu et qui ne serait pas venue. Qu'en est-il ?

J. L. : Il n'y a pas de légende. Le directeur artistique de Jacques Dutronc est venu me voir à *Lui*. Il m'a dit :

– Il paraît que vous écrivez des livres. Alors vous devriez être capable d'écrire des chansons.

J'ai répondu :

– D'accord, on peut toujours essayer.

J'ai essayé et ça a marché.

M. L. : De tous vos textes de chansons, quels sont ceux qui vous tiennent le plus à cœur et pourquoi ?

J. L. : Peut-être : « J'aime les filles », « La fille du Père Noël », « Et moi et moi », « L'opportuniste ».

M. L. : Vous employez le subjonctif imparfait avec facilité ; vous avez le goût de la belle langue, même pour aborder les sujets les plus triviaux. Quelles études avez-vous faites ? Y a-t-il un écrivain classique dont vous vous sentez particulièrement proche ?

J. L. : J'emploie ce que je pense être juste. Je me trompe parfois. Je n'ai été à l'école que trois ans : de cinq à huit ans. Ensuite, plus rien. J'ai appris à lire à seize ans dans les maquis. Et je fais toujours plein de fautes d'ortographe (*sic*).

M. L. : À la fin du *Têtard*, vous évoquez la Résistance. Cette période est au programme des classes de troisième. Avez-vous un message à transmettre aux jeunes générations ?

J. L. : Dire, leur dire que l'on doit toujours résister contre l'ennemi, contre l'oppresseur, contre les abus de la société, contre l'absurdité.

Résister aussi contre nous-même, contre ce qu'il y a de pire en nous.

7 : J'emploie ce que je prende être juste. Je me trompe parfois. Je n'ai été à l'école que trois ans : De 5 à 8 ans. Ensuite, plus rien. J'ai appris à lire à 16 ans dans le maquis. Et je fais toujours plein de fautes d'ortographe

8 : Dire leur dire que l'on doit toujours resister contre l'ennemi contre l'oppresseur, contre les abus de la société, contre l'absurdité. Resister aussi contre nous même contre ce qu'il y a de pire en nous.

Bien à vous.

BIBLIOGRAPHIE

Œuvres de Jacques Lanzmann
- *Rue des mamours,* Livre de Poche, 1981.
- *L'Âge d'amour,* Livre de Poche, 1986.
- *Rue des Rosiers*, éd. du Rocher, 2002.

Sur l'enfant et la guerre
- *Paroles de Poilus* (Lettres et carnets du front de 1914-1918), Librio, 1998.
- François Boyer, *Jeux interdits,* Gallimard, 1973.
- Claude Klost, *Killer kid,* Albin Michel, 1989.
- Thierry Jonquet, *Un enfant dans la guerre,* Gallimard-Jeunesse, 1995.
- Ernest Hillen, *Le cavalier de plâtre : mon enfance dans la guerre,* Hachette-Jeunesse, 1995.
- Jean-Paul Nozière, *Un été algérien,* Gallimard-Jeunesse, 1996.
- Joseph Kessel, *Une balle perdue,* Gallimard-Jeunesse, 1997.
- Fred Uhlman, *L'ami retrouvé,* Gallimard, 1999.
- Christine Arnothy, *J'ai quinze ans et je ne veux pas mourir,* Livre de Poche.

Sur la Résistance
- Jean Quellier, *La Résistance*, aux éditions Le Mémorial de Caen, 2000.
- Yvan Homel, *Yvan, 10 mois d'enfer,* J. Do Bentzinger, 2001.
- Dominique Missika, *Petit Louis,* Hachette Littérature, 2002.
- Sosemonde Pujol, *Nom de guerre,* Colinette, 2002.

Sur l'enfance maltraitée
- François Mauriac, *Le Sagouin*, Livre de Poche, 1951.
- Hervé Bazin *Vipère au poing,* Livre de Poche, 1948.
- Joan Brady, *L'Enfant loué,* Pocket, 1993.
- Jules Renard, *Poil de Carotte,* Gallimard, 1982.
- Charles Dickens, *David Copperfield,* Aventure humaine, Bibliothèque verte, 1995.

Et de Jacques Lanzmann sur ce même thème :
Le Pavillon des affreux, éd. du Rocher, 2001.

FILMOGRAPHIE

– *Les croix de bois*, Raymond Bernard, 1932.
– *Jeux interdits*, René Clément, 1951.
– *Stalag 17*, Billy Wilder, 1953.
– *Le pont de la rivière Kwaï*, David Lean, 1957.
– *Les canons de Navarone*, Lee Thomson Jack, 1961.
– *Le jour le plus long*, Ken Annakin et Bernhard Wicki, 1962.
– *La bataille des Ardennes*, Ken Annakin, 1965.
– *Le vieil homme et l'enfant*, Claude Berri, 1967.
– *Patton*, J. Franklin Schaffner, 1969.
– *Au revoir les enfants*, Louis Malle, 1987.
– *Land and Freedom*, Kean Loach, 1994.
– *Il faut sauver le soldat Ryan*, Steven Spielberg, 1997.
– *Stalingrad*, Jean-Jacques Annaud, 2001.
– *Pearl Harbor*, Alec Baldwin, 2001.

Sur la Résistance
– *Passeurs d'hommes*, René Jayet, 1937.
– *La bataille du rail*, René Clément, 1946.

VISITER

Musée du Mémorial pour la Paix
Tél. : 02 31 06 06 44
Site Internet : http ://www.memorial-caen.fr
Ouvert tous les jours de 9 h à 19 h.

CONSULTER INTERNET

Un moteur de recherche bien commode où il suffit de taper le thème souhaité : la Résistance, l'enfance maltraitée, l'enfant dans la guerre et Jacques Lanzmann : http ://www.ariane6.com

Dans la collection

Classiques & Contemporains

SÉRIES COLLÈGE ET LYCÉE

1 **Mary Higgins Clark,** *La Nuit du renard*

2 **Victor Hugo,** *Claude Gueux*

3 **Stephen King,** *La Cadillac de Dolan*

4 **Pierre Loti,** *Le Roman d'un enfant*

5 **Christian Jacq,** *La Fiancée du Nil*

6 **Jules Renard,** *Poil de Carotte* (comédie en un acte), suivi de *La Bigote* (comédie en deux actes)

7 **Nicole Ciravégna,** *Les Tambours de la nuit*

8 **Sir Arthur Conan Doyle,** *Le Monde perdu*

9 **Poe, Gautier, Maupassant, Gogol,** *Nouvelles fantastiques*

10 **Philippe Delerm,** *L'Envol*

11 *La Farce de Maître Pierre Pathelin*

12 **Bruce Lowery,** *La Cicatrice*

13 **Alphonse Daudet,** *Contes choisis*

14 **Didier van Cauwelaert,** *Cheyenne*

15 **Honoré de Balzac,** *Sarrasine*

16 **Amélie Nothomb,** *Le Sabotage amoureux*

17 **Alfred Jarry,** *Ubu roi*

18 **Claude Klotz,** *Killer Kid*

19 **Molière,** *George Dandin*

20 **Didier Daeninckx,** *Cannibale*

21 **Prosper Mérimée,** *Tamango*

22 **Roger Vercel,** *Capitaine Conan*

23 **Alexandre Dumas,** *Le Bagnard de l'Opéra*

24 **Albert t'Serstevens,** *Taïa*

25 **Gaston Leroux,** *Le Mystère de la chambre jaune*

26 **Éric Boisset,** *Le Grimoire d'Arkandias*

27 **Robert Louis Stevenson,** *Le Cas étrange du Dr Jekyll et de M. Hyde*

28 **Vercors,** *Le Silence de la mer*

29 **Stendhal,** *Vanina Vanini*

30 **Patrick Cauvin,** *Menteur*

31 **Charles Perrault, Mme d'Aulnoy, etc.,** *Contes merveilleux*

32 **Jacques Lanzmann,** *Le Têtard*

33 **Honoré de Balzac,** *Les Secrets de la princesse de Cadignan*

34 **Fred Vargas,** *L'Homme à l'envers*

35 **Jules Verne,** *Sans dessus dessous*

36 **Léon Werth,** *33 jours*

37 **Pierre Corneille,** *Le Menteur*

38 **Roy Lewis,** *Pourquoi j'ai mangé mon père*

39 **Charles Baudelaire,** *Les Fleurs du Mal*

40 **Yasmina Reza,** *« Art »*

41 **Émile Zola,** *Thérèse Raquin*

42 **Éric-Emmanuel Schmitt,** *Le Visiteur*

43 **Guy de Maupassant,** *Les deux Horla*

44 **H. G. Wells,** *L'Homme invisible*

45 **Alfred de Musset,** *Lorenzaccio*

46 **René Maran,** *Batouala*

47 **Paul Verlaine,** *Confessions*

48 **Voltaire,** *L'Ingénu*

SÉRIE ANGLAIS

1 **Roald Dahl,** *Three Selected Short Stories*

2 **Oscar Wilde,** *The Canterville Ghost*

3 **Allan Ahlberg,** *My Brother's Ghost*

4 **Saki,** *Selected Short Stories*

NOTES PERSONNELLES

NOTES PERSONNELLES

NOTES PERSONNELLES

NOTES PERSONNELLES

Couverture
Conception graphique : Marie-Astrid Bailly-Maître
Choix iconographique : Klara Corvaisier
Illustration : Sophie Dutertre

Intérieur
Conception graphique : Marie-Astrid Bailly-Maître
Édition : Aude André
Réalisation : Nord Compo, Villeneuve-d'Ascq

www.magnard.fr

Imprimé en France par I.F.C. 18390 Saint-Germain-du-Puy
Dépôt légal : juin 2002 - N° d'éditeur : 2002/251
N° d'imprimeur : 507/02